大師名作坊

MASTERPIECE 94

斷背山

安妮‧普露◎著
宋瑛堂◎譯

這些故事獻給我女兒瑪菲與兒子喬、吉力思、摩根

CONTENTS

感謝   005

半剝皮的閹牛   011

腳下泥巴   033

工作史   079

血紅棕馬   087

身居地獄但求杯水   093

荒草天涯盡頭   115

一對馬刺   149

孤寂海岸   191

懷俄明歷屆州長   213

加油站距此五十五哩   257

斷背山   259

現實在這裡絕對派不上太多用場。

——懷俄明退休農場人

感謝

感謝許多人給予鼓勵與支持，幫助我完成這些故事的創作，我很感激他們。特別謝謝我的編輯南・葛蘭姆提供建議與忠告，也謝謝她有興趣以短篇小說選集復興 Scribner 出版社插畫小說的光輝傳統。謝謝我的經紀人李茲・達漢索夫，以及達漢索夫與維瑞爾的所有員工提供各種協助。我也感激老友湯姆・華特金不介意與我反覆討論角色生活中細之又細的層面。我要謝謝 Ucross 基金會的伊麗莎白・顧馨、莎朗・戴內克與基斯・卓爾給我的百番善意，也要謝謝基金會大紅農場的約翰和芭芭拉・坎貝爾夫婦慷慨好客，提供諸多訊息，也有幸與約翰搭飛機鳥瞰地貌。我也很榮幸與《紐約客》小說部編輯比爾・邦福德合作，改寫本書數篇故事以利刊登，我收穫甚多。感謝保羅・欸切佩爾向我解釋一九六〇年代綿羊營地，感謝詞曲作者兼樂手史基・高曼，是他說服我參加內華達州艾爾科舉行的牛仔詩會，讓我有機會認識德州詞曲作者兼歌手湯姆・羅素。我要感謝湯姆・羅素好心應允我採用他震懾人心的歌〈頭上天空，腳下泥巴〉的部分歌名，當作本書一則故事的標題。我在艾爾科也認識了畫家威廉・馬修斯。本書第一版的封面採用的就是他傑出的畫作，我對他深深感激。我要謝謝巴力・馬利，是阿凡達酒吧的負責人。

他要求我以該鎮爲背景寫一篇故事，所以我改編〈吃掉旅人的小牛〉，加入懷俄明風味，寫成〈血紅棕馬〉讓他如願以償。〈吃掉旅人的小牛〉在很多飼養牲口的文化中爲人津津樂道。另一篇故事〈半剝皮的閹牛〉首見於《大西洋月刊》，是根據冰島民間故事〈波傑爾的雄獸〉（Porgeir's Bull）改寫而成。我熱愛地方歷史，多年來收集了北美多地的在地生活、事件的回憶錄與敘述。拜讀過海蓮娜‧湯瑪斯‧魯波頓於一九八七年發表的懷俄明地區史佳作《紅牆與家園》（由瑪格麗特‧布洛克‧韓森編輯出版），其中幾段敘述令人心神不寧，久久無法忘懷，因此將其中眞人眞事取來當作〈身居地獄但求杯水〉的起點。

〈懷俄明歷屆州長〉節錄的詩句，作者是十七世紀詩人愛德華‧泰勒，出自唐納德‧E‧史丹福編輯、一九六〇年由耶魯大學出版社發行的《愛德華‧泰勒詩集》。

〈半剝皮的閹牛〉是本書的源頭，最初是自然保育聯盟請我爲籌劃中的短篇小說選集《離開踏踩小徑》（Off the Beaten Path，Farrar, Straus & Giroux出版，一九九八）貢獻一篇。其中的故事必須從自然保育聯盟保護區獲得靈感。我答應了，條件是我想參觀的保護區必須在懷俄明境內。我參觀的是位於大角山脈南坡、佔地一萬英畝的十眠保護區，我一待就是數日。我也要對菲爾‧薛佛與安‧韓弗瑞表達由衷謝意，多謝他們撥冗協助。再度以短篇小說的形式創作，讓我感到有趣又具挑戰性（短篇小說對我來說非常難寫），而以懷俄明爲主題的短篇小說選集更令我全心投入。出版社允許我繞小路一遊，讓我感到很幸運。

題辭「現實在這裡絕對派不上太多用場」引用自傑克‧希特斯的〈鹿和億萬富翁何處玩耍〉，一九

九七年十月號《戶外》雜誌。出自一名農場人，姓名已不可考。非現實、奇思異想與未必成眞的元素，爲這些故事添上色彩，正如眞實人生因這些元素而多彩多姿的道理一樣。在懷俄明，最不奇思異想的狀況，是在這片艱苦的大地靠農場維生的決心。

最深切的感謝要獻給我的子女，感謝他們容忍我緊湊的步調、以工作爲重的做法。

斷
背
山

牛剝皮的閹牛

梅洛漫漫的這一生，從他搭火車離開夏延 1 時，當年那個身穿羊毛西裝、強迫推銷商品的男童，轉變為如今垂垂老矣、舉步維艱的資深公民，若以線軸為喻，原本緊致纏繞的線軸，這一年已餘絲寥落。

梅洛儘量避免回想出身之地，一個所謂的農場，位於大角山脈南邊樞紐一片詭地上。一九三六年他隻身離鄉，從軍上戰場後重返該地，結了婚，再婚（然後再結婚），從事清理鍋爐與通風管的工作，再靠幾筆睿智的投資發了財，退休，投身地方政治後引退，從未惹出醜聞，從未重回故里親眼看老頭與弟弟若妻，因為他知道他們早晚有此下場。

當年他們想經營農場，初時還算有模有樣，但有天老頭說，在如此險惡的鄉野養牛是不可能的事，因為母牛往往跌落懸崖，沒入污水塘，大批幼牛遭獅子獵食而去，青草不長，綠葉繁生的大戟與加拿大薊卻爭相上竄，強風挾帶的沙礫將擋風玻璃刮得視線模糊。老頭使出詭計弄到郵差的工作，笨手笨腳投遞鄰居帳單時卻好像在幹壞事。

梅洛與若妻都知道，送信的差事背離了農場的工作，而農場工作是他們的天職。繁殖用牛僅剩八十二頭，而一頭母牛的價值也不超過十五美元，但他們仍繼續修補圍牆，剪牛耳，蓋烙印，不時地為陷入泥坑的牛脫身，獵捕獅子，只希望老頭遲早會帶著他的女人與酒瓶搬到十眠，他們就能效法祖母將農場整頓一番。多年前祖母奧莉孚在雅各‧黍恩傷了她的心後會奮力整頓此地。可惜農場並未如願大放異彩，六十年後的梅洛成了年高八十的素食鰥夫，定居麻州巫復，住在殖民地風格的獨棟房子裡，在客廳踩健身單車做運動。

某個尋常的陰雨早晨，話筒彼端的女人尖著嗓門說她叫做路易絲，是提克[2]的妻子，希望他速回懷俄明州。梅洛既不認識她，也不知道提克是何許人，後來對方解釋提克姓黍恩，是你弟弟若妻生前當然仍是農場主人。一半而已啦。她說，過去十年來，多半是我和提克在管事。

食火鳥？沒聽過吧？

沒錯，她說。噢，你當然不曉得了。聽過澳洲懷俄明嗎？

梅洛沒聽過。他心想，怎麼取提克這種名字？他想到的是從狗身上捻下的那種圓滾滾的灰色昆蟲。

這隻扁虱大概以為自己即將接管整座農場，把自己養得圓滾滾的。他說，食火鳥究竟是怎麼一回事？你們那邊的食火鳥難道全都瘋了不成？

她說，農場現狀就是這樣，澳洲懷俄明。早先若妻將農場賣給女童軍團，不過後來一個女童軍被獅子叼走，因此將土地賣給隔壁班納農場。班納在上面牧牛幾年，然後再轉賣給澳洲富商。富商創辦了澳洲懷俄明，可惜兩地奔波太辛苦，而他與農場經理也不合，因此萌生退意。農場經理是愛達荷州來的伐木工人，喜歡佩戴當鋪買來的牛仔扣環。富商找上若妻，請他來管理農場，利潤一半歸他。那是一九七八年的往事了。

農場經營得有聲有色。她說，我們現在當然沒開放，因為冬天來了，而且也沒觀光客上門。可憐的若妻幫提克將食火鳥趕進另一棟農舍，其中一隻冷不防轉身，朝他亮出大尖爪。食火鳥的爪子真傷腦筋。

我知道，梅洛說。電視播放的大自然節目他看過。

她對著電話大吼，彷彿全國電話線路中斷。提克用電腦查到你的電話號碼。若婁老是說想跟你聯絡。他希望你來看看現在的情況。他拚命用拐杖想擊退食火鳥，最後還是被扒得肚破腸流。

梅洛心想，也許好戲還在後頭。繞圈子說話令他不耐煩，所以他馬上說他會參加喪禮。他向路易絲說，沒必要講班機號碼，也不必接機，因為他不搭飛機。幾年前搭機碰上冰雹，降落後飛機外殼活像威化餅烘盤。他打算開車去。路途多遠，他當然知道。他有輛好得不得了的車，凱迪拉克，向來都開凱迪拉克，裝的是基斯拉富（Gislaved）輪胎，走的是州際公路，開車技術一流，一輩子從未出過車禍，敲敲木頭以免一語成讖，四天，星期六下午前會趕到。他聽出對方語氣帶有詫異的意味，知道對方正在估計他的年齡，猜想他必定有八十三歲，比若婁大一兩歲，猜想他必定也是拄著拐杖走路，口水汪汪流。若婁伸展著肌肉發達的雙臂，屈膝待命，以為自己有辦法躲過食火鳥的攻擊。梅洛將目睹弟弟墜入一個紅色的懷俄明地洞。屆時他將重返那種場景；那種獨特的閃電之繩，以往上之姿，穿透晴空抽打雲端，而非向下霍閃。

驟然他的思緒中冒出老頭的女友，如今他已記不起她的名字。只記得若婁老睜大眼睛看著她啃得血跡可見的手指，指甲咬得幾乎見肉，頸部血管盤錯如絲，上手臂披覆著長髮，嘴裡叼著的菸草，亮著火

光，白煙裊裊而上，刺得她瞇起野馬般的凸眼，大夥兒聽她說起那個荒怪的故事。老頭的頭髮日漸稀薄，梅洛當年二十三，若妻二十歲，她卻將三個男性玩弄於股掌之間。如果你欣賞馬匹，就會喜歡她的拱形脖子與馬臀，高聳多肉，讓人不禁想拍一下。風在房屋四周嗚咽作響，吹得雪花結晶竄進扭曲的圓木門縫。廚房裡所有人似乎各懷心思。她將闊臀擺平在狗食箱邊緣，看著老頭與若妻，賊亮的眼珠不時瞟向梅洛，方形牙齒啃著指甲緣，吸吮不時湧現的鮮血，一面吞雲吐霧。

老頭喝著尚清啤酒，以去皮的柳枝攪動，增添苦味。梅洛站在廊廳衣櫃前思忖是否應戴帽參加葬禮，這時老頭的影像清楚映入腦海。老頭帽緣的蜷曲形狀之絕無人能比，右邊捲得厲害，是因為脫戴帽的關係，左邊則向下傾斜，幅度不一，有如單斜屋頂。兩哩之外就能認出他。他當年就戴著這頂帽子坐在餐桌前，傾聽那女人講述錫頭人的故事，一面一口口喝乾杯中物，喝到已有九分醉，流氓似的臉孔線條鬆弛下來，塌陷的牛仔鼻梁，疤痕交錯而過的眉毛，一邊殘耳，皆在他杯杯下肚時一一融化消失。他過世至今必然超過五十載了，入土時身穿郵差毛衣。

女友開始講故事，對，我爸小時候，在杜柏瓦附近有個男的名叫錫頭人，開了個小農場，有幾頭牛馬，幾個小孩，一個老婆。他有個很好笑的特點，就是他曾經踩空水泥階梯掉下來，錫板因此插進頭殼裡。

這種人多得是，若妻以挑釁的口吻說。

她搖搖頭。他可不一樣。他的錫板質料是鍍鋅鋼，會侵蝕他的大腦。

老頭舉起尚清啤酒瓶，對她揚揚眉毛：要不要？

她點頭，接下酒杯，一仰而盡。噢，小意思，醉不了我的，她說。

梅洛以為她隨時會學馬嘶鳴起來。

若妻說，結果呢？他一面挖著黏在靴跟下的馬糞一面問。錫頭人和他的鍍鋅鋼頭殼，後來怎樣了？

她說，我是這樣聽說的。她舉起酒杯，示意再來一杯尚清，老頭斟滿後她繼續敘述。

多年前那夜的往事，梅洛不斷反覆思考，夢想到馬匹繁殖或沉重的呼吸，究竟是性愛或是血淋淋的割喉急喘，他並不清楚。翌日他清醒時，全身汗水濕臭，盯著天花板大聲說，這種情況，恐怕得延續一段時間了。他指的是牛群與天氣，以及任何事物，以及往東南西北各方向兩三州所能碰上的機緣。在巫復家中踩著健身單車時，他認為事實稍有出入：他想要一個專屬自己的女人，而非盜用老頭的二手貨。

路面的裂痕與坑洞皆由瀝青填滿，車胎開在上面嗶啪作響，葬禮時戴的氈帽在後座滑動，這時他想知道的是，究竟若妻有沒有搶走老頭的女人，是否在她身上丟個馬鞍，騎入夕陽？

州際公路沿途可見橙色電纜塔，強迫車流擠入單一車道，原本可望準時抵達的想法也就此破滅。他的凱迪拉克被貨櫃車包住，減速板嘶嘶作響，巨大的後輪戛然停止，而他從後車窗可見逐漸逼近的一輛彼得彪。他的思路因此窒礙難行，宛似梳著心思的梳子碰上糾結處動彈不得。路況稍好時，他一心想趕路，卻被公路巡警請到路肩。警察臉上長著青春痘，唇上蓄有髭鬚，雙眼一大一小，問他的姓名，問他要往哪裡去。一時之間，他竟想不起自己在做什麼。警察以舌頭舔舔乏善可陳的鬍子，一面寫著字。

葬禮，他乍然說。去參加我弟弟的葬禮。

放輕鬆點啊，老公公，不然你自己家人也準備幫你辦喪事了。

他盯著罰單，盯著可笑的筆跡罵，你這個臭小子，但小鬍子早已揚長而去，在車流中快速前進，恰似梅洛當年猛踩油門離開農場的動作，瞇著眼睛看著磨損的擋風玻璃外的路況。他原本可以用較有風度的方式告辭，但迫切感如同鐵棒般重擊在肱骨上，激起一陣熱流通往手臂。他相信當時馬臀女依很胸口，而若妻黏在她身上，老頭狂飲著尚清啤酒，沒有注意到，就算注意到了也不在乎，這一幕的作用有如鑰匙插進發動裝置裡。她紮了兩條攙有灰髮絲的辮子，可供若妻用來當繩套。

是啊，她以低沉、騙得過人的嗓音說。跟你說呀，錫頭的農場怪事一樁接一樁。雞毛一夜之間變

色，小牛出生只有三條腿，小孩不是純種白人，妻子老是嚷著要買藍色餐盤。錫頭做事總沒耐心做完，每次都是半途而廢，連褲子也只扣到一半，所以老二常走光。鍍鋅鋼板在他腦袋裡作怪，連帶害慘了農場和家人。不過，她說，他們還是得跟其他人一樣吃飯對不對？

若婁說，我希望他們吃的派比你做的可口。苦櫻桃派一咬下去滿口種籽，有誰喜歡？

某日來了一位人類學家，老頭擺頭示意，對梅洛說，帶他上山去看看「印丹人」的「胡畫」，幾天後梅洛才開始對女人產生興趣。梅洛當時不過十一、二歲。他們沿著小溪騎馬上山，追著一對綠頭鴨。鴨子朝下游飛走，隨後又突然現身，背後的追兵是蒼鷹，以擊掌般啪的一聲攻擊公鴨。公鴨急忙穿越樹木，竄進枯木堆，而蒼鷹也倏然飛走，來去火速。

他們向上穿越多石的景觀，有風蝕而成形怪狀家具的石灰岩床，有被啃過的發霉麵包，零散的骨頭，摺好成疊的骯髒床單，曝曬褪色的螃蟹螯與狗牙。他將兩人的坐馬綁在狐尾松群叢的樹蔭下，帶著人類學家往上走過枝幹僵直的山桃花心樹來到懸壁。兩人頭上聳立著備受侵蝕的懸崖，被橙色地衣點綴得亮眼，坑洞與岩架因累積數千年猛禽糞便而陰闇。

人類學家來回走動，仔細觀察著紅黑色的壁畫：野牛頭骨，一列加拿大盤羊，持矛勇士，誤入陷阱的火雞，手持木棍的死人倒栽蔥往下掉，赭紅色的手，兇惡的人頭上頂著耙子，人類學家說是羽毛頭

飾，紅色大熊以後腿站立朝前舞動，也有同心圓、十字、格子。他在筆記簿裡依樣畫葫蘆，數度念念有詞。

那是太陽，人類學家邊說邊指著壁畫中的標靶，將鉛筆刺入空中，彷彿想打蚊蟲。他本身就像一幅未完成的圖畫。那是梭標投射器，那是蜻蜓。再往前走。這是什麼，你知道吧：他摸著一個分叉的橢圓狀圖形，以沾滿塵土的手指揉著岔開處。他四肢著地跪下，再指出幾個圖形，共有數十個。

馬蹄鐵嗎？

馬蹄鐵！人類學家笑了起來。不對，小朋友，是陰門。這些全是。你不知道陰門是什麼吧？禮拜一上學時，去翻翻字典就知道。

是象徵啦，他說。你知道什麼是象徵嗎？

知道，梅洛說，高中鼓號樂隊裡有人拿著敲的那種東西。3 人類學家大笑，對他說他前途無量，賞他一塊錢謝謝他帶路。告訴你好了，小弟弟，印第安人和所有人一樣都做那檔子事，人類學家說。

他果真到學校查字典，感到尷尬，趕緊重重闔上，但字典裡的影像已深植腦海（背景有鼓號樂隊鏗鏘伴奏著），粗糙的赭紅色壁畫，他堅信女性生殖器構造必如地洞裡的畫作，卻苦無肉體示範，只好想像老頭的女友擺出狗爬式讓人從後進入，如母馬般呻吟，不是地質學，而是血肉之軀。

周四夜，梅洛屢次碰到施工、繞道的標識，只來到迪莫因郊區就氣得無法繼續趕路。住進煤渣磚砌成的汽車旅館後，他設定好鬧鐘，卻在鈴響前被自己的鼾聲吵醒。他於五點十五分起床，雙眼火紅，望向塑膠窗簾外，自己的車子鋪上一層雪，在汽車旅館的「睡覺、睡覺」燈光下閃現藍光。他走進浴室，沖泡旅館的即溶咖啡，沒加代糖或人工奶精直接喝下。他想要咖啡因。他心思的根源感覺枯萎、悶燒。

這天早晨寒冷，小雪斜斜飄落：他打開凱迪拉克，發動，轉進車流動線，全是大貨櫃車，每輛拖曳兩三只大貨櫃。由於來向車流的頭燈紅光刺眼，他因此錯過西向交流道，開進坑坑洞洞、泥濘滿地的市街，向右轉，再向右轉，以汽車旅館的「睡覺」招牌當作路標，慘的是，他身處州際公路的反向車道，那個招牌廣告的是另一家旅館。

他再度開進一條滿地泥坑的小巷，開到一處圓環，趕著上班的駕駛人吸吮著隔熱杯裡的咖啡，儀表板上有麵包在滑動。圓環轉到一半，他注意到州際公路交流道入口，連忙轉彎，卻撞上一輛大剌剌寫著「催眠戒菸！保證有效！」的廂型運貨小卡車，後頭也被加長型轎車追撞，而轎車後面則被開著公司小卡車、正在打哈欠的水柱清理員撞個正著。

以上的情景，他目擊的部分很少，因為安全氣囊將他擠在駕駛座上，嘴裡盡是橡膠、粉塵的味道，眼鏡的鏡片嵌入鼻子。他直覺就想怪罪愛荷華州以及該州居民。他的襯衫袖口上有幾滴圓形血跡。

在鼻子上貼好星條花樣的**OK**繃後，他視察被撞爛的車子，烏黑的液體傾瀉在公路上，由拖車公司拖走。他帶著行李箱與葬禮氈帽，上了計程車，朝相反方向來到兄弟汽車行。汽車行附近有幾位精神渙

散的業務員，如同脫軌衛星般漫步著，他在這裡買輛二手凱迪拉克，與撞壞的那輛同為黑色，車齡卻多三年，車內不是以奶油色的真皮裝潢，而是日曬褪色的天鵝絨。他請人從被撞壞的凱迪拉克取下安好的輪胎裝上。只要他喜歡的話，買車大可像買香菸一樣輕鬆消費。上了公路後，這輛凱迪拉克的表現不盡理想，在他猛轉方向盤時突然往一旁狂衝，他猜想可能是車框歪斜。可惡，回程時他還想再買一輛。想幹什麼就幹什麼。

路過內布拉斯加州克尼半小時，滿月升起，映在後照鏡上顯得突梯。月亮上方有團蜷曲的假髮，絲狀邊緣有如銀髮。他摸摸腫脹的鼻子，輕撫著下巴。下巴遭氣囊直擊後一觸即痛。當晚就寢前，他吞下一杯添加威士忌的熱水，然後躺上潮濕的床鋪。他整日沒吃東西，但一想到沿途的簡餐，胃腸不禁翻攪起來。

他夢見自己置身那棟農場房屋，但室內所有家具均搬運一空，院子裡有身穿骯髒白制服的軍人激戰中。大砲聲震天動地，震破了窗戶玻璃，迫使地板四分五裂，因此只得踩著托樑走。分崩離析的地板下，他看見幾個鍍鋅鋼澡盆，裝滿凝結成塊的黑色液體。

星期六早晨，他要趕的路長達四百哩，囫圇吞下幾口燒焦的炒蛋，幾口塗上罐裝綠沾醬（salsa verda）的馬鈴薯，一杯黃色咖啡，沒有留下小費就直接上路。餐桌上的東西並非他想要的。他早餐習慣喝兩杯礦泉水，剝六瓣蒜頭，一顆西洋梨。西向的天空浩瀚陰沉，身後則有亮晃晃的橙色光暈破雲而出，奪目艷麗。太陽粗濁的邊框緊壓地平線。

他駛過州界，六十年來第二度抵達夏延。這裡有霓虹燈，有車流，有鋼筋水泥，但他熟知此地，知道夏延是時運有起有落的鐵路城市。上一次他飢餓難熬，進入聯合大西洋車站餐廳，儘管他不習慣上館子還是點了一客牛排。女服務生上菜後，他切著牛排，鮮血流散在白盤子上，讓他無法忍受，他看見了那頭家畜，張開大口無聲狂嘯，同時也看清自己急劇反感的滑稽之處──「養牛戶發癲」。

這時他在電話亭前停車，儘管只準備離開七呎遠仍然上鎖，然後撥了提克妻子給他的號碼。被撞毀的車子裡本來有電話。聽筒冒出吼叫的女聲。

我們沒接到你來電，以為你改變心意了。

他說，不對，我今天下午晚一點會趕到。我現在到夏延了。

風勢相當強勁。聽說可能會下雪。在山區。她語帶懷疑。

我自己會注意的，他說。

不消幾分鐘，他已經駛離夏延市區，往北直奔而去。

道路兩旁的鄉野豁然開朗，凱迪拉克瞬時縮小為彈指可去之物。一切一如既往，纖毫未變，空豁灰白的大地與怒吼的狂風，遠方羚羊嬌小如鼠，地形地貌忠於往昔。他感覺自己向後靠，八十三年的鎮定如水般流出身體，取而代之的是年輕人火熱的怒氣，生氣的對象是這麼一個傻瓜世界以及置身其中的傻瓜。

離鄉背井前日子過得多麼辛苦。他向幾位前妻解說，一直到她們表示她們確實瞭解為止，用力將往事鎚進她們耳朵兩百次，他描述淪落街頭的窮苦少年舉牌想找工作，也描述了為暖氣爐人效勞的經過，

喋喋不休描述著。駛出夏延三十哩後，他首度看見「澳洲懷俄明，以西部人的方式享受西部的樂趣」廣告看板，下面是放大的袋鼠相片。袋鼠正跳過山艾樹叢，有個金髮兒童齜牙咧嘴地笑，活像躁症病人在模仿歡樂表情。畫有對角線的旗子提醒著：五月三十一開幕。

結果呢？若婁對老頭的女友問，後來錫頭怎麼了？若婁盯著她看，並非只看臉部，而是上下瞄個不停，雙眼在她身上移動，如同熨斗壓在襯衫上一樣。老頭身穿郵差毛衣，帽子歪戴，品嘗著尚清啤酒，沒有注意到或是不在乎，偶爾起身蹣跚步上門廊，對雜草澆水。他離開廚房後，緊張情勢舒緩下來，兩人只是若無其事的平常人。若婁的視線從女人身上移開，彎下腰去搔搔小狗的耳朵，說著「亂叫亂咬狗」，女人則端著盤子到洗碗台，放水沖洗，打著哈欠。老頭回到椅子上後，杯子裡又添滿如菜子油的尚清，目光再度尖銳起來，語調中也再次出現複雜的訊息。

好吧好吧，她邊說邊將辮子往後甩，每年錫頭宰殺一頭閹牛，就足夠他們吃整個冬天，可煮、可炸、可燻、可油燜、可焦烤可生吃。有一次他走到穀倉旁邊，以斧頭狠狠劈了閹牛一下，大牛昏了過去。他綁起後腿，吊起來，戳進刀子，把浴缸往下塞，以接住流出的血。等血流得差不多了，他放下公牛，開始剝皮，從牛頭開始，在牛頭後面劃一刀，割到眼睛和鼻子，然後將牛皮往後剝。他沒有砍下牛頭，只是繼續往下剝，由懸蹄至跗關節，向上剝至大腿內側，然後剝到陰囊，再向下剝往腹部中央，向

前剝到胸口，向後剝到牛尾。現在他準備側剝，剝下強韌的牛皮。側剝是件很累人的工作——（老頭點點頭）——他才剝到一半就開始想吃晚餐。所以就把剝皮剝到一半的公牛留在地上，走進廚房，不過離開前先割下牛舌，因為牛舌是他最喜歡的一道菜，煮熟冷卻後，可以配著錫頭大大裝在勿忘我茶杯裡的芥末來吃。把牛放在地上，自己去吃晚餐。晚餐是雞肉加湯糰。本來是白色的雞，養到後來卻變成藍色。沒錯，先生，就跟你老爸的眼珠一樣藍。

她說謊不眨眼。老頭的眼珠是暗棕色。

細雪篩落在高原上，輕巧微妙，使空氣朦朧起來，這種塵雪罕見，好美，他心想，如絲質薄紗，然而筋肉質的強風搖動著沉重的車子，高速氣流如波動的動脈，從天直撲而下撫觸大地。雲狀煙塵冉冉而上，高升至數百呎的高空，優雅的山泉與迴旋而上的雪塵柱，形成蒙面阿拉伯婦女與幽靈騎士之姿，在白色廢氣中淡出。柏油路面上的雪水如蛇左右蜿蜒，最後呈直線流去。他行駛在寒白不見五指、如江河般湍急而來的風暴中，什麼也看不見，踩著煞車，疾風連續猛擊車身，凄苦強勁的游塵在金屬與玻璃上發出唰唰聲響。車身震動著。風起得突然，退得也突然，路面變得清晰，前方漫長空曠的一哩盡收眼裡。

如何得知自己受夠了？是什麼觸動了「停止」的標誌？遠離某地的決定，是由腦中何種吱喳作響的

電流形塑而成？聽了她的故事後，一切成了定局。多年來，他一直認為沒有肯定的原因讓他離鄉背井，因此痛苦不已。然而他觀看介紹大自然的電視節目學到，他早該出外尋找自己的領域，尋找屬於自己的女人。外面的世界有多少女人啊！他娶過的女人就有三四個，也品嘗過無數。

記憶的潮水輕輕襲來，前仆後繼，農場的形狀逐漸在他腦海中浮現；他憶起親手搭建的私人圍籬，拉緊鐵線，轉彎處繃得完美無缺，也記起了窪地與奇岩，水道切深的山谷，一山高過一山的懸崖宛若殘肉猶存的骨頭；溪澗陡然遁入地下，消失在盲魚生存的無光地底世界，然後在高山以西十哩處鄰家激射而出，卻讓他們的農場紅土瘠燥如脆餅；陡峭的峽谷處處可見居高臨下的洞穴，適合獅子藏身。那年初冬他與若婁射死了兩頭，地點靠近陰門壁畫的懸壁。以獅子的觀點而言，那些洞穴的地點很好。

他緊挨著凝乳狀的天空前行。過去的六十哩，雪又開始下。他向上開過了野牛鎮。蒼白雪片飛落時，彼此距離如銀河星系，接著越下越大，十分鐘後車子減緩至時速二十哩，雨刷發出拖著木棍下樓般的聲響。

來到埡口時日光逐漸減弱，粗鈍的山形消失在大雪中，前有濕滑連續 U 字形彎道。他以低檔前進，

緩慢而穩定；他尚未遺忘冬天在山區開車的要領。然而風勢再起，對車身又拍又搖，遮住鞭笞而下的大雪之外的萬物。他極力不讓車子闖出路面，因此急出一身冷汗。海拔一高，他也暈眩起來。繼續開了十二哩，不斷地打滑與暴衝之中，車子抵達了十眠，當地街燈如梵谷畫筆下的太陽旋轉灼爍。離鄉時，當地並無電氣。從十眠到農場有十七哩路，往年一路上漆黑無燈，如今歲月拱廊壓縮成這段路。車頭燈照亮了路標：「澳洲懷俄明，二十哩」。食火鳥與野牛於大字上方斜睨而下。

他轉進積雪的馬路，路面只有兩道車胎痕跡，依稀可見，車上暖氣呼呼吹，收音機靜音，車燈以外的視野一片模糊。然而一切景象均如往日，馬路的形狀熟悉得令他心痛，哨兵岩也如他年輕時聳立站崗。他看見荒廢的法利爾家仍如六十年前朝東傾，看見班納農場大門如幽靈般直立雪地、鑄鐵旗卻仍飄揚時，五道鐵絲緊束的圍籬，牛群移動的黝闇身影，有種置身夢境的異樣感受。一路跟來的輪跡轉入大門，受盡風吹雨打的鐵器圖案已無法辨識。接下來是通往他們農場的路，一過突起路面頂端左轉就到。

現在車子在伸手不見五指、沒有標誌的路面上奔馳著。

老頭的女友對若婁眨眨眼說，對，她說，是的，先生，錫頭晚餐只吃到一半就不得不小睡一下。才睡一會兒他就醒過來，到外面伸展手臂，打哈欠說，還是先剝完牛皮再說吧。不過那頭閹牛已經不見了。消失了。只剩下舌頭，躺在地上，黏滿了泥巴和乾草，只剩下那盆血水，有狗在一旁舔著。

引人入勝的是她的嗓音，低沉而具有鼻音的軟語，就算她只是念著字母，你照樣能聽見乾草窸窣聲。還沒點火，她就有辦法讓人聞到煙味。

進入農場的轉彎處，他怎麼可能認不出來？轉彎處在他腦海中清晰活現：塵土堆積如波的轉角，雪花集中的凹穴，路旁柳樹拍打著卡車車身。他開了一哩，專心尋找，就是不見轉彎處。之後他又開了兩哩尋找巴卜·基辰家，卻也不見蹤影。他以三段式迴轉倒車過來，循原路往回走。若妻一定是廢掉以前入口的通道，因為那條路已經找不到了。基辰家不是失火就是被風吹垮了。就算找不著轉彎處，也沒有多大損失，頂多是繞回十眠鎮投宿汽車旅館而已。然而他很不情願就此罷休，因為目的地近在眼前。

他也很不情願在厄夜中摸索前進數哩，因為距離農場也許只有二十分鐘車程。

他將速度放得很慢，循著來時軌跡行駛，農場入口終於出現在右方，只不過大門已不見，招牌也沒掛上。原來他如此才看走眼，一叢山艾樹擋住了進出口。

他右轉進去，有點洋洋自得。然而積雪下的路面崎嶇不平，而且越往前開越嚴重，最後竟開在巨岩與傾斜的石頭上，這才知道一定是找錯地方了。

他無法在窄道上原地迴轉，因此小心翼翼倒車，放下車窗，拚命伸出僵硬的脖子，盯著尾燈照出的紅色部分。車子右後輪滾上一顆大圓石後打滑，陷入泥坑中。車輪在雪地裡打轉，卻找不到施力支點。

我乾脆坐在這裡，他說出聲來。我就坐在這裡，等天亮再走路去班納家討杯咖啡喝。冷歸冷，卻不至於凍死。他想像著鮑布‧班納開門說，嘿，是梅洛咧，進來進來喝杯爪哇，吃點熱呼呼的軟圓餅，當作是個笑話一樁，但隨後他才想到，這個角色若要鮑布‧班納擔綱，出場的他起碼已有一百二十歲。距離班納家大門約莫三哩，進了大門再走七哩才能抵達班納的農莊。高海拔區，下著大雪，徒步行走十哩。另一方面而言，油箱仍半滿，可以空轉一陣子然後熄火，接著再發動，整晚重複。只是運氣背嘛。

重點是要有耐心。

他在被風吹動的車子裡假寐半小時，醒過來時全身發抖又痙攣。他想躺下來。他心想，也許可以在該死的輪胎下擺塊扁平的石頭。絕不死心，他說，並摸索右車門尋找救生包裡的手電筒，這時才想起被撞毀拖走的凱迪拉克，警示煙火、汽車電話、美國汽車協會會員卡、手電筒、火柴、蠟燭、止飢巧克力棒、礦泉水全在車上，現在大概全進了可惡的拖車駕駛可惡的妻子的車上。雪地反射出的光線，也許就夠看了。他戴上手套，穿上厚重大衣，下了車，鎖上車，扶著車身走到後面，彎腰下去。尾燈照亮車子後下方的雪，渾似一灘鮮血。輪胎空轉時，削出了搖籃大小的凹地。兩三塊扁平石就可能助他脫困，小圓石也行，他不打算非找完全滿意的石頭不可。冷風對著他鑽，雪片也往上飄移。他開始在馬路上拖著腳步走，以雙腳試探可以移動的石塊，車子有節奏地均勻震動，顯示脫身在即。風勢強勁，他的耳朵隱隱作痛。他的羊毛帽放在該死的救生包裡。

我的天啊,她繼續說,錫頭發現公牛不見了,簡直嚇得屁滾尿流。他認為一定有人在搞鬼,一定是某個不喜歡他的鄰居,過來把牛偷走,不喜歡他的人多得是。他四下找尋輪胎痕跡或腳印,卻只見到母牛先前留下的足跡。他一手搭在眼睛上方,向遠方眺望。北邊沒有,南邊、東邊也沒有,不過西方遠遠的山邊,有個東西緩緩移動,姿態生硬,腳步不穩。看似皮開肉綻,臀部掛著一坨濕濕的東西。對,就是那頭閹牛,從來不吭聲的那頭。就在這時公牛停下來往回看。儘管距離遙遠,錫頭仍看得見頭上的生肉與肩部肌肉,張開血盆大口,空空的沒有舌頭,紅眼睛瞪著他,深仇大恨似箭一般朝他直射過來,這時他知道他完蛋了,所有兒女與孫子也完蛋了,妻子的每一個藍色餐盤也非摔碎不行,舔血的那條狗也完蛋了,他們住的房子一定不是被風吹垮就是被火燒掉,裡面的每隻蒼蠅和老鼠也難逃一劫。

就這樣?若婁說。故事就這樣結束了?

眾人不出聲,她接著說,就這樣。果然一切都與他作對。

他知道這裡就是農場,他感覺得到,也認識這條路。這裡不是通往農場的主道,而是某條地勢較低的入口道,他記不太清楚,這條路在河的下方。現在他想起來了,有條小路可以通往主要入口大門,而

小路是在抵達納家之前很遠的地方岔開而去。他找到一塊不錯的石頭，又找到另一塊，心裡納悶著這裡究竟是什麼路；記憶中農場的地圖如今已不如剛才般明亮，而是彷彿遭踐踏蹂躪，顯得磨損處處，擦痕累累。記憶中的大門崩塌，圍牆搖搖欲墜，而惡土的景象卻膨脹得巨大而顯赫。懸崖朝天空脹大，獅子齜牙怒吼，河水以螺旋狀流入石洞，速度驚人，巨岩也紛紛從高地淘瀉而下。鐵刺網另一端出現動靜。

他抓緊車門把。鎖住了。藉著儀表板的微光，他可以看見鑰匙插在鑰匙孔，反射出光線，原來他為了維持引擎運轉而把鑰匙留在車上。說來也算好笑。他拾起一塊兩手才能舉起的大石頭，砸向駕駛座車窗，伸手穿過破洞，感受到車內溫煦可人的氣氛，使出軟骨功，繞過方向盤後面再往下搆，若非他平日運動，而且棄牛羊豬肉而食用堅果薄片與綠葉蔬菜，維持柔軟的身段，否則絕對搆不著鑰匙。他的手指掠過鑰匙，然後抓住，握在手裡。男人和男孩的差別就在這裡啊，他說出聲音來。正當他的手指握向鑰匙之際，他瞥了一眼乘客前座。車門鎖昂然聳立。就算連右車門也上鎖，大可伸進去拉起駕駛座的車門鎖，何必大費周張伸手搆鑰匙？他邊咒罵邊拉出橡膠底墊，安置在石頭上，再繞著車身蹣跚走過來。他感到暈眩，極度飢渴，張口接著雪花。兩天來，除了那天早晨嚥下的焦蛋外他片食未進。現在的他，一打炒焦了的雞蛋照吃不誤。

呼號的大雪捲入破碎的車窗。他換成倒車檔，輕踩油門。車子往後衝了一下穩定下來，他則再次扭轉脖子向後探，藉著紅色車燈後退，二十呎，三十呎，不斷打滑、空轉；積雪實在太深了。他倒車爬上

陡坡。來時路上顯得平坦，這時路面卻發威起來，漫長而不留情，點綴著石塊，積雪也深。前進時的軌跡扭曲如繩。他再逼迫車子倒退二十呎，空轉到輪胎冒煙為止，而後輪這時也偏滑出路面，掉進兩呎深的水溝，引擎就此停擺。能走到這裡，走到上天的手作勢要捻斷他生命線的這個地步，幾乎讓他如釋重負。他排除了到班納家距離長達十哩的想法：不見得那麼遠，或者也許他們將農場遷到比較靠近主要道路的地方。可能會有卡車經過。踩著打滑的鞋子，披著鈕扣歪斜的大衣，他也許能在山艾樹間找到傳說中的富麗大飯店。

高升的月亮灑下珍珠般的黃杏光輝，使車胎在主要道路上留下淡淡輪痕。月亮在翻攪的雪雲後眨眼。風勢一稍減，他模糊的身影立刻打直。隨後獷悍的鄉野風景顯露出來，對月聳立的懸崖，大草原上的雪花如蒸氣般上升，圍籬切割著農場白色的側翼，山艾樹叢金光晶瑩，小溪旁柳樹枝葉交纏成團，有如死人頭髮。路邊原野上有牛群，雲狀吐氣在灩灩月色照耀下，形同漫畫裡的對話圈。

他逆風向前走，鞋子塞滿了雪，感覺如剪紙般稍撕即裂。他一面走，一面注意到圍籬內有一頭牛，陪著他亦步亦趨。他放慢腳步，那頭牛也跟著減緩速度。他停下來，轉身。牛也跟著停下腳步，呼出蒸氣，打量著他，脊背上積了一片如長條桌布般的白雪。牛甩甩頭，他憑著寒冬狂嘯的光線發現他再度料錯，那頭剝皮剝到一半的閹牛，其實一直以紅色獨眼守候著他。

1：Cheyenne，懷俄明州首府。

2：Tick，另有「扁虱」之意。

3：英文的「象徵」與「鈹」同音。

脚下泥巴

燠熱的奧克拉荷馬州小鎮舉行牛仔之夜，鑽石‧費爾黻人在金屬窄道中，他所謂的老家是懷俄明泥

土上那一丁點小屋，距離此地遙遠。他坐在82N公牛背上。這頭牛毛皮鬆散，帶有斑紋，是布拉瑪

（Brahma）雜交種，節目單上命名為小吻。天氣有種濕熱的感覺。他維持屁股歪向一邊的坐姿，雙腳搭

在窄道欄杆上，如此一來公牛便無法磨壓他的腳，無法釘牢他，而且在公牛劇烈扭動時，他也能急忙跳

過欄杆。出場時間分秒逼近，他使勁拍打自己的臉，讓腎上腺素導致的玫瑰紅暈浮現雙頰。他低頭瞥了

一眼牽牛人說，「差不多了。」瑞托脖子上汗珠閃爍，以金屬鉤扣住牛繩尾端，很有技巧地從牛肚下拉

過來，然後登上欄杆拉緊。

「啊，這條牛賤得很哪，」他說。「會跳會甩會衝，樣樣都精。」

鑽石接過牛繩尾端，開始包裹手掌，以繩子在自己手背手心繞兩圈，交織在中指與無名指之間，用

力套上塗有松香的手套。他將繩子末端放在牛背上，纏起多餘的部分，卻不對勁──到處都變得稍顯鬆

脫。他重新包裹，從頭做起，讓繩圈纏得更小，等待牽牛人再度拉動，這時競技場裡的小丑發射粉紅大

砲，吱吱火花聲被南方傳來的隆隆低吼掩蓋，德州雷雨風暴即將來臨。

夜間競技有其獨特快感，有強光照射，有穿著亮片鑲邊皮套褲的牛仔娃娃，雙腿僵硬，闊步走進競

技場，也有聚光燈猛然照在瞇著眼的選手身上，觀眾半醉半醒。當晚節目接近尾聲，進行到騎牛項目

時，下一位出場的是鑽石。胯下的公牛吐著氣，逞蠻地踐動。這時他以打開手指的一手握住右肩，緊靠

胸口，穩定心情。為何一手抱胸的動作能減輕習慣性的焦慮，他也不清楚。然而，以目前情況而言，此

時他需要的是花招怪癖，期望他能助他平安過關。

先前進行第一回合時，他抽中一頭他已摸清脾氣的公牛，騎來暢順。數周來，他的表現一直不見起色，筋骨施展不開來，但如今他的狀況逐漸恢復。跳下公牛時，他做出飛舞的美姿，引發些許掌聲，很快就靜下來；觀眾與他同樣清楚的是，哨聲一響，他就算全身竄出火苗、高唱歌劇一曲，對成績仍不會有分毫影響。

接下來幾回合，他抽中的公牛尚可，騎完後得分在七十五至八十之間，死盯著想甩落他的那頭蠻牛外肩，隨後在晉級賽抽中小吻。小吻腥臭驃悍，龐大如運煤篷車。騎上這種牛，只能盡力而為，並希望命運之神稍稍眷顧；運氣夠好，這牛就是財神爺。

封閉式競技場上方擴音器傳來廣播員中氣十足的嗓門，震動了喇叭。「各位，我國之所以偉大，並不是靠憲法或人權法案，而是靠上帝，因為上帝創造高山、平原、傍晚夕陽，讓你我降生其中欣賞美景。阿門。願上帝保佑星條旗。接下來出場的牛仔是來自懷俄明州紅雪橇，今年二十三歲的鑽石・費爾甄。我剛才說的美景，他現在可能想知道是否有緣再看到一次。各位觀眾，鑽石・費爾甄體重一百三十磅。小吻體重兩千零十磅，是條大之又大的公牛，三十八勝一敗，榮獲去年道奇市騎牛士首獎。這麼兇的大牛，只有一個人能騎他超過八秒鐘，就是雷諾市的瑪弟・凱斯波，想也知道，所有獎金都歸他了。小吻今晚乖不乖？各位觀眾，待會就能分曉，只等牛仔準備就緒。聽聽外面雨聲，各位，謝天謝地這裡是密閉式競技場，否則場地一定到處是泥巴。」

鑽石回頭看了負責鬆緊側帶的人一眼，拉住繩子往前坐，點點頭，快速上下擺頭。「走吧，走

吧。」

窄道門打開，小吻半蹲下去，跳進屏息以待的寂靜中，接著以抽搐般的扭動、腹滾、旋轉、跳躍、

猛衝繞圈，用力下甩，給鑽石全套待遇。

鑽石‧費爾甦左頰黑痣多如星座，深色頭髮理成小平頭，盥洗整潔、換上乾淨上衣、圍上印有藍星

的領巾後，外表勝過「好看」兩字所能形容。但他一生中多半時間都不知道這一點。五呎三，習慣踮

腳、敲手指、咬指甲，散發出緊張不安之感。十八歲仍是處男，而高三同學不論男女卻多半已嘗過雲雨

之歡。他努力改變現狀，卻屢屢出錯。只要受到飢渴欲絕的心思導引，一進入長腿美眉之林，他必定無

功而返。身材嬌小的女人不是沒有，不過他私底下想像騎乘的全是六呎美女。

一輩子到處有人叫他半品脫、小底迪、矮冬瓜、小子、小不點、矮子、短半截。母親是從來不放過

機會，老是準備拿語針刺他，甚至有一次他裸身走出浴室，母親正好上樓撞見，對他說，「至少你的那

邊沒有被虧待嘛。」

高中畢業那年春天，他坐在瓦勒斯‧汶特的小卡車上，聽著脖子像天鵝的車主編故事，自己的手指

當鼓槌敲著，努力想裝笑，這時來了一個他倆都認識的蠢蛋，只知道他叫利西——誰敢叫他露西，願上

帝保祐——利西走過來說，「你們有誰這周末想打工？我老頭想烙印，缺人手幫忙。可惜沒人想幫他。」

他眨眨一角硬幣大小的眼睛。他的臉孔圓鈍，佈滿李子色的粉刺，崎嶇不平，在猙獰的痘痘之間冒出幾根金色短鬚。他刮鬍子時，怎麼避免失血過度而死，這一點鑽石怎麼想也想不透。身上傳出濃濃的牲口味。

「他可是選錯了周末喲，」瓦勒斯說。「籃球賽、舞會、打炮、喝酒、嗑藥、車禍、警察、食物中毒、打架、家長抓狂。你沒跟他說明過嗎？」

「他又沒問我。只叫我幫他找幾個人。反正現在天氣好。一個月來，每逢周末都颳風下雨。」利西吐吐痰。

瓦勒斯佯裝認真考慮著。「周末別想玩了，賺錢重要。」他對鑽石眨眼，鑽石則以苦瓜臉向他暗示，利西這人可耍不得。

「好吧，你們兩個，時薪六元。我和我弟在農場幹白活。收工差不多在晚餐時間，之後你們還是能做自己的事，怎麼玩隨你便。」他不準備參加鎮上任何大吃大喝的聚會。

「我從沒幹過農場的活兒，」鑽石說。「我媽從小在農場上長大，她恨農場。只帶我們去過一次，大概沒待過一個鐘頭，」說著回憶起被馬蹄踏爛的廣闊泥地，外公掉頭就走，約翰舅舅穿著皮套褲，戴著髒臭的帽子，肌肉發達，全身是汗，一巴掌打在他屁股上，一面對母親說了讓她生氣的話。

「沒關係啦。就是幹活兒嘛。把小牛趕進窄道，烙印，割一割，打預防針，然後再趕出來。」

「割一割，」鑽石說。

利西以誇張的手勢指向鼠蹊。

「可以搞得怪有意思的嘛，」瓦勒斯說。「我有辦法搞得怪有意思的喲。」

「衣服可別熨得太整齊，要沾點泥巴的，」利西以尖刻語氣說。

「不要，」瓦勒斯說。「我才不幹那種事咧。好吧，我去就是了。管他的。」

鑽石點點頭。

利西咧開一口整齊的白牙。「知道我們農場在哪裡嗎？彎彎曲曲的小路有一大堆。教你們怎麼去，」他拿來一張考卷，上面以紅筆註明不及格，翻過來在背面畫了複雜的路線圖。謎題解開了一個；利西的姓是玻德。瓦勒斯看著鑽石。玻德家族散居各地，從帕哈斯卡到松崖均有，在當地惡人榜上赫赫有名。

「早上七點，」利西說。

鑽石翻到路線圖背面，看看考卷內容。以細鉛筆描畫的牛身烙印填在答案格中，賦予這張紙一種心胸狹窄的權威。

好天氣未到。

整個周末颳著強風，烏雲蔽天，混雜著噪叫、身上黏著變硬糞肥的牲畜、泥巴、塵土、抬東西、打針、毛髮燒焦的臭味。他以為這種臭味永遠也無法自鼻孔中消除。兩個同校的割睪人也

到場；鑽石以前看過他們，但並不認識，無來由地認為他們很沒出息，只是覺得他們講話詞不達意，住在偏僻的農場，門前的馬路沒鋪柏油。是利西的朋友。寇莫‧玻德圍著護腰帶，頭髮灰白，指揮著他們，利西則與幾個弟弟將小牛從牧草地趕進圍欄，趕進烙印窄道，烙上黃熱的電燙印，再趕上切割桌。農場幫手洛維斯在切割桌前持刀傾身向前，另一手拉緊一邊睪丸的皮膚，割出一道長長的切口，深入皮質與薄膜，挖出熱騰騰的睪丸，扔進桶子裡，等下一頭小牛上桌。幾條狗四處嗅著，無所不在的蒼蠅嗡嗡響，到處騷動，樹下有三匹帶鞍馬，不停移動四腿重心，偶爾發出嘶聲。

鑽石一次又一次瞥向寇莫‧玻德。他的額頭有道圍牆狀蛇行疤痕，如同白色鐵刺網。寇莫察覺到鑽石的目光，對他眨眨眼。

「在看我的勳章是不是？我在你這個年紀時，被我哥開卡車撞到，把我的皮膚從耳朵剝到這邊，全身被割得很慘，像是扇貝一樣。」

周日下午他們很晚才收工，寇莫‧玻德慢慢仔細計算出工資，在每人的薪水裡再加五元，說大家表現不錯，然後對利西說，「怎麼樣？」

「想不想找樂子啊？」利西‧玻德對鑽石與瓦勒斯說。其他人已走到遠處一小圍欄。

「什麼樂子？」瓦勒斯問。

「騎牛比賽。我爸有幾條不錯的蠻牛。我們牛仔課的人上個月來騎，結果幾乎連一頭也騎不住。」

鑽石突然以為圍欄裡有女人。

「我喜歡看，」瓦勒斯以他一貫的反諷口吻說，字句從嘴角冒出。

鑽石認為，只有腦袋不靈光的人學不成打籃球，逼不得已才改上牛仔課。武術課與摔角課，他全修過了，後來聽別人說那兩堂課虛有其表。「騎牛嘛，」他說，「我大概沒興趣。」

利西·玻德朝小圍欄跑去，旁邊有個側棚，關著三頭公牛，其中兩頭正在刨土。側棚前端有個側門窄道，通往小圍欄。割睪人之一把圍欄當作競技場，東跳西跳，準備表演鬥牛，將公牛從被甩落地的人身前引開。

看在鑽石眼裡，他覺得這些公牛既兇殘又狂野，連農場幫手都騎不住，只見洛維斯以圍籬刮掉鞋底泥巴……利西的父親三秒鐘就被擺平，臀部先著地，護腰帶溜上胸口。

「試試看，」利西邊說邊吐出血水。他被擊中臉部，嘴巴流血。

「呃，我可不行，」瓦勒斯說。「小命重要。」

「好啊，」鑽石說。「好，我來試試看好了。」

「帶種，帶種，」寇莫·玻德說著遞給他塗上松香的左手手套。「騎過牛嗎？」

「沒有，先生，」鑽石說。沒有馬靴，沒有馬刺，沒有皮套褲，沒有帽子，只穿T恤。利西的老爸告訴他，沒抓住牛身的一手向上舉，不能碰到牛也不能碰到自己身上，肩膀朝前，下巴後收，以雙腳、雙腿與左手抓緊，最重要的是別動腦筋。被牛甩下來後，不管摔斷了什麼，趕緊爬起來沒命狂奔，衝向圍籬。他幫鑽石包裹手掌，輕輕坐上公牛，淺笑著對鑽石說，甩甩臉，該你上場了，這時血跡斑斑的洛

維斯打開窄道門，等著看市區長大的少年被甩落地，等著看他倒栽蔥俯衝直下。

然而，他卻坐住了，直到有人數到八，以長管子敲打欄杆表示時間到。他飛下來，以雙腳著地，往前跌撞而去，卻沒有跌倒，衝向欄杆。他挺直身子，因興奮過度、血脈債張而喘氣不已。他剛從砲口射出。劇烈動作的震動，電光石火般的重心移轉，力量萬鈞之感宛如他成了公牛而非騎牛者，甚至是恐懼感，在在滿足了他內心某種貪得無厭的肉體飢渴，而騎牛之前他並不知道內心有這種飢餓感。這分體驗令他精神為之一振，感動得難以承受。

「你知道嗎，」寇莫‧玻德說。「你是個騎牛的料子。」

紅雪橇位於分水嶺西坡，地殼裂縫處冒出溫泉，吸引了觀光客以及雪車、滑雪愛好者，也引來灰頭土臉的農場幫手，也有出手就是五元小費的銀行家機車騎士。紅雪橇硫黃充沛，其惡臭瀰漫，濕熱空氣燻得他難以忍受，令他衝向河流，直撲深色流水，心臟怦怦跳。

「我們去泡泡溫泉，」兩人在回家路上鑽石說。鑽石仍受腎上腺素影響，需要再尋刺激。

「不要，」瓦勒斯說，是他一小時內首度開口。「我有事要辦。」

「那就載我過去，你自己回家吧，」他說。

在激烈滾動的溫泉中，鑽石斜倚濕滑的岩石上，重溫騎牛情景，感覺生命膨脹了一倍。他蒼白的雙

腿在水中搖晃，針頭般的氣泡附著在每根腿毛上。一陣欣快感如鮮血般竄至全身，他大笑起來，回想到從前也曾騎過牛。當時他五歲，一家三口旅行至某地，他與母親以及當時仍叫爸爸的父親，下午帶他到農產品園遊會，會場有旋轉木馬。他對旋轉木馬感到神往，不是因為繞大圈時害他嘔吐，也不是因為可看見玻璃纖維馬匹的大臀部。有搗蛋鬼扯斷了尼龍馬尾，露出原本固定馬尾的小洞，醜陋無比。讓他興奮異常的是表面光滑的黑色圈牛，是被搗毀的馬匹中唯一一頭牛，牛尾安然無恙，有紅色馬鞍與微笑的雙眼，眼神由一抹楔狀白漆勾勒出光芒。鑽石的父親將他抱上公牛，站在他身旁，伸出一手握住他肩膀，以免公牛上下起伏、音樂奔騰澎湃時他失去重心。

周一早晨在校車上，利西與一個割睪人同坐後端座位，鑽石過去找他。利西的拇指連接食指，形成圓圈，對他眨眼。

「我想跟你商量一下。我想知道怎麼進入這一行。騎牛。牛仔競技。」

「想得美，」割睪人說。「等到嘗到被牛踩在地上的滋味，你就會嚷著找媽咪。」

「他才不會，」利西說。接著他對鑽石說，「沒錯，騎牛保證不是輕鬆的工作。別把騎牛當作好玩——要有被摔得稀爛的心理準備。」

事後證明的確輕鬆好玩，而他也被摔得稀爛。

鑽石的母親凱立‧費爾瓹經營一家連鎖紀念品店，總公司位於丹佛：高西──歷久彌新的牛仔配件、西部骨董、馬刺、收藏品。鑽石十二歲大就幫母親開箱子，撐展示窗，以鋼刷清理污物凝結的馬刺。母親告訴他，大學畢業後說不定可以在這行找到工作，如果他想見見外面的世界，可以到外地的連鎖店上班。他以爲工作可任他自由選擇，因此對母親說他想到加州學騎牛術，母親卻勃然大怒。

「不行。不准你去。你要上大學。搞什麼鬼嘛，是你從小的祕密志願嗎？老娘拚死拚活地在市區養大你們幾個兒子，讓你們不必碰泥巴，給你們發揮潛力的機會，你卻準備全部丟掉，跑去當沒出息的牛仔？我的天哪，我怎麼做都是爲你好，你卻不領情。」

「我就是想參加牛仔競技，」他回應。「我想騎牛。」

「你這個沒良心的小鬼，」她說。「你分明是存心氣我，我知道。你心裡充滿了恨。別夢想老娘會去幫你加油。」

「沒關係，」他說。「我又不需要。」

「噢，怎麼會不需要，」她說。「你當然需要。你難道沒搞清楚嗎？牛仔競技這行，是給沒你這麼好運的鄉下小孩幹的。最笨的只好去騎牛。我們店裡每個禮拜都有牛仔上門，想賣鉛銅合金的扣環或是骯髒的皮套褲給我們。」

「我下定決心了，」他說。無從解釋。

「真的想當牛仔，我也擋不了你，」她說。「你真的很讓人痛心。矮冬瓜啊，你從小就這樣。從第

一天起就是磨娘精。準備走這一行，後果自負。我是說真的。你這小孩就是牛脾氣，」她說，「就像他一樣頑固。你就跟他一樣，這可不是稱讚你喲。」

閉上你的鳥嘴，他內心想著，卻沒有出聲。他本想告訴母親，別老是搬出那套謊言來騙人。他一點也不像父親，永遠也不像。

「別叫我矮冬瓜，」他說。

在加州的騎牛訓練班，鑽石一星期騎四十頭牛，投資買了一箱運動錄影帶，觀摩錄影帶，一直看到坐著睡著。教練以濃厚鼻音不厭其煩地大聲說，向下按住，絕對不能認為自己快敗下來，別看地下，找出自己的平衡點，被甩下來後，馬上跑到庇護區，千萬別等死。

回到懷俄明後，他在夏延租房間，打打零工，花錢買下許可書，開始四處參加高山巡迴賽。一個月內取得職業競技牛仔協會的資格證明，喜不自勝。有人告訴他，剛起步的人運氣有時會很好。每次牛仔競技會上，他幾乎都會撞見利西·玻德，與他喝醉兩次。獨自一人熬夜開車趕場，口袋總是空空如也，時間太多，錢卻賺得太少，這種日子過得厭煩了，因此兩人開始合作，一起上路參加騎牛賽，走遍大小牛仔競技賽，吃盡馬路塵土。他期望先努力出人頭地再回頭道歉，基於這分矛盾的哲學，他選擇走上這條人生道路，走得艱難困苦又遍體瘀青。然而他一坐上牛背，內心立刻閃起幽闇的雷電，感受到光榮實

在的自我。

利西開的是車齡三十年的雪佛蘭小卡車，車框彎曲，外表凹凸不平，黏膠處處，重新接過線，重新裝了引擎，重新裝了消音器，是部難以駕馭的車，車頭總是盡力向右偏，喜歡在情況惡劣、關鍵時刻拋錨。有一回兩人趕往科羅拉多泉途中，車子在四十哩外拋錨，兩人俯身在引擎蓋下。

「嘖，車子裡面油兮兮的東西，我最討厭碰了，全不知道叫做什麼鬼。你對車子怎麼也全不懂？」

「命好嘛。」

這時有輛卡車靠過來，停在後面，是套牛人帥茲‧牧斯葛夫，帶著獵槍，車子由紮了辮子的妻子妮孚駕駛。帥茲下車，抱著身穿粉紅連褲裝的嬰兒。

「遇上麻煩了嗎？」

「是不是麻煩還不知道。我倆笨頭笨腦的，就算是好消息，我們也不會知道。」

「我靠修車賺錢，」說著抱著嬰兒鑽進引擎蓋下，拉拉小卡車內部線路。「光靠牛仔競技賽不夠溫飽，是不是啊，小寶貝？」妮孚閒晃過來，拿根火柴劃過鞋底點燃香菸，靠在丈夫身上。

「要刀子嗎？」利西說。「要不要用割的？」

「嬰兒會被你弄髒啦，」鑽石說。他希望妮孚能抱走嬰兒。

「我寧願要個被油弄得髒兮兮的小女兒，也不要個孤孤單單的小孩，是不是啊？」他湊著嬰兒胖嘟嘟的脖子說。「試試看能不能發動。」沒有動靜，也沒時間繼續浪費在修車上。

「你們倆沒辦法一起擠上車，而且我老婆也不喜歡跟別人一起坐。其實沒什麼鳥關係，反正待會兒有一群人會過來。總會有人讓你們搭便車。放心。」他在牙齒上塞了護齒套，粉紅、橙色、紫色相間，對著心肝寶貝淺笑。

四個騎牛士帶著兩個牛仔追星女，開著敞篷車過來，讓兩人同行，其中一個追星女一路上緊貼著鑽石坐，從肩膀貼到腳踝。來到競技場時，他精神奕奕，想騎的卻不是牛。

一年來兩人合作愉快，之後利西退出。那天午後在科羅拉多州一處遊樂場上，烈日當空，塵土飛揚，毫無降雨跡象。利西以加油站水管澆濕自己頭頸，放下車窗開車，乾風立即吸收水漬。惡毒的藍天拋下熱氣。

「被甩高兩次，掉下來正好被踩中。天啊，他可是把我整慘了。錢又用光了。今天騎那頭垃圾牛時的確沒有用盡鳥力。說什麼用力擠出那幾滴真不夠看。當時在土堆裡打滾時就下定決心了。我以前以為自己只想參加牛仔賽，其餘免談，」利西說，「可是啊，啐，又是趕場，又是開車，又是睡臭死人的汽車旅館，這堆東西，讓我不得不說我討厭參加牛仔競技賽。老是這裡痛那裡痛的，我厭倦了。我天生沒你那種風格，那種『管他媽的、老子就是愛』的調調。好想念農場生活。一直擔心我老頭。他身體有毛病，小便幾乎尿不出來，跟我弟弟說他養牛時穿的東西裡面有血。去做身體檢查。而且還有芮娜塔。我

想講的是，不陪你走下去了。反正遲早都要結婚。」喇叭形的卡車陰影在堤岸上飛奔。

「什麼意思？你把芮娜塔的肚子搞大啦？」太快了。

「呃，是啊。沒問題。」

「去你的，利西。這下子不好玩了。」不料被他說中，讓他甚感驚訝。他知道自己對友誼或親情並不太拿手，對愛情更是頑強抵抗，只不過後來愛情如斧頭砍在他身上時，他被殺得片甲不留。「從來沒有女孩跟我超過兩個鐘頭。你是怎麼撐過兩小時的，我不知道，」他說。

利西只是看著他。

他寄了一張明信片給弟弟真珠，背面是一頭大黃牛狂奔而來，繩狀唾液從嘴裡甩出。卻沒有打電話回家。利西退出後，他移居德州，只要背熬夜開快車趕場，每晚不愁沒有牛仔競技賽可參加。眼睛因盯著針頭狀的車燈、忽明忽暗的遠方開車而佈滿血絲，路面也隨之脹大、退縮。

第二年，他開始獲得一些注意，開始進帳，然而好景不長，七月四日國慶連續假期前一兩天，他原本騎得不錯，下午時卻腳步過重，右膝收縮過猛，因此拉傷韌帶，傷及軟骨。受了傷，他一向復元很快，但也整個夏天無法出場。丁字杖用不上了，他改拄著一支手杖走動，好不寂寥，這時他想念著老家紅雪橇。醫生說泡泡湯或許有助療傷。他搭上悌朵夫的便車。悌朵夫也是騎牛士，德州人，晚上開著大

車飛奔在陰暗的山脈高地間，亮麗晨光再過一小時將從山後露臉，兩人交談的字數不到十來個。

「這一行拚的是骨頭，」悌朵夫說。鑽石認為他指的是受傷的情況，點頭。

兩年來他首度就座母親的餐桌前。她說，「感謝主恩賜食物，阿門，哎呀，我就知道你遲早會回家。看看你。你看看自己」一眼嘛。像是剛從陰溝裡爬出來似的。看看你的手，」她說。「搞成這個樣子。我猜你是沒錢用了。」她打扮得漂漂亮亮，長髮挑染成金色，鬈曲如泡麵，眼皮是珍珠藍。

鑽石伸直十指，將仔細刷洗乾淨的雙手翻上翻下，肌肉發達，指關節有割傷，也有小疤痕，兩片指甲呈紫黑色，有即將脫落的跡象。

「很乾淨呀。而且我又不是沒錢用。我可沒向你要過錢吧？」

「算了，吃點沙拉嘛，」她說。母子靜靜用餐，又子在片片小黃瓜與番茄間敲出聲響。他不愛吃小黃瓜。母親起身，卡嗒卡嗒端來鑲金邊的小盤子，取出超市買來的檸檬蛋白酥皮派，開始以銀色餡餅鏟切開。

「太好了，」鑽石說，「小牛口水派。」

今年十歲的弟弟真珠發出吠叫聲。

她停下切派的動作，狠狠瞪著他。「跟你那些沒出息的牛仔弟兄在一起時，愛怎麼亂講話隨便你，

溶灰土。

鑽石以牛油炒了兩顆蛋，直接從平底鍋裡挖出來吃，然後再炒兩顆。他找著咖啡，卻只找到那罐即

我看到你被牛甩掉。

「媽媽去店裡了。」她說你應該吃早餐穀片，別吃雞蛋。雞蛋有膽固醇。我有一次在電視上看到你。

「捐熱血，騎蠻牛。」尺寸太小了。

隔天早晨他很晚才下樓。真珠坐在廚房餐桌前看漫畫。他穿的是鑽石寄給他的T恤，上面寫著，

隨後母親出門，參加紅雪橇旅館舉行的某種西部撈什子聚會，硬把髒盤子留給他收拾。感覺好像他

從來沒離過家似的。

「好吧。」回家第一晚，沒有必要鬧彆扭，然而他想喝杯真正的黑傑克，想把那塊他媽的派扔向天

花板。

「被你創造出那麼難忘的意象，我想沒人吃得下了。給你泡杯咖啡算了。」他還住在家時，母親禁

止他喝咖啡，認為咖啡有礙發育。現在卻沖泡這種玻璃罐裝的咖啡粉。

他盯著母親，看出冰冷的怪罪意味。「那種派我不想吃。」

不過一回到家，嘴巴不給我放乾淨點不行。

「等我十八歲大，我也要弄一個像你那樣的扣環，」真珠說。「我可不會被牛甩掉，因為我打算拚命抓住，死也不放。像這樣。」他握緊拳頭，指關節發白。

「這扣環不算太屌。我希望你弄個更屌一點的。」

「你說『屌』，我要跟媽媽講。」

「拜託你行不行，大家都這樣說啊。除了一個套牛的老怪物之外。我可以幫你把頭髮燙得屌一點。不蓋你。要不要蛋？」

「我討厭雞蛋。對身體不好。對身體不屌。那個老怪物怎麼講話？他會不會說『小牛口水派』？」

「如果大家都不應該吃蛋，她買雞蛋幹嘛？那個老怪物信教。經常禱告。老是在看談耶穌的小冊子。其實他年紀不大。他比我年輕。他從來不用『屌』字。他也從來不說『狗屎』或『幹』或『屍』或『老二』或『該死』。他生氣或頭被打中一邊時都說『老天爺』。」

真珠狂放地大笑，在母親的廚房聽到禁忌字眼與低級文法，讓他亢奮不已。他準備看到地板磁磚冒煙捲起來。

「牛仔競技這一行，信耶穌的怪物多得是。有兄弟兩人檔，有兄弟三人檔。有各式各樣的德州表親。有些人實在怪到不行。有時候就像魔術表演一樣，禱告、魔咒、十字架、驅邪符、迷信滿天飛。如果有人表現不錯，騎得很精采，原因不在他們自己身上，是神祕力量幫了他們。有全世界各地來的人，巴西、加拿大、澳洲，彎腰致意，點頭敬禮，比出手勢。」他打了個哈欠，開始揉著受傷的膝蓋，想著

浸入硫黃水深及下巴與頭上的藍天。「你是說，你打算緊緊抓住，死也不放？」

「對。很緊很緊。」

「這一點我可要記住，下次試試看，」鑽石說。

他打電話到玻德農場向利西打聲招呼，電話號碼卻已停止使用。查號台給他一個吉列市的號碼。他當晚深夜再撥，聽到的是利西嘶啞的哈欠聲。

「嘿，你怎麼不住在農場？農場電話怎麼斷了？」在利西開始講話前，他聽到的是髒話。

「呃，是這樣的，發展得不太順。老爸死掉後，他們來農場估價，說要付兩百萬的遺產稅。兩百萬？胡扯個什麼勁。我們連小便斗都沒，哪裡有那麼多閒錢付稅金？老爸買下農場的時候，根本不值什麼錢啊。你知道牛肉的市價多少？一磅值五毛五。我們到處想辦法。最後不得不賣掉了。反正也厭倦了，去他的，屁股都坐紅了。我現在住在這邊當礦工。告訴你，這個國家有病。」

「你被搞慘了。」

「對，沒錯。我回來後就壞事不斷。幹他的政府。」

「賣掉那地方後，你一定拿到不少錢吧。」

「把我的分給了弟弟。他們去卑詩省買農場。光是買農場買牲口，就會用掉所有錢。自己大概也考

慮跟他們一塊去。懷俄明真的住不下去了。嘿，你牛騎得不錯吧。我偶爾是考慮回老本行，不過很快又打消主意。」

「摔壞膝蓋之前是騎得不錯。你小孩呢？是女生還是男生？從沒聽你提過。沒見你到處送雪茄討喜氣。」

「你專挑痛處來問。那件事後來也不太妙，我現在不想講。我做了一些很後悔的事。所以說，我這陣子做過的事，就是參加葬禮、去醫院、上離婚法庭、房地產成交。這個周末要不要來一趟，哥兒倆大喝一場吧？我過生日。今年二十四，感覺像是跑了五十年。」

「哎，我沒辦法。膝蓋摔到不能開車。再聯絡好了，我會再打電話給你。」

這時靠近利西，恐怕會纏上最可怕的厄運。

星期四晚間，她將雞胸肉送入微波爐，催促真珠去擺餐具，以熱水滾著乾癟的馬鈴薯，端菜上桌，坐下，看著鑽石。

「我聞到硫黃味，」她說。「泡湯後沒洗澡啊？」

「這次沒有，」他說。

「好臭。」她甩開摺好的餐巾。

「所有競技牛仔多少都有點味道。」

「牛仔？你算什麼牛仔？好歹不過是隻長了皮翅膀的小蝙蝠。我祖父開過農場，僱用牛仔或是算得上牛仔的人來做事。我父親賣掉農場，改做牛隻買賣，僱用農場幫手。我哥哥一直成不了氣候。他們都不是牛仔，不過全部都比騎牛競技的人還有牛仔氣概。晚餐吃完後，」她對鑽石說，一面將一盤無血色的雞胸遞向他面前，「晚餐吃完，我有東西要給你看，要開一小段路。」

「我可以跟嗎？」真珠說。

「不行。我有東西要給你哥看。你自己看電視。我們一個鐘頭就回來。」

「什麼東西，」鑽石說。他回想起多年前母親帶他去街上看一團深色的爛糊。她當時指著說，過馬路前不左觀右看的結果。他知道一定不脫這類東西。躺在餐盤上的雞胸肉形似膨脹的泳池助浮翼。早知道就不該回家。

她開車經過郊區街道，路過廢鐵堆、吸收劑工廠，開至市區邊緣時，越過鐵路平交道，馬路變成凌亂無章的土路，深入大草原。右邊在黃色的夕陽下，矗立幾棟低矮的金屬建築物。窗戶反射出亮蜜色的西方。

「沒人在家，」鑽石說，「也不知道是什麼鬼地方，」他再度成為坐在前座的小孩，讓母親開車帶

著跑。

「巴爾傑的馬廄。別擔心，裡面有人的，」他母親說。金色光線傾瀉在她方向盤上的雙手、雙臂，輕灑在鬢髮的邊緣。她的臉孔在陰影中顯得隱蔽、嚴肅。他看見母親喉嚨肌膚逐漸失去光彩。她說，

「宏多‧袞許，這姓名聽過吧？」

「沒有。」但他的確在某處聽過。

「在這裡，」她將車子停靠在最大的房子前。成千上萬的昆蟲，個個幾乎不比塵埃大，飄浮在黃中帶綠的空氣裡。母親走得很快，他腳步一輕一重跟在後面。

「哈囉，」她對著黝暗的廊廳呼喚。燈光啪的一聲亮起。開門的是身穿白色上衣的男子，口袋以塑膠片撐起以插置原子筆。他頭戴黑帽，帽緣彎如烏鴉翼，帽下的臉擠滿雀斑、眼鏡、落腮鬍與髭鬚。

「嘿，是你呀，凱立。」男子注視著她，將她當作塗上牛油的熱吐司看待。

「他叫矮冬瓜，想當牛仔競技場明星。矮冬瓜，他是凱瑞‧摩爾。」

鑽石握握男子的熱手。兩人交流的是敵意。

「宏多人在馬具室，」男子盯著她說。他笑了起來。「老是待在馬具室。要是我們准他的話，他肯定會睡在那裡。過來這裡吧。」

他們來到馬廄末端，男子打開門，裡面是方形的大房間。最後一道金屬色澤的光線從上方窗戶射入，為懸掛牆上的馬勒與繩套鍍金。另一面牆上有一列馬鞍架，摺疊好的毯子擺在閃亮的馬鞍上。書桌

後面一台小冰箱嗡嗡響，鑽石看到上方的牆壁掛著加框的雜誌封面，一九六〇年八月號《馬靴與野馬》，封面的騎馬士正進行有鞍騎乘，身體直挺嚴肅，緊緊夾住騰空扭轉的馬，馬刺一路往上刮到鞍尾，一手向前伸直，帽子已無蹤影，嘴巴大張，做出瘋狂的微笑，標題是：「衰許勇奪夏延有鞍騎乘冠軍」。圖中的馬兒脊背拱起，鼻子朝下，後腿伸直用力跳起，逐漸落下的前蹄與地面之間有五吋的陽光。

房間中央有位老人，正以皮革霜保養馬鞍；他戴著草帽，兩側帽緣高高翹起，更加強調他長型的頭部。他的肩膀似乎不對勁，臀部以上的身軀向前傾斜。房間裡有蘋果的甘味，鑽石看見地板上有一籃。

「宏多，有客人來了。」老人朝他們的方向望過來，似乎什麼也沒看見。他的鼻子塌陷，形成扁平的小苞，顴骨中凹，左眼上方有個大洞，而眼睛似乎失明。他仍嘟著嘴唇專心手上的工作。上衣口袋裡有包香菸。他散發出一種木雕的靜謐，在長期缺乏性生活、與世隔絕的人身上很常見。

「這位是凱立·費爾戭，那位是矮冬瓜，過來跟你問好。矮冬瓜對牛仔競技有興趣。宏多，你不是對牛仔競技知道一點嗎？」他拉高嗓門，彷彿對方耳聾。

「他不愛講話，」摩爾說。「他碰到不少難題，不過他一直在努力。你是不是一直在努力啊，宏多？」

老人不作聲，繼續保養牛皮。上一回他以馬刺戳馬肩、腳趾朝東朝西指，是多少年前的事了？

有鞍騎士一句話也不說，溫柔的藍眼珠轉向馬鞍，右手拿著一張羔羊毛，再度來回擦著馬鞍皮。

「宏多，那堆馬鞍又爛又破，看來總有一天你得換掉了，」摩爾以命令的口吻說。有鞍騎士沒做出聽見的表示。

「好吧，」鑽石的母親呆呆觀察了那雙筋肉橫生的手，然後說，「很高興認識你，宏多。祝你好運。」她朝摩爾瞥一眼，鑽石看得出有訊息飛送過去，卻看不懂他們的語言。

他們往外走，男女並行，鑽石跟在後面，深感憤怒，氣得步履蹣跚。

「對。老宏耳朵不太靈光。以前他是當紅的有鞍騎士，有希望稱王。夏延的比賽，他連續兩年拿走獎金。後來他參加密提澤一個不夠看的小競技，他的馬在窄道裡發脾氣倒退跑，宏多摔馬，頭被踩中。

噢，一九六一年。從此他就一直幫巴爾杰清理馬鞍了。三十七年。好長一段光陰，他才二十六歲。腦筋跟任何人一樣好。事實就是這樣，愛參加牛仔競技賽，禮拜二你還是隻跛公雞，禮拜三就成雞毛撢子。不過就像我剛才說的，他仍然不放過任何嘗試的機會。我們很看重宏多。」

他們靜靜站著看鑽石上車。

「我會打電話給你，」男子說。她點頭。

鑽石怒視著車窗外的平原，瞪著鐵軌、當鋪、賽福威連鎖超市、斷箭酒吧、訂做牛仔服飾、吸塵器專賣店。黃玉色的光線轉紅，熄滅。太陽下山後，絨布般的暮色籠罩街頭，酒吧霓虹燈廣告著歡樂時光。

轉進河邊道路時她說，「如果能讓你死了牛仔競技的心，我甚至敢帶你去看屍體。」

「不准你再帶我去看任何東西了。」

狀似琉璃的黑河流在兩岸陰暗的柳樹之間。她開得非常慢。

「我的天哪，」她忽然吼叫，「你害我花費了多少心血！」

「講什麼！我怎麼害到你了？」這句話如同馬戲團吞火人口中射出的火焰。

暮色中迎面而來的車輛開著近光燈，照亮她兩行淚水。她沒有回答。直到她轉進最後一條街，她才以成年婦女的顎音，既粗又低，是鑽石從來沒聽過的嗓音，說，「你這個沒良心的矮子──害我付出了一切。」

車子尚未停妥，他就下了車，跛足上樓，將衣物塞進行軍袋，不去理會真珠。

「哥哥，你還不能走啊。說好要住兩個禮拜的。才回來四天而已。還沒幫我綁好牛仔練習吊桶。還沒談談爸的事。一次都沒有。」

他對真珠說過很多謊話，皆以「你還是嬰兒的時候，爸跟我和你」開始，講那些小朋友想聽的話。

他從未說出他得知的事實，如果弟弟不知實情就算成功。

「我很快會再回來，」他撒謊，「我們再一起綁吊桶。」他對弟弟感到難過，但越早知道牛仔競技很吃力，對弟弟越好。然而，也許真珠不需要知道什麼。也許壞消息全屬於他自己。

「媽媽對我比較偏心，」真珠大喊，想從殘局中撿回面子。他剝下T恤，扔在鑽石身上。

「我知道。」他招來計程車，坐到破木箱似的機場，在機場裡坐了五小時，搭上可以轉機到卡加立

的班機。

神氣十足的第一年，他學會雙腿外開的走路姿勢，活像雙腿間吊著鐘擺。他感覺到內心的蠻牛在動，單手騎牛人與騎士之間的差別，他尚未體會出來。他一頭栽往自動上門的美眉堆，彌補多年來只能遠觀的缺憾。他要的是高個子。在蠻牛踩住理智的情況下，他與第二任趕場搭檔麥倫‧薩瑟的妻子交纏雙腿。他們共乘麥倫的卡車到夏延，她也跟著來，坐在四人座駕駛艙的後座。大家喊餓，麥倫開到漢堡酒吧前停車沒熄火，收音機音量大開，德州黑人的嗓音混雜著靜電沙聲。

「鑽石，你要多少，兩個還是三個？隆妲，你的漢堡要不要洋蔥？」

麥倫父母住在普艾卜洛鎮，前一天他們才去那裡接隆妲一起走。她身高五呎十一，棕色長鬈髮有如水牛比爾，看到鑽石時對麥倫說，「你怎麼沒說他是小不點。嘿，老兄你好，」她說。

「正是在下，」他說，「比小之又小的東西削成一小點還小，」他笑裡藏刀。

她取出自己在院子大拍賣會收購來的心形舊威化餅烘盤，不用電力，是木頭火爐時代的用具。把手是扭成一團的鐵絲製成。她答應為麥倫準備一道情人節早餐。

「我請客，」麥倫說完走進漢堡酒吧。

鑽石與隆妲在車上等候，她蘭花般的女性氣息撩起鑽石的性慾。透過車窗，他們看得見外面大排長

龍，麥倫站在接近隊伍的尾端。他想起了隆姐說過的話，離開前座，鑽到後面與她同坐，以手腳固定她，強將褲長三十六吋的牛仔褲脫至腳踝，硬上弓，乾如他媽的砂紙，從頭到尾肚子餓得咕嚕叫。她滿心不情願。她又衝又推又掙扎又詛咒鑽石。她缺乏潤滑，但鑽石卻不肯罷休。這時有東西從座位上掉落，發出扎實的聲響。

「我的威化餅烘盤，」她這番話幾乎亂了鑽石的陣腳──撞擊似地抽送最後五六下完事。在麥倫來到隊伍最前端之前，鑽石回到前座。

「那下面有很多種說法，我聽過不少，」他說，「卻從沒聽過有人叫威化餅烘盤，」他笑到喘不過氣。他心情不錯。

隆姐坐在他背後氣沖沖地扯著衣服哭泣。

「嘿，」他說。「別哭了。又沒弄痛你。反正我太小你太大，算不了什麼嘛。該哭的人是我才對──沒比打嗝兒爽到哪裡去。」隆姐打開車門跳下，直奔漢堡酒吧，投入麥倫懷抱。

他看見麥倫低頭聽隆姐敘述，不時朝停車坪瞄一眼卻什麼也看不到，從櫃檯拿來紙餐巾為隆姐拭去臉上的淚水，然後朝車門大步走來，因張牙舞爪而呈方形的嘴巴發出怒吼。鑽石下車。乾脆面對現實。

「你對隆姐做了什麼？」

「跟你那天晚上和那個下賤的德州追牛仔族做的事一樣。」他對麥倫·薩瑟並無成見，只認為他是個缺乏幽默感的法西斯分子，喜歡挖鼻孔，將軟鼻屎黏在方向盤上。但鑽石就是想對長腿女郎霸王硬上

弓。

「你這個小王八，」麥倫說著舉起雙手，如風車般朝他攻擊。鑽石擊倒他，將他壓在碎石路面上，臉孔湊著傾倒的奶昔，幾秒後卻同樣躺平在他身邊，原來是被威化餅烘盤敲得不省人事。他後來聽說麥倫留下悍妻，自己溜到夏威夷，從事小島牛仔競技表演。讓他們去打得你死我活吧。那女孩是騷貨一個，哪天再碰上，準讓她好看。

天塌下來的那天是周日。星期天他們通常吃煎餅加黑櫻桃糖漿，不過她並沒有準備煎餅，叫他自己倒一碗早餐穀片吃，餵真珠吃罐裝梨泥。當時他十三歲，再過三個周末即可獵糜鹿，興奮不已。真珠餿臭，穿著全套尿布蠕動身體，而這時父母的爭吵已惡化到不可收拾的地步。鑽石厭倦了嬰兒的哭鬧，為他清理完畢後將髒尿褲扔進臭氣薰天的塑膠桶。

父母整天吵架，母親的嗓音低沉惡毒，父親以吼叫的方式問問題，卻得不到回音，只聽見具復仇意味的沉默，作用力強如揮出的球棒。鑽石看著電視，音量轉大，以蓋過樓上你來我往的指責與怒罵。頭上傳來疾行的腳步聲，宛如兩人在打籃球，也可聽見哭聲與叫嚷。事情與他無關。每次真珠聽到母親在樓上房間傷心啜泣，也會跟著嚎咷大哭，讓鑽石為他感到難過。偶爾有一兩陣為時較長的安靜，卻不能誤認為和平。接近傍晚時，真珠在客廳沙發上睡覺，拳頭握在毯子下。鑽石到院子去，四處亂踢，沒事

找事做，把擋風玻璃擦乾淨。當天寒冷，風勢強，雪茄雲停留在西方四十哩外的山脈上空。他撿起石頭對準雪茄雲投擲，假裝石頭是子彈，對著麋鹿發射。他仍能聽見房內父母的聲音，仍吵鬧不休。

房門用力關上，他父親提著棕色手提箱，從門廊上走來，闊步朝車子邁進，好像快遲到了。手提箱角落有個極小的紅馬商標。

「爸，」鑽石說。「獵麋鹿的事——」

他父親盯著他看。父親臉孔抽動著，黑色瞳孔放大，吞噬掉邊緣的淡褐色。

「再叫我一遍試試看。我不是你爸，從來也不是。小雜種一個，給我滾開別擋路，」他的語調高亢而不穩。

與麥倫‧薩瑟拆夥後，他買了一輛三手卡車，是德州的老爺車，不比利西的破車高明到哪裡。從此鑽石獨行了數月，吸收他所需的孤寂距離，在平頂山與如牛豬肉般的層層紅地垛上呼嘯而過，岩石時而拱起，時而成角。公路上有成群黑尾鹿，毛髮有如冬草般的鹿皮色，為單調的紅色鄉野以粗筆點綴出變化。沿途可見血液蒸發後形成的乾鹽湖。住得起汽車旅館時，他幾乎每次必帶回一個女孩上床，相當於半小時的止痛劑，卻缺乏騎牛時那分激情暢快感。結束時沒有溫存。他叫她們趕快走。來來去去的女孩悶悶說著他沒辦法持久，又是傲慢、難相處的小混帳，去你的星條頭巾。

「我可要對你按下刪除鍵囉，」邊說邊撥著淫蕩的金髮。

隨她們怎麼說，反正女孩源源不絕，反正他清楚自己腳踏實地，力行競技牛仔生活的細節，愛情會阻礙前進的腳步，因此生命中沒有愛情存在的餘地。有時候，騎牛是牛仔生活中最不重要的一部分，然而唯有牛背上的狂亂震動才能帶給他難以言喻的亢奮，為他注射浪蕩不羈的欣喜之情。置身競技場時，一切都假不了，因為除了送命的機率以外，其餘一切皆不真切。雷公之所以打在他身上，是因為他尚未送命。環視四周，千奇百怪的事不斷發生。

有天晚上在寇狄鎮，他跑步到停車場，希望在觀眾退席前離開，配克‧庇茲對著他呼喊，「你要去羅斯威爾是吧？」庇茲是熱愛上帝的套牛士，頎長魁梧，頭髮淡金色，臉色紅潤。

「對。」庇茲跟他平行跑步前進。他的用具袋貼著「讚美上帝」的貼紙，已有剝落的跡象。

「方便載一程嗎？我的卡車開到利文斯頓時拋錨了，只好租一輛小車，結果拉不動我的拖車，把傳動裝置燒壞了。悌朵夫說他認為你要去羅斯威爾？」

「沒錯。你準備好，我們就上路。」兩人將庇茲的運馬拖車連結好，留下租來的車。

「慘了，老兄，時間不夠了，」套牛士跳上車，說。在他關上車門前，鑽石已讓車輪在砂石上軋出啪啪聲響。

鑽石原以為這下可妙了，他準會經常要求下車到路邊禱告，眼珠盯著上天，然而配克·庇茲安分守己，看著油表，做自己的事，沒有說教。

一大一小，兩人同行，到過摩拉拉、塔斯卡、羅斯威爾、谷斯瑞、開西、貝克、彎德。同夥了幾星期，配克說如果鑽石想要個固定的趕場夥伴，他可以勝任。鑽石說可以。無奈僅有幾個州允許套牛比賽，配克可以出場的區域主要在奧克拉荷馬、懷俄明、俄勒岡以及新墨西哥州等地的鄉下，路途漫長空盪。兩人時間表多有衝突，全賴耐著性子調整。然而配克熟知捷徑，帶著他走小路，穿越火山熔岩區與山坡鄉野，進出老虎出沒之地，駛過朝聖馬車輪跡尚存的黃褐色平原。兩人開進向晚夜色，開進結凍路面的第一場冰風暴，開進刺眼的橙色日出，欣賞了冒煙的地球，看到塵捲風在泥地上蛇行，滾燙的熱量從太陽表面冒出，蒸得卡車引擎蓋烤漆捲起，乾雨形成不規則的網狀，從無機會落地。車子行駛在小鎮車流與家畜中，馬群在晨霧中前進，兩名紅髮牛仔將整棟房子搬上路，占據了路面，配克左閃右閃，為了超車只好開進水溝，將垃圾堆與墨西哥餐飲店丟在腦後，夜半時分轉進汽車旅館入口，招牌寫著「需服務請按鈴」。找不到汽車旅館，就將車子開上黑色大草原，不省人事地昏睡一小時。

配克是若林斯人，總是想趕至下一場牛仔競技會撈錢，只鍾情自己的太太南喜。南喜篤信基督教，腿粗體胖，目前懷有身孕，據配克說，她正在攻讀地質學。「想聊聊天的話，」他說，「就跟南喜去聊

個夠。天啊，岩石構造的東西，她可以講個沒完沒了。」

「念地質學的人，怎麼可能相信地球是在七天內創造出來的？」

「啐，她念的是基督地質學，上帝無所不能，可以在七天之內創造所有東西，連化石也是，全部都行。生命充滿奇蹟。」他將長條形的嚼菸塞入臉頰裡。連他也有壞習慣。

「你是怎麼迷上的？」鑽石問。「是因為在農場上長大嗎？」

「迷上什麼？牛仔競技嗎？從小就開始騎了。從沒住過農場。從來也不想。我在德州杭茲維爾長大的。知道在哪裡嗎？」

「有個大監獄。」

「對。我爸在若林斯的監獄當警衛，不過之前他住在南邊的杭茲維爾。杭茲維爾辦監獄牛仔競技辦得不錯，維持了好幾年。每場比賽，我爸一定帶我去看。他帶我去報名小牛仔培訓會。告訴你，我祖父多半是在杭茲維爾套牛。曾經扭斷一個牙醫的鼻子。他個性剛烈，脖子刺了一圈繩套的刺青，手腕也刺上套牛人綁牛腳的繩索。幾年後他見到天光，接納了耶穌基督，傳給我爸也傳給我。所以我儘量過個基督徒生活，幫助別人。」

兩人默然開了半小時的路，日光暗澹，盆地青草的色澤因而轉為骯髒的一分銅板顏色，然後配克再度開口。

「有件事想跟你講，我現在正好想到。關於你騎牛的事。關於牛仔競技。是這樣的，你的效法對象

不應該是蠻牛。牛是你的對手，必須制伏他。同樣的道理，套牛時，牛是我的對手，必須打起精神，一切安當後才把繩索拋出去，否則就甭談了。」

「嘿，這道理我懂。」他也知道，這傢伙遲早會對他講道。

「不對，你不懂。假如你懂，你就不會一晚接一晚去玩牛，不會亂上朋友的老婆，你做過的事我叫做強行進入。你懂的話，就會找個合適的結婚成家。你會把耶穌當作效法的對象，而不是專門崇拜壞脾氣的蠻牛。這一點你沒辦法否認。玩牛這種事，你不快退出不行。」

「耶穌不是也沒結婚嗎？」

「就算沒結婚，他也是個牛仔，是天下第一個競技牛仔。《聖經》裡面有寫。在〈馬太福音〉、〈馬可福音〉、〈路克福音〉和〈約翰福音〉裡都有寫。」他改以聖潔的語調說：「『你們進村去，一進村時，可見一匹無人乘坐過之驢駒，解開其繩結牽來此處。主需要他。他們將驢駒帶至耶穌面前，將衣物放置其上，協助耶穌上座。』如果這樣還不算在描述無鞍騎乘，我就不知道這段在說什麼了。」

「我愛騎牛，牛是我的夥伴，如果牛會開車，我肯定會找一頭來開。我的背景怎麼被你摸得這麼清楚？」

「很簡單。麥倫・薩瑟是我同父異母的哥哥。」他搖下車窗吐痰。「老爸以前也有點喜歡玩牛，不過他後來不玩了。」

一兩天後，配克又開始說教。耶穌基督與家庭價值，鑽石已經聽厭了。配克說過，「你不是有個弟

弟嗎？怎麼從來沒看他來牛仔競技場看他哥哥表演？你爸爸媽媽呢？」

「靠邊停車一下。」

配克緩緩將卡車停靠在路邊硬實的大草原上，推至停車檔，誤以為鑽石想小便，所以自己也下車，拉下拉鏈。

「等一等，」鑽石說。他站在日光照出他嚴酷的一面之處。「你給我好好盯著我看。看到沒有？」

他半轉身再回頭面對配克。「我就是我。你看到的就是我。管你自己的閒事，我們有路要趕。」

「呃，我的意思是，」配克說，「你只為你自個兒著想。一根木樁沒有辦法圍出籬笆，這道理你不懂。」

八月下旬，天氣熱如煉獄，離開邁爾城時配克腦中的地圖失靈，兩人來到懷俄明州線以南的頂岩地上，蠻荒鄉野在眼前無盡起伏，視線所及百哩，有羚羊與牛群聚集，如同古代收支簿上老舊鋼筆的刻痕飛至草原上，形成小墨斑。卡車往回走，試試岔路，後來距離灰牛鎮幾哩處，有間改裝為酒吧的駝背農莊，方形的木柱歷盡風吹雨打，幾近黑色。酒吧前面停著數輛卡車，鑽石指著說，「最後那輛，不是帥茲·牧斯葛夫的運馬拖車嗎？還有納迪高的卡車。該死的套牛人，把馬當作是女人似的。昨晚納迪高講什麼你聽見了嗎？『她很誠實，她很乖，她從來不會捻花惹草。』講的是他的馬。」

「我對自己的馬也有同感。」

「開過去。我想一口氣喝下一杯啤酒。」

「進去還能活著出來，就算我們走運了。納迪高是神經病。其他人光談自己的拖車而已。」

「不管那麼多了，配克。你喝你的咖啡，我非喝兩杯啤酒不行。」

酒吧門口上方掛著一片松板，註明店名爲「鞍架」，被烈日灼成深色。鑽石推開厚木板門，門上彈痕累累，各式口徑皆有。裡面裝潢得不錯，陰暗，木柱牆壁燙有數千個牛身烙印，掛著褪色的相片，裡面有作古已久的有鞍騎士，直入雲霄，也有身穿毛衣與羊毛皮套褲的趕牛人。酒吧後方立著全世界最古老的點唱機，外殼破損凹陷，霓虹燈故障，手電筒以繩子綁住，提供給愛挑剔的酒客照亮選歌單。密爾頓・布朗於一九三五年以高昂悠然的嗓音演唱，「噢，微—微—微—微風」，飄揚在鋅質吧台與四張桌子上。

酒保是個冷靜頑固的老禿子，鷹鉤鼻，下巴上有凹窩。酒瓶、酒龍頭，以及一面骯髒的鏡子——酒保的領域並不複雜。酒保盯著這些東西看，配克打量過煎板上瀝青般的液體後，點的是薑汁汽水。鑽石知道他打算在此喝個爛醉。帥茲・牧斯葛夫與納迪高、艾克・蘇特、吉姆・傑克・杰特脫下了帽子，完整亮出禿頭，四人坐同桌，吉姆・傑克飲用紅啤酒，其他人則喝威士忌，喝得爛醉如泥，爲了慶祝納迪高的女兒首度贏得木桶障礙賽而抽雪茄。雪茄抽到一半，捻熄在菸灰缸裡。

「你在這裡幹嘛？」

「唪，路過鞍架，怎可不下馬灌溉一番。」

「說得也是。」

納迪高對著點唱機做手勢，「你們沒有克林・布拉克（Clint Black）的歌嗎？沒有杜外特・尤侃

（Dwight Yoakam）嗎？」

「這裡有什麼，就閉嘴乖乖聽，」酒保說。「這是早期的踏板鋼弦吉他，是無價之寶。你們搞牛仔

競技的人對鄉村音樂懂個屁。」

「胡說八道。」艾克・蘇特從口袋取出兩粒骰子。

「丟骰子，看歸誰付錢。」

「你請客，納迪高，」吉姆・傑克說。「我全輸光了。本來小贏一點，全輸給那個印第安王八黑背

心。他幫一個牲口承包商做工。一次定輸贏，贏家通吃。只丟一次骰子。他有兩個用來騙人的骨骰子。

搖一搖，丟出來。很快。」

「我也跟他玩過。想不想知道訣竅？」

「不想。」

黃湯一上桌立即流失，過了一會兒吉姆・傑克談著嬰兒、妻子、家庭歡樂之類的東西，觸動配克，

搬出那一套壁爐前的溫馨家庭演說。進行到下一回合，艾克・蘇特哭了一下，訴說一生最快樂的一天，

是他將金扣環交到父親手上，對父親說，我達成了你的心願。牧斯葛夫的故事最為動人，他坦承總決賽

贏得八千兩百元，一半給祖母，另一半捐給失明孤兒之家。鑽石灌下五杯威士忌、四杯啤酒，接著對大家發表感言，連剛進門的兩個農場幫手也包括在內。這兩人灰頭土臉，汗水噴灑而下，剛下捆乾草機，酒保端來大壺冰啤酒後，他們以臉貼在酒壺上。

「你們全都嚷嚷談著家庭、老婆孩子、老媽老爸、兄弟姊妹的，卻沒有一個人在家裡待過太多時間，也從來不想，不然不會想參加牛仔競技。競技牛仔是一家人。住在農場的那些家人算個屁。」

坐在吧台前的一位農場工掌心向下拍出聲音，納迪高則以眼神回敬。

鑽石高舉威士忌酒杯。

「敬牛仔大家庭一杯。沒人派你做雜事，沒人把你當傻瓜看。大家幫你拍照，你上電視，請教你無厘頭的見解，跟你討簽名。你成了名人，對不對？敬一杯。牛仔競技。人家都說我們很笨，卻不敢講我們是儒夫。敬小騎賺大錢，敬脊椎骨折、鼠蹊拉傷，敬口袋空空，敬該死的熬夜開車，有機會跳出去——如果你弄得到良藥，跳出去是別人家的事。要不要聽我的想法？我覺得啊——」可惜他不知道自己的想法是什麼，只知道艾克·蘇特朝他揮拳，然而艾克只是伸手想扶他，避免他落入雪茄菸屁股裡。當晚他遺失了星條頭巾，從此陷入低潮。

「最後一次看到，是有人拿去擦拭吐在地板上的東西，」庇茲說。「不是我。」

第六秒時，蠻牛戛然停止動作，然後反向扭動並立刻往回甩，他因此落下，往左邊彈去，撞向自己的手，然後飛越過蠻牛肩膀，瞥見蠻牛以濕眼怒視的眼光，但他的手反轉過來，動彈不得。他吊在牛身上，一切安好。雙腳踏好，他說出聲來，跳，阿門。蠻牛瘋狂起來，想甩開他，甩開叮噹響的牛鈴。每次蠻牛猛衝，鑽石被拋向半空中，扯出濕毛巾抽打聲。牛繩呈半扭狀態，將握住的手指纏在牛背上，令他無法翻手打開指頭。他使盡吃奶力氣，希望能以雙腳觸地，無奈蠻牛太高大而他太矮小。蠻牛以高速轉動，快到觀眾眼裡的牛身成為色彩斑斕的條狀油漆，而牛仔則成了塗油漆時擦身用的抹布。鬥牛士在一旁如獵犬般以百米速度奔走。每次蠻牛一猛衝，鑽石就從北極圈被甩到墨西哥邊境。牛毛飄進了他嘴裡。他的手臂被拉得脫臼。毫無休止的跡象。這一次，他將在吶喊的陌生人面前死去。蠻牛壓低身體，讓鑽石高飛，這時伺機而動的鬥牛士一手刺入鑽石手臂下方，反向抽出牛繩尾端。他手套的指頭部分打開，他以翻觔斗的方式逃離牛蹄，接著蠻牛踏在他身上，以牛角牴著他。他蜷縮起來，以沒脫臼的手臂護頭。

「喂，老兄，爬起來啦，這牛很兇喲，」遠處有人大喊，他則以狗爬式逃命，臀部朝天，往金屬欄杆方向奔去。欄杆旁站著一個小丑，蠻牛已經離去。觀眾突然大笑，而鑽石以眼角瞄到小丑正在模仿他狼狽的腳步。他緊挨著欄杆，背對著觀眾，暈頭轉向，無法動彈。觀眾等著他離開競技場。在滴答的雨聲之外，可聽見微弱而傷感的警笛聲。

有人拍他右肩兩下，說，「走得動吧？」不住顫抖的他想點頭卻無能為力。他的左臂癱軟下垂。他

內心深信死神本已鎖定他，幾乎開車將他帶至天堂電鈴前，卻因不明原因而作罷。這人鑽下他右手臂，另一人摟著他的腰，半抬半走帶他到一個房間，有個跛腳的當地人坐在裡面，擺盪著一條腿，抽著香菸。這裡沒有體育醫療隊，我才不想讓有菸癮的醫生看病。廣播員的聲音從競技場傳來，回音陣陣，如同置身涵洞，「各位，剛才騎得精采，撐了好久，可惜功虧一簣，鑽石·費爾氈得到零分，可是各位要為這個年輕人的膽識感到欽佩才對，讓我們以熱烈掌聲歡送他。他不會有事的。接下來歡迎來自德州威帕普的旦尼·史高特斯——」

他嗅得到醫生吞雲吐霧的口臭，嗅得到自己身上的腥臭味。他汗流浹背，疼痛難耐，全身濕滑。

「手臂動得了嗎？手指頭有沒有感覺？這樣有感覺嗎？好吧，只好解開上衣。」說著將剪刀口對準袖口，開始往上剪開衣袖。

「一件五十元咧，」鑽石悄聲說。這件新襯衫的衣袖與胸前印有紅羽毛與黑箭。

「相信我，如果我把你的手臂從袖子裡拖出來，你不會感激我的。」剪刀剪過前抵肩部位後襯衫落下，潮濕的皮膚感受到空氣的冷度。他抖了文抖。反正發生了這事，那件襯衫也變得不吉利了。

「原來如此，」醫生說。「肩膀脫臼。肱骨脫離肩窩，向前移位。好吧，我來試試看能不能把肱骨推至原位。」醫生的下巴緊貼他後肩，雙手則握住無力的手臂，菸草氣味濃烈。「會痛個一分鐘，我的

「老天爺呀!」劇烈的痛楚痛徹心扉。淚水流下發燙的臉孔,他止也止不住。

「打起牛仔精神,」醫生以諷刺的口吻說。

「動作會──」

配克·庇茲走進來,興味盎然地看著他。

「手被纏住了是吧?我沒看見,不過聽說你被纏得很緊。二十八秒。他們會收錄在錄影帶裡。外面在下大雷雨。」他被陣雨淋濕,上唇仍見上周的傷口,已經結痂,下頷一側則有剛刮傷的痕跡。他與醫師交談。「肩膀脫臼?可以開車嗎?今天輪到他開車了。明天下午兩點前要趕到德州南部哩。」

醫師打完石膏,再點一支菸。「換成是我,連門都沒有。他只剩右手而已。肩膀脫臼不只是推回去就沒事。可能還需要動手術。韌帶受傷,內出血,腫脹,發痛,可能是神經或血管受損。阿斯匹靈可能要一把一把地吞。石膏要打上一個月。如果他準備開車,準備單手開車,我就不能開可待因給他吃,你最好也別讓他服用可待因。打電話問保險公司,確定一下給付範圍有沒有包括受傷導致無法駕駛。」

「什麼保險?」配克問,接著說,「你該戒菸啦,」然後對鑽石說,「上帝好心饒你一命。我們什麼時候走?嘿,你看到他們怎麼拼我的名字嗎?天啊。」他大大打了個哈欠。昨晚徹夜從愛達荷州開車

南下的人是他。

「給我十分鐘。讓我沖個澡，平靜一下心情。幫我拿繩索和行軍袋。我開車沒問題。給我十分鐘就好。」

醫師說，「該走了，老弟。」

此時有人進來，左眉上方割傷，傷口很深，這人以手指壓在傷口下方，以防鮮血流入迅速腫起的眼睛。這人說，貼起來就行了，貼住眼皮，讓眼睛睜開，我待會就要上場了。

他在濕黏的水泥淋浴室單手卸裝，四釦的皮套褲與拔鞋帶很難脫下，痛楚感如綿長的海浪直撲而來。他摳不著另一邊。有人在一個淋浴間洗澡，額頭靠在水泥牆上，雙手也貼在牆上，讓熱水沖在脖子後面。

鑽石在斑點遍佈的鏡子裡看見自己，兩顆黑眼，鼻孔流血，右頰擦傷，頭髮因流汗而呈深色，牛毛黏在骯髒的臉孔上，臉上淚痕處處，從胳肢窩到臀部有片瘀青。他痛得頭昏腦脹，莫大的倦意襲上心頭。這一次，欣快感並沒有出現。如果他死了，這裡可能就是地獄──愛抽菸的醫生，腥臭的公牛，趕八百哩的夜路，一路痛楚不斷。

如瀑布般陣陣灑下的自來水停止，悌朵夫走出淋浴間，頭髮貼平。鑽石知道，他算是老爺爺了，三

十六歲，在騎牛圈裡算是人瑞，卻仍繼續騎下去。他的臉頰灰黃色，臉孔是一張經外科修繕過的地圖，身上的疤痕多到足以開店販賣。數月前鑽石看見他，鼻梁斷裂，流出深色血液，拿來兩枝黃色鉛筆，在每個鼻孔裡塞進一枝，左塞右塞直到壓垮的軟骨與鼻骨被推回原位為止。

悌朵夫的毛巾破爛，卻是他的幸運毛巾。他以毛巾揉著滿佈疤痕的上身，對鑽石露出狐狸牙，說，

「這一行拚的是骨頭，不是嗎，老弟。」

程。」

外面的雨已停，卡車濕亮，陰溝裡滿是廢物。配克‧庇茲坐在乘客座，已經睡著，鼾聲微弱。鑽石調整座位向前時，配克醒來。鑽石裸露上身，赤腳，將剪開的襯衫扔進車裡，隻手從行軍袋裡翻出大號長袖運動衫，讓打上石膏的手順利穿過。然後他硬將雙腳塞進舊運動鞋，上了車，發動引擎。

「你開車沒問題吧？你撐個兩三個鐘頭，等我睡夠，再讓我接手開到終點。沒有必要讓你開完全程。」

「沒問題。他們把你的名字拼成什麼？」

「C-A-K-E。Cake Bitts（蛋糕屑）。南喜知道了，一定會笑到肚子痛。該上路了，老兄，時辰不早了。」說完他再度入睡，長繭的手心微微打開朝上，放在大腿上，彷彿等著接什麼似的。

過了德州邊界沒多久，他開進整晚無休的卡車休息站，加滿油箱，買了兩瓶飽含咖啡因的可樂，和著可樂吞下提神藥與止痛錠。他走過收銀機與一排排垃圾食品，來到電話前，從皮夾裡翻找出電話卡，撥了上面的號碼。紅雪橇這時淩晨兩點半。

電話才響一聲，她就接起。她的嗓音清晰。她還沒睡。

「是我啦，」他說。「鑽石。」

「矮冬瓜？」她說。「什麼事？」

「是這樣的，這話我不知道該怎麼問才能問得禮貌或不算唐突。我父親是誰？」

「什麼意思？是薛利・可斯特・費爾氍啊。你應該知道。」

「不對，」他說。「我不知道。」十年前薛利・可斯特・費爾氍上車前對鑽石說的話，鑽石轉述給她聽。

「卑鄙小人，」她說。「他把你設計成定時炸彈。他知道你是什麼樣的小孩，知道你會一直放在心裡生悶氣，最後爆炸開來。」

「我沒有爆炸。我是在問你，我父親是誰？」

「我告訴過你了。」她說這句話時，鑽石聽見電話彼端傳來低沉的悶咳聲。

「我不相信。再問你第三次，我父親是誰？」

他等著。

「媽媽，你跟誰在一起？是那個戴黑帽子的肥豬嗎？」

「誰都沒有，」她說完掛斷電話。鑽石不知道她回答的是哪個問題。

配克・庇茲走進來時，他仍站在電話前。配克拖著腳步，打著哈欠。

「要換手了嗎？」他以掌心底部重擊額頭。

「不必了，你繼續補覺。」

「啊，好。撒泡尿澆熄營火，老兄，走吧。」

開車，他沒問題。他可以開完全程。現在可以，這一次可以，再開幾次也沒問題。然而他感覺到，彷彿有股壓力鎮住他內心，最後消耗始盡。原因不在那通電話，而是他壓在競技場欄杆上的片刻，在他無法步出競技場的時候。

他將車開回空盪盪的馬路。數哩外農場燈火點點，黑色地貌襯托著黑色天空，將兩人引入星光簾幕的褶縫。卡車駛向正午鏗鏘作響、亮光閃閃的競技場時，他想到有鞍老騎士保養皮革三十七載，想到利西騎馬走進蚊蚋蔽天的加拿大夕陽，想到農場工彎腰切開陰囊。人生事件進展的速度似乎比牛刀緩慢，乾淨俐落的程度卻不輸牛刀。

他心想，事情沒有這麼簡單，然後再度聽見她沙啞、激動的嗓音說，「一切。」全像快速激烈的騎牛賽，最後落入泥巴。他在黑暗中超越一輛運煤火車，濃密的長方形車廂挨著靛藍夜色滑行，一個車廂，又一個車廂，又一個車廂。非常緩慢地，非常緩慢地，晨曦從雲層後冒出，欣快感的熱度沖刷全身上下。也許只是欣快感的回憶使然。

工作史

李愣‧李在一九四七年十一月十七日誕生於懷俄明州寇拉家中，在六名子女中排行老么。一九五〇年代，李愣的母親繼承了一個不起眼的小農場，因此舉家轉徙優尼克。農場位於優尼克市區外數哩，家裡養羊，也養了幾隻雞、幾頭豬。父親生性易怒，排行較前的子女一長大立刻離巢。李愣能唱完整首〈櫥窗裡的狗狗賣多少〉。他父親常拿蒼蠅拍打他，叫他閉嘴。收音機聽不到新聞。暴風雪打斷了電線。

李愣的臉骨架明顯，遺傳了母親的特徵。他的脖子粗，紅金色頭髮緊貼，在額頭上形成劉海。他年紀很小就開始出現中年酒鬼般的眼袋，眉毛呈一直線，下面的大小眼咕嚕流轉。他的鼻子寬扁貼臉，嘴巴似乎是以鑿子在嫩肉上劃出的一道。五年級時，他與朋友瞎鬧，從學校火災救生梯上跌落，造成骨盆骨折，全身上石膏，三個月後才拆掉。新聞中某播報員提及，美國人平均每人一年消耗八點六磅人造奶油，卻只吃真正奶油八點三磅，他從未忘記這個統計數字。

李愣十七歲時與蘿莉‧波腓結婚。兩人休學。蘿莉懷了身孕，李愣感到很驕傲。骨盆受傷，絲毫不礙事。她年紀比李愣小，五官不明顯，臉蛋橢圓形，中長髮。她稍顯壯碩，但身穿粉色系毛衣套裝時模樣甜蜜可人。李愣為了結婚與母親吵架，因此離開農場。他在艾几的加油站找到加油的工作。艾德‧艾几說，「準備就緒就可以開砲，葛列德利戰艦，」然後大笑。他在艾几的加油站位於十六號公路與郡道交叉口。十六號公路是通往黃石公園的觀光要道。李愣以五十元買下丈人的老卡車，由艾德幫他改裝引擎。熱門新聞是越南與阿拉巴馬州塞爾瑪[1]。

聯邦政府資助興建公路，在十六號公路以南四十哩處新設四線道州際公路，與十六號平行。一夕之

間，優尼克的觀光業績續躺平。前一天來了一百輛車加油，換機油，買漢堡，喝冰汽水。隔天只有兩輛車上門，都是本地人開車過來詢問生意如何。不到幾個月，加油站窗戶裡掛出「待售」招牌。艾德·艾几喝醉酒開快車，在郡道上撞死兩頭閹牛。

李愣加入陸軍，為軍車調度中心貢獻心力。他在德國駐紮六年，一句德文也沒學會。回到懷俄明時較從前肥胖，脾氣也比以前鬱悶。春夏季他參加防雪柵欄建築隊，隨後帶著蘿莉與兒女——大兒子與新生女兒——搬家至凱斯白（Casper），以駕駛運油卡車維生。他們居住於毒蛛路上一間貨櫃屋，擠在兩戶爭吵不休的鄰居之間。從新聞報導中他們聽到某地發現巨大鑽石。次女出生。李愣與石油公司調派員處不來。一年後全家搬回優尼克。李愣與母親握手言和。

蘿莉撙節家用有一套，存下一小筆積蓄。兩人自己出來做生意。李愣相信，如果開一家農場用品店，本地人會樂意惠顧，省得大老遠進市區。艾德過世後，遺孀一直賣不掉加油站，李愣承租下來，重新裝潢一番。木工部分全由李愣擔綱，蘿莉則負責裡裡外外的粉刷工作。李愣的副業是與父親合作養豬。他父親從小在愛荷華州生長，對豬很瞭解。

情勢越來越明朗化。附近居民喜歡開車遠道至較大的城鎮，可以看看不一樣的東西，購買奢侈雜貨、衣物、烘焙食品以及農場用品。有一年冬天嚴寒，從上天到五臟六腑全凍僵了，也凍死了李愣與父親的豬隻一百一十二頭，因此賣掉整個養豬事業。一年半後，農場用品店倒閉。新的彩色電視機重回店裡。

完成宣告破產手續後，李愣找到道路修繕隊的工作。他似乎經常出差，但也時常有機會回家過他所謂的「種田假」，所以妻子蘿莉再度懷孕。嬰兒出生前，他辭去修繕隊的工作。他就是無法與工頭和好相處。工頭與所有人都相處不來，所以汰換率很高。他從卡車上的收音機聽到，數百名邪教信徒喝下粉泡果汁加氰化物集體自盡。

李愣在舌江冷藏肉類加工廠找到工作。老闆是老頭布羅斯。李愣是唯一員工。他天生有眼光，能目測大型動物的大小，並加以切割成塊。他喜歡乾淨整潔地包裹肉品，喜歡濕骨與冰箱的味道。他能準確扔出切肉刀，毫釐不差。如果李愣在場，老鼠想沿著牆腳跑絕對跑不遠。經過數月來與老頭布羅斯的討論，李愣與蘿莉簽下十年租約，頂下冷藏肉的生意。他倆的長子自高中畢業，是家族裡第一個高中畢業生，之後進入陸軍服役。他簽下六年。新聞報導著學校營養午餐的爭議。爭議點是番茄醬被歸類為蔬菜。老頭布羅斯遷往阿布奎基。

經濟不景氣。新聞報導盡談經濟蕭條與失業率。小農場主人為了省錢，屠宰工作不再外包，親自切割冷凍。肉品冷藏的租金很高，電費也向上攀升。李愣與蘿莉不得不改行。老頭布羅斯從阿布奎基搬回來。雙方鬧得不愉快。李愣說，事業做不起來，事實就是事實。

另尋天地，現在似乎是個好時機。李愣在熱莫坡里斯（Thermopolis）[2] 找到地方性的肉品冷藏工作，是狩獵季節的臨時工，因此全家搬到該地。有一位獵人來自迪莫因，住在距離李愣父親出生地不遠。李愣幫他將冷凍麋鹿與麋鹿的頭搬上自家單引擎飛機，因此得到一百元的小費。那人喝多了。飛機在東

南方藥弓山脈失事墜毀。

冬季漫長，李愣處於失業狀態，留在家照顧嬰兒。蘿莉在學校自助餐廳上班。嬰兒很愛哭，李愣為了止住哭聲，以湯匙餵他喝啤酒。

春天時，他們搬回優尼克，李愣再度開卡車維生，這回他駕駛的是長途大貨車，東西兩岸跑，每次出門，兩三個月才有機會回家。他跑遍了北美洲，到過德州、阿拉斯加、蒙特婁，以及科珀斯克里斯蒂。他說，到什麼地方不都一樣。蘿莉這時改在優尼克的高低餐飲店廚房上班。該餐飲店兩年內三度易主。上了年紀的農場主人威西特‧柯林克，三餐均到高低餐飲店報到。他對蘿莉有意思。他對著蘿莉念出報紙上一則報導──臭氧層出現了怪洞。他誤以為臭氧是氧氣。

有一晚，李愣人在東岸某地，嬰兒發燒咳嗽一星期後發生痙攣。蘿莉驚恐之餘冒著路面冰凍的危險，開車趕到遙遠的醫院。嬰兒撿回一條命，但智力因此受損。蘿莉因此在優尼克發起緊急醫療救援團體。三女二男參加，接受急救訓練。他們開車一百哩去上急救課。第一次測驗，只有兩人合格。蘿莉是其中之一。另一人是口吃包伯。他是獨身老人。沒通過測驗的人，其中之一說口吃包伯除了研讀急救手冊之外沒事幹，因為他很懂得每月領社會保險金享受人生。

李愣辭去卡車司機的工作，再度與住在以前農場的父親合作，試試養豬的手氣。他擔任消防義工，二月那場燒死兩名兒童的大火，他也加入救火行動。當天大雪紛飛，消防車花了三小時才抵達失火農場。慘遭祝融之災的家庭是蘿莉的親戚。李愣說，房裡發生爆炸時，有東西飛出來擊中消防車的引擎

蓋。是任天堂遊戲機，絲毫未遭灼傷。

口吃包伯有親戚住在印第安納州蒙希。親戚之一在蒙希醫學中心服務。經這位親戚的奔走，該醫學中心捐獻一輛老救護車給優尼克救援隊。這輛救護車原本打算捐贈的對象是密西西比州的一個團體。包伯的親戚曾到過優尼克，是他勸醫學中心改變捐贈對象。包伯害怕開車通過車流擁擠的都市，所以李愣與蘿莉輾轉搭乘多班公車至蒙希將救護車開回來。這是他們首次度假。他們帶著么兒同行。回程途中，蘿莉將錢包遺忘在餐廳椅子上。回程的汽油錢放在錢包裡。他們回到餐廳，心焦如焚。有人撿到錢包交給餐廳保管，一文也沒少。蘿莉與李愣談著人性善良之處，甚至連陌生人都好心。他們出差的這段期間，口吃包伯當選救援隊的隊長。

有對加州夫妻檔搬來優尼克，做起標本剝製的生意。他們自稱藝術工作者，讓動物擺出不尋常的姿勢。他們付錢請蘿莉清理工作室。他們的櫥窗展示一條郊狼標本，成了在地人的笑柄，因為郊狼擺出抬起一條腿的姿勢，將腳搭在山艾樹上的圈套裡。標本剝製的生意撐了將近兩年，後來夫妻檔移徙俄勒岡。李愣與蘿莉的長子從海外打電話回來。他打算簽下終身職。

李愣的父親去世，他們這才發現養豬生意負債累累，農場是抵押再抵押。他們出售農場以償還債務。李愣的母親搬進來同住。李愣繼續駕駛長途卡車。他母親整天看電視。有時候她坐在蘿莉的廚房，鮮少說話，靜靜挑出乾豆粒中的小石子。

年紀最小的女兒打工照顧幼兒。有一晚，她在回家路上，僱主撫摸她發育不全的胸部，要求她握住

他的陰莖，原因是，他說她吃掉了他保留下來的一塊巧克力蛋糕。她乖乖遵命，卻跑回家向蘿莉哭訴，而蘿莉建議她別亂講話，從今起待在家裡別出去。兩人承租的店面，是李愣結交的朋友騎機車過來找他，他改變了心意，隔天早上跳上機車，兩人直奔鳳凰城。

李愣辭去卡車司機的工作。蘿莉存了一小筆錢。僱主是李愣的朋友；兩人經常一起狩獵麋鹿與羚羊。

找到第一分工作的老加油站，也是兩人開過農場用品店的地方。兩人再度決定自行創業。兩人承租的店面，是李愣商店。他們嘗試了必勝的噱頭：會在風中噗噗作響並撕裂的塑膠廣告旗幟，加油一次贈送冰淇淋甜筒，並可參加抽獎。李愣腦裡不斷想像著一百輛車靠過來的光輝歲月。如今十六號公路似乎是全美最空盪的道路。他們苦撐了一年，然後李愣承認事業失敗。他的想法正確。超級盃總決賽，舊金山擊敗丹佛，讓他沮喪了數日。

長子被陸軍勒令除役，原因是什麼，他不肯說明，但李愣知道是化學藥物，是毒品。李愣不顧背痛，重回長程卡車駕駛的工作。長子回國，在皮野的農場幫忙。李愣觀察研究兒子，尋找毒癮的跡象。兒子的眼睛總是佈滿血絲，淚水漣漣。

最不幸的一年到來。李愣的母親去世，李愣背部受傷，同一個星期，蘿莉得知罹患乳癌，而且再度懷孕。她四十六歲。蘿莉的醫生建議她墮胎。蘿莉拒絕。

長子經診斷後發現對馬匹過敏，因此辭掉農場的工作。他告訴李愣，他想試試養豬的事業。豬肉價格很高。李愣興奮了幾天。他腦海中浮現清晰的影像：李愣父子家畜公司。可惜有一天，兒子服役期間

蘿莉懷孕第五個月流產，隨後癌症惡化。李愣每天到醫院陪伴在側。蘿莉病逝。兩個女兒，這時均已出嫁，咒罵著李愣。沒人知道如何通知長子，他因此錯過了葬禮。么兒哭鬧不休，哄也哄不停。他們決定送他到蒙大拿州畢林斯與長姊同住。她正懷著第一胎。

蘿莉去世後過了兩個春天，有名來自俄亥俄州的中年婦女買下餐飲店，漆成橙色，改名為優尼克小吃店，並僱用李愣掌廚。他很懂牛豬肉，知道如何選擇上等肉與最佳烤盤，也知道如何以炸雞的方式炸到完美的境界。他從前在家從來不下廚，大家對他這番隱藏已久的手藝嘖嘖稱奇。長子返鄉，翌年兩人計畫承租老加油站，改裝為摩托車修理店兼牛排屋。沒人有空聽新聞。

1：：Selma，黑人民權運動起源地。

2：：Des Moines，愛荷華州首府。

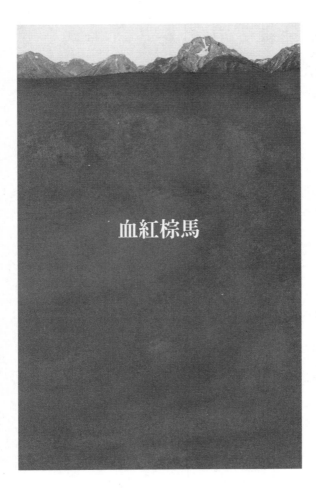

血紅棕馬

獻給巴力·馬利

一八八六年底至八七年初的冬季嚴寒慘烈。所有該死的高地平原史書皆如此記載。那年夏天乾旱，過度啃食的牧草地上放養大批牛群。濕雪提早降落，結凍後形成硬冰層，牛隻無法突破，因此吃不到青草。緊接而來的是暴風雪與凍得眼睛張不開的低溫，窪地與乾河谷裡牛屍堆積成山，景色荒涼。

有位來自蒙大拿州的年輕牛仔，略略愛慕虛榮，捨棄大衣與大手套，將所有薪水投資在手工打造的精品皮靴。他越過州界南下懷俄明，認為越往南走天氣會越暖和，不料當晚他凍死在粉江酷寒的西岸，其廣度與流向眾所周知。深一吋，寬一哩，由德州往北流來。

翌日午後，三名牧牛工自靠近蘇格斯的黃楊泉農場前來，騎馬路過他的屍體，顏色如磨刀石頭般鐵青，半身遭積雪埋沒。他們是精明幹練的牧牛工，身披毛毯大衣，羊毛皮套褲，羊皮大手套，未加工羊毛圍巾繞上帽頂，再往下纏過長滿鬍渣的下巴。其中兩人很幸運，腳踩良質皮靴與厚實的襪子。另一人姓名為阿髒·席特茲，鬥雞眼，喜歡喝髮油，上身包裹得尚可，越往下則越不幸，沒穿襪子，腳尖上捲的皮靴有裂縫也有破洞。

「那個玉米牛肉罐頭，穿的靴子跟我同號，」席特茲說著下馬，是他當天首度觸地。他扯著蒙大拿

牛仔的左靴，無奈已經凍牢。右靴也不見得好脫。

「躺在雪地、病牛養的雜種，」他說，「晚飯後再來割斷解凍。」席特茲取出單刃獵刀，切向蒙大拿的小腿，從接近皮靴頂上方的部分鋸斷，一面將帶靴的雙腳放進鞍囊，一面欣賞著加工皮面與縫邊的心形與梅花紋飾。三人繼續沿河往下尋找走失的牛隻，發現十幾頭深陷河水沖積物，全數挖出後天色已晚。

「要趕回宿舍太晚了。老頭古賴斯的茅屋就在前面，一定有梅乾或是其他好吃的，至少也有個火爐。」氣溫下降中，冷到口水在空氣中發出啪聲，冷到男人不敢在野地小便，因為擔心被緊緊冰凍在地上，直到春天方能脫困。他們同意，氣溫必定在（攝氏）零下四十度以下。勁風如長柄大鐮刀，颳出懷俄明風格的咆哮。

他們往北走了四哩，找到茅屋。老頭古賴斯打開門縫。

「進來吧，管你是牧牛工或偷牛賊。」

「我們得先把馬關起來。穀倉在哪裡？」

「穀倉。從來都沒有。木堆後面有個單坡屋頂小屋，應該能讓馬避避風，不然大概也能防防寒。我的兩匹馬養在家裡，就養在碗櫥旁。寵他們寵得不得了。你們找得到空地就睡，不過我得警告你們，別去招惹那兩匹血紅棕馬，他可是會把人活活吞下去。他是頭精神飽滿的神駒。抓把椅子過來坐下，吃吃我燉的東西。可以聊的東西很多，邊吃邊聊個夠。軟圓餅才剛出爐，熱呼呼的。」

這晚氣氛愉悅，大夥吃吃喝喝，打打牌，彼此吹牛，火爐蹦出熱度，老頭古賴斯寵壞的愛馬舒服地嘆著氣。依三名牛仔的觀點，這晚唯一令人有所微詞的是主人獅子大開口，對他們索價三元加四個五毛銅板。午夜時分，古賴斯吹熄燈籠，上了自己的木床，三名牧牛工則在地板上伸展四肢。席特茲將戰利品擺在火爐後面，枕著馬鞍入睡。

日出半小時前他醒來，想到今天是母親生辰，若想發電報表達孝心，必須跑得比連番劈下的閃電還快，因為奧沃蘭鎮電報局正午打烊。他察看令人毛骨悚然的戰利品，發現已然解凍，因此脫下自己原本的靴襪，套上新靴。他將蒙大拿無名屍的赤腳與自己的舊皮靴拋至靠近碗櫥的角落，如羽毛墜落般無聲無息地溜出，將馬鞍安置好，上馬離去。風勢減緩，清冽的冷風讓他精神一振。

日出後老頭古賴斯起床，研磨著咖啡豆，煎著培根。他朝下瞥了一眼蜷縮在地上的客人說，「咖啡煮好了。」血紅棕馬跺地，踢著狀似人腳的東西。老頭古賴斯湊過去看個仔細。

「一早就觸霉頭啊，」他說，「一隻人腳，旁邊還有另一隻。」他數著沉睡中的客人。只剩兩位。

「醒醒吧，撿回小命啦，看在老天爺的分上，醒一醒，起床啦。」兩名牧牛工翻身過來，以慌亂的眼神盯著老人看。古賴斯此時口角沾有相當多白沫，指著血紅棕馬後面地板上的腳。

「他吃掉席特茲了。啊，我早知道他是條狠心的馬，只是吃光整個人未免也太狠了。你這個野蠻混帳，」他對血紅棕馬尖聲怒罵，把他趕到冷得皮膚發燙的戶外。「不准你再吃人肉了。你就睡在暴風雪

裡，陪狼群一起睡，你這條地獄來的惡魔。」私底下他其實很得意，擁有這樣一匹馬，竟有膽活活吃下牛仔。

倖存的黃楊泉牛仔起身喝咖啡。他們瞇著眼望著老頭古賴斯，雙手叉在手槍腰帶上。

「啊，小子，看在老天爺分上，只是件可怕的意外嘛。那條血紅棕馬這麼野蠻，我從來不知道。我們就別說出去吧。席特茲也算不上好東西，我這裡有四十個金元，再加上昨晚收的三元加四個五毛銅板。乖乖吃你們盤上的培根，別惹麻煩。這世上麻煩的事已經夠多了。」

對，他們不想惹麻煩，只是把沉重的財物放進鞍囊，喝下最後一杯熱咖啡，置好馬鞍上馬，往外迎向奸笑的早晨。

當晚在宿舍見到席特茲，他們對他點點頭，祝賀他母親生日，對血紅棕馬與四十三元加四個五毛銅板的事絕口不提。加減乘除算得恰到好處。

身居地獄但求杯水

站立此處，雙手抱胸。雲影如投影般在暗黃岩石堆上奔馳，撒下一片令人暈眩的斑駁大地疹。空氣嘶嘶作響，並非局部微風，而是地球運轉產生的暴風，無情橫掃大地。荒蕪的鄉野──靛藍而尖突的高山、綿亙無盡的草原、傾頹的岩石有如沒落的城鎮，亮光如雷的天空──引發性靈一陣戰慄。宛若低音深沉，肉耳無法聽見卻能感受得到，宛若獸爪直入心坎。

此地危險而冷漠：大地固若金湯，儘管意外橫禍的跡象隨處可見，人命悲劇卻不值一提。過往的屠殺或暴行，過往的意外或凶殺，發生在總人口三人或十七人的小農場或孤寂十字路口，或發生在採礦小鎮人人魯莽的貨櫃屋社區，皆無法延誤傾瀉氾濫的晨光。圍籬、牛群、道路、煉油廠、礦場、砂石坑、交通號誌、高架橋上歡慶球隊勝利的塗鴉、沃爾瑪超市卸貨區凝結的血塊、公路上日曬褪色的悼亡魂塑膠花環，朝來暮逝。其他文化曾至此地紮營片刻，隨即消失。唯有泥土與天空最重要。唯有無止境重複傾瀉氾濫的晨光。你這時開始明瞭到，除了上述景象之外，上帝虧欠我們的並不多。

一九○八年，綽號「冰人」的以撒‧丹麥爾為逃避德州乾旱與塵暴，抵達懷俄明州樂壤彌，時間是二月某日凌晨三點三十分，天昏地暗。氣溫是（攝氏）零下三十七度，冷風尖聲吹在足跡上。

「再糟糕，一定也不會比現在更糟，」他說。他有所不知。

雖然他已在柏內特郡成家，妻子名為娜歐蜜，育有五子，為了在六豬圈農場擔任趕牛的工作，他向

經理發誓自己確為單身漢。這個大農場的主人是兩位蘇格蘭兄弟，連農場的「六」字長什麼樣子都不清楚，農場事連碰也不想碰，與運奴船的船東不願檢查貨艙的道理一樣。

每年底，由於冰人‧丹麥爾從來不進市區揮霍，存下每月四十元薪資，獵殺野狼領獎賞樂此不疲，也因為在紅狗酒吧贏錢的數目通常多於輸錢，因此在藍色錫盒裡存了四百元。錫盒外畫著綁辮子的水手從金色菸草塊切下一捲菸草。數目不夠。下鄉第二年春天，他辭去農場的工作，進入蒂頓族領域獵捕大麋鹿，取下大犬齒，賣給肯出巨款收購的麋鹿保育慈善會會員。會員喜歡買來當象牙掛在錶帶上。

現在他在大空區以南的樂壤彌平草原申請農場公地。大空區位於多雪的藥弓山脈底下一處風壑而成的長形窪地。他搭建草皮棚屋，為搖盒的品牌登記註冊。農地界線並不明顯——他見到美麗的低地，視線所及之處皆歸他管，期望地盡其利，物盡其用。他連買帶偷買得來一百頭母牛，身上行頭是帽子、牛仔褲、皮靴，以驕傲的語氣宣佈自己為農場主人。他將妻兒接過來，登記鄰近四分之一土地在娜歐蜜名下。從單身漢搖身一變為擁有五個小毛頭的大家長，從一貧如洗的牧牛工躍居擁土自重的農場主人，旁人為他取了「詐夫」的綽號，有些人誤以為「炸夫」，因而感到不安。

草皮棚屋長十呎寬十四呎，上面鋪上長條形木板，拍上幾抹泥巴，屋頂就算完工。窗戶一扇，扭曲的大門一扇。妻子見到時心裡作何感想無從得知，外人只能臆測。裡面有兩張木桿床，床墊是羊腹皮毛。一張給五個兒子睡，而在另一張床上，冰人很快讓娜歐蜜懷胎，之後再懷一胎，緊湊得讓女人只夠喘息。加克森對母親最生動的印象，是看著母親在他與兄弟以鐵刺網抓來的響尾蛇上倒滾水，微笑地看

著毒蛇痛苦掙扎。時至一九一三年，她由於長年被狠咻咻地騎乘、髒兮兮地踢開，為了尋求喘息的機會，竟與補鍋匠私奔，留下九個男孩給冰人——加克森、雙胞胎理想與寵物、肯米、馬立翁、拜倫、瓦恩、瑞特與福氣。拜倫遭蚊子叮咬傳染腦炎夭折，其餘兄弟悉數安然長大。在那一帶鄉下，壯丁相當於銀行存款，冰人拉拔他們長大，滿足他對勞力的需求。耶誕節時，兒子們的禮物是繩索，過生日時握手了事，去他的生日蛋糕。

他們學習到的是牲畜與農場勞動。仍是小不點的時候，他們就能單獨在平原上睡覺，朝天的膝蓋如雨中屋椽，以防水篷蓋在頭上，傾聽耳邊雨水涓流而過。秋天時，將牲口趕進農場過冬後，他們登上傑姆山打獵，不是當作休閒運動，而是為了吃肉。他們一個個鍛鍊得筋骨強悍，工作起來毫不倦怠，習慣吃苦，喝酒、抽菸、完成工作，樂在其中。他們是黃銅螺絲釘男孩，高大而筋肉糾結，最喜歡在大清早踢掉馬兒身上的霜。

「兒子！用力把他媽的馬刺戳進去，戳進肺裡給他好看！」冰人對兒子說。兒子正騎在未經馴服、氣沖沖的馬上。

他們對痛苦的忍耐度到了傳奇的境界。馬立翁騎馬走在狹窄的山徑，不料馬腳踩上土石鬆垮的路面，連人帶馬墜入山下岩石堆。馬兒的背骨斷裂，馬立翁折斷的是腿骨，因此射死馬兒，以樹枝當作拐杖，花了三天的時間，連跳帶拐走了二十哩來到希富斯家討水喝下，再拄著西洋杉拐杖，繼續往自家農場跳，距離希富斯家以東七充當夾板，以破布固定傷處，再射斷一株營養不良的西洋杉，以絲蘭花的梗

哩。後來喬治‧希富斯才哄他上馬車，這時希富斯才發現剛才沒注意到的東西——馬立翁一路走來，竟背著沉重的牲畜鞍具。

長子加克森是頂尖馴馬人，可惜內傷嚴重，到了二十八歲，內褲經常染血；他不得不改騎別人馴服過的乖馬。經過一段無所事事的時期，他接管了搖盒的日常營運工作，管理收支簿，記錄配種事宜，然而每年夏天一到，他將所有工作推回給父親，自己幫晨輝公司推銷風車，駕駛福特卡車在鄉村道路上顛躓前進，拜訪農場、園遊會、牛仔競技場。需錢孔急。他自己買了一套方格呢西裝，接著買輛敞篷小客車，在後保險桿掛上橡皮輪胎的無蓋拖車，並將公司提供的樣品風車固定在拖車上，車子行進間風車也跟著旋轉，風光招搖。他也兼賣幫浦桿彈簧、調節器，以及各種牛仔之友豪華月曆，畫面不外乎是營火加甜膩的詩詞，或是糖果色的小妞跪坐在天人菊上。晨輝是座鋼塔結構、齒輪後建的幫浦風車。風車葉片漆成鮮藍，干貝狀的翼板上寫著廣告詞：「永不後悔——晨輝保證」。

「那些無賴只有圖片和型錄，跟他們比起來，我有的是優勢。我給客戶看實際的風車——主軸穿進滾柱軸承，連結雙桿齒輪。齒輪怎麼跟曲軸大齒輪咬合，光看照片怎麼看得出來？滾柱軸承是咬合的關鍵。如果客戶是老頭子，不想買風車，肯定會買一兩本月曆。利潤雖然少，積少成多嘛。」

自家農場事務的決策，他仍能發表意見——這項權利是他贏得的。

寵物與肯米各自成家，離開搖盒，但其他兄弟單身住在家中，永遠有幹不完的活兒，偶爾一起上樂

壞彌一間妓院，這樣就足夠了。大夥出遊時，加克森並未同行，聲稱他出差到遠地農場時，他想要的多得很。

「有些女人啊，我還沒下車她們就等不及啦，」他說。「一打開門，小手立刻往身上亂摸。我猜她們就像我們老媽吧，」他冷笑。

到了一九三〇年代發生乾旱不景氣時，當地發生的大小事務，丹麥爾父子都要插一手，因爲他們的意見衍生自深刻的在地經驗。所有狀況他們全看過：大草原失火、洪災、暴風雪、塵暴、大小傷勢、牛肉價格下跌、蚱蜢與摩門螽斯等蟲害、牲口賊、傳染性腹瀉、惡馬。他們趕跑了無業遊民與吉普賽人。如果加克森吹著〈曳步舞至水牛城〉的口哨，一個月後當地人人都吹著同首歌曲的口哨。這一代環境以及牛馬，讓他們如魚得水，如果他們愛上任何東西，其他人就得乖乖閉嘴。這一帶鄉下由他們掌控，因爲他們有八兄弟加上冰人，而且父子連心，一致對外。然而，在大鄉原養殖牲畜的男人，往往對從事其他職業者懷有一種輕蔑。丹麥爾父子以他們每日騎馬路過的情況估量美感與宗教，因此更加助長他們對藝術與智識的輕蔑。他們帶有一種嚴肅傲慢的氣息，一種僵化的態度，表示他們的想法做法，才是唯一的想法做法。

亨斯理家的風格則不同。弘姆·亨斯理從聖路易北上而來，期望能快速飛黃騰達。他常說有志者事

竟成，可惜現實狀況卻讓他苦不堪言。他體型瘦長，注意力渙散，搬來沒多久在釘設圍籬木樁時遭響尾蛇攻擊，兩個月後進行同一件工程時再度慘遭蛇吻。樂壤彌平原土地肥沃，他的土地卻貧瘠乾燥，正好在雨帶東邊，牧場多沙，青草稀疏，接連嘗試了養馬、養牛、養羊，似乎一籌莫展。每次季節輪轉，都讓他措手不及。雖然他有能力辨別雪花與陽光的不同，預測天氣卻不太內行。他對自己的土地抱持興趣，焦點卻擺在奇岩或其他微不足道的景觀之上。

大家公認他在牧業方面一事無成，卻因他態度和善，會彈奏斑鳩琴與小提琴，因而受到眾人包容，甚至欣賞他，只不過他持家無方、在精神失常的妻子衝動鑄下大錯後仍予以溺愛包庇，多數人因此對他懷有不齒的同情。

亭斯理夫人極度拘謹、敏感，厭惡婚姻中赤裸裸的一面，飽受精神不穩定之苦：一聽見尖銳聲響，如椅子搓磨地板的吱聲或拔除鐵釘的嘎聲，她立刻分心，驚恐起來。小時候住在密蘇里州，她寫過一首詩，開頭是「我們的人生是片美麗的仙境」。如今她身為人母，育有三名子女。么女美波幾個月大時，他們遠行至樂壤彌，途中嬰兒嚎叫不止，令人難以忍受，而馬車則搖晃前進，石頭在車輪底下滑動。正當馬車通過小樂壤彌河時，亭斯理夫人站起來，將哭鬧的女嬰拋入水中。白色的嬰兒服漲滿空氣，在激流中漂浮了幾碼，然後消失在彎道垂柳成蔭之處。亭斯理夫人失聲尖叫，作勢想跟著嬰兒跳進河水，弘姆卻拉住她。馬車健步過橋，來到彎道下游的河邊。去了，死了。

亭斯理夫人彷彿為了彌補具有毀滅性的衝動脾氣，對倖存的兒女呵護有加，到了極端焦慮的地步。

她將小孩綁在廚房椅子上，以免亂跑到戶外受到傷害。她在太陽仍高掛的時分催促兒女上床，因為黃昏時刻危險萬分；她警告他們別靠近大乾草堆，因為毒蛇穿梭其中；她也不讓兒女接近馬與狗，以防被馬踏到，被狗咬傷；不讓兒女接近黃毛懷恩多特雞，怕他們被雞啄傷；打雷時她摀住兒女耳朵，閃電時趕緊摀住兒女眼睛。晚上她多次過去兒女房間察看，以確定他們沒有窒息斷氣。

兒子拉思姆森鼻頭如馬鈴薯，褐髮粗糙，眼睛泛黃，十二歲大時表現出一種古怪胡鬧的個性。他算數很行，喜歡看書。他會問複雜到沒人能答的問題——地球至太陽的距離，人類為何沒有牲畜的長嘴鼻，如果朝任何方向出發、一路不改變方向，能否抵達中國？他對火車特別有興趣。他研究過火車時刻表，知道鐵路交會點。他喜歡到車站騷擾乘客，想聽聽遠方城鎮的描述。他對家畜漠不關心，唯一例外的是他那匹渾身跳蚤的灰馬巴奇。他的心思放在隨性所至之處，彷彿人生的實際問題不必解決，只需撥弄一番即可，如同以掃把尾逗弄小貓一般簡單。

十五歲時，他的興趣轉向遠方的海洋，渴望閱讀有關大船的書籍，可惜他找不到附有插圖的書。他在紙上發明出如屋頂倒轉狀的小船，想像海洋是恆常平坦如玻璃的媒介。後來樂壤彌爾的赫波夫人有天晚上提及海外之行的經過，將過程描述為狂風巨浪的煉獄，他的幻想因而破滅。有一次，他家聘請的一名幫手來自舊金山，只工作了五六個月，告訴大家舊金山有熱鬧的街道，有華人幫會之間的打鬥，有水手與伐木工狂吐一夜，耗盡所有工資。他也描述了芝加哥，聳肩突出平原之上，煙霧瀰漫，以東一百哩的空氣也遭污染。他說蘇必略湖舔著對面荒蕪的湖岸，隸屬加拿大領土。

沒人拖得住拉思。十六歲時，出落得腥臭笨拙的他離家前往舊金山、西雅圖、多倫多、波士頓、辛辛那堤。他的期望是什麼，體驗到什麼，無人知曉。他既沒有返鄉，也沒有寫信。

女兒與其他人家的女兒同樣不受重視，嫁給一名惡習纏身的牛仔，隨他搬到霸格斯。弘姆‧亭斯理放棄養羊計畫，開始經營蔬果園，養蜂釀蜜，專精於製作番茄罐頭，種得一田不錯的月星西瓜。過了一年左右，他將拉思的灰馬賣給住在鄰近農場的庫立卡家。

一九三三年，兒子離家超過五年，音訊全無。

母親對著窗簾懇求，「為什麼他不寫信回來？」說著再度看見水中的嬰兒，膨起的嬰兒服在幽暗彎道附近載浮載沉。有誰會寫信給這樣的母親？——因此她半夜起床，到廚房刷洗天花板、桌腳、丈夫皮靴底部，以香蕉皮搓揉陳舊的攪肉器，讓金屬部分重現銀色光澤。就算她是殺嬰兇手，沒人敢批評她家打掃得不夠乾淨。

加克森‧丹麥爾準備載著晨輝的推銷詞與大話，重新上路。他們蓋好了新的圍欄，也烙印過牲口，僅剩的幾頭全烙印完了，甫想曬乾草了——原野高溫，青草被烤焦了。外地可能白花遍野，此地風中卻

開滿鹹塵。暗沉沉的地平線意味的不是大雨將至，而是另一場令人窒息的塵暴或是逐漸逼近的蚱蜢群。冰人說，他感覺得到，更糟糕的還在後頭。政府為了解救農場經營業者，以微不足道的小錢買下牛群。

加克森懶散地倚在馬廄上，旁觀一頭散髮的弟弟幸福，看他彎腰察看一頭繁殖用母馬的蹄上出現的沙縫。

「去年我南下林戈，看見摩門蝨斯正在吃一隻活土撥鼠，」加克森說。「大概十分鐘就吃得一乾二淨。」

「天啊，」幸福說。他一直到十四歲才有機會品嘗糖果的滋味。糖果一入口他趕緊吐出來，連說味道太重了。他喜歡聽大哥加克森講故事，認為自己哪天也想出來推銷風車，不然跟著大哥四處跑個幾星期也好。「這邊開始出現小裂縫了。」

「現在抓出來，救馬兒一命。馬蹄敷料，我們還剩半罐。對呀，可以看見聽見很多怪事。克雷特‧布磊跟我說，大概二十年前他在樂壞彌碰見兩個伐木工人。他們向他說，他們在母山（Sierra Madres）發現鑽石礦。克雷特說，後來兩人得了咳痘死掉。秋天才找到他們屍體，爛到和小屋地板黏在一起。可是啊，他們當然在翹辮子前告訴過克雷特鑽石礦在哪裡。」

「你沒相信吧。」

「你不相信咧。不管克雷特‧布磊說什麼，都不太可能讓我一頭熱。」他捲了一根香菸卻沒點燃。幸福朝院子瞥一眼。「你那輛臭車上面黏了什麼鬼東西啊？」

「啊，去岩泉的時候，被人亂丟麵團或是石膏嘛。狗雜種。每次我去岩泉，他們都會整我一頓。性情壞得很，而且沒有鳥人有錢買風車。他們自己敲敲打打湊出來的東西，你不看不相信。有個傢伙拿來舊幫浦的零件、捆乾草的鐵絲、剝玉米機、幾根定位桿，只花兩塊錢，湊合出來的爛東西竟然跑得動。我怎麼說得過他？」

我又要上路了。」

「我的老天，」幸福說著，母馬的破蹄也處理完畢。「這裡收拾完，我就去幫你洗車。」

弟弟起身時，加克森丟給他一包菸草。「給你，老弟。等我找到好剪刀，幫你剪剪那頭雜草。然後

有封寄自紐約州軒內塔迪的信送抵亭斯理家中，對方是衛理公會牧師，表示一年前有位年輕男子出車禍受重傷，從此瘖啞，不良於行。如今已稍微恢復溝通能力，自稱是貴子弟拉思姆森·亭斯理。牧師寫道，「沒人料到他能撿回一條命。他能倖存，證明上帝美意顯靈。我相信列車長能帶他在芝加哥轉車。教會樂捐，為他湊齊了車資。他將於三月十七日搭乘午後列車抵達樂壞彌。」

午後日光呈酸檸檬汁的顏色。亭斯理夫人頭髮燙得花稍有型，站在月台上看著乘客下車。父親穿的是乾淨、漿挺的襯衫。兒子拄著手杖現身。列車長遞給他一只旅行箱。夫妻倆知道這人就是拉思，但是，他們怎認得出人？他成了怪物。他的左臉與頭部傷殘破碎，癒合後結成大片深紅色傷疤。他的喉嚨

有個咻咻作響的小洞，左眼窩有道疤痕。他的下頜畸形。粉碎性骨折的一腿復元情況很差，走路時必先向前彎腰，然後拖著腳步前進。雙手似乎殘廢，關節失靈，手指下垂。說話時，只聽見他吃力發出嗆喉音，唯有魔鬼才聽得懂。

亭斯理夫人移開視線。是她的過錯，是罪惡感透過潛移默化作用所致。

父親向前跨出遲疑的一步。傷殘男子低下頭。亭斯理已回到福特卡車上。她兩度打開車門再關上，吸收突如其來的日光。半哩外的石坡下過小雨，濕答答的巨岩晶瑩閃爍，有如錫質平底鍋。

「拉思。」父親伸出一手，觸摸著兒子細瘦的手臂。拉思向後退縮。

「走吧，拉思。我們帶你回家養傷。媽媽幫你準備了炸雞，」然而他看著拉思扭曲的嘴，因缺牙而塌陷，心想拉思不知能否咀嚼食物。

可以。他經常進食，嘴裡健全的一邊牙齒能咬穿牛肉、配菜與蛋糕。亭斯理夫人利用烹飪尋求此許慰藉。在車站時，拉思本想說話卻無功而返，之後再也不嘗試說話，只是偶爾寫著拼音亂七八糟的字條給父親看。

「非區去一下不形」（非出去一下不行）

弘姆看到字條，會開著卡車載他兜風一小段路。輪胎不太靈光。怎麼開也開不遠。兜風途中，弘姆不斷講話，蚱蜢掠過擋風玻璃。拉思默然以對。他聽懂多少，無從判斷。肯定傷及大腦，這一點無庸置疑。但當父親打出燈號，準備轉彎彎回家，拉思拉扯他的衣袖，以喉音表達否定。他的體力漸次恢復。他

的肩膀越見厚實。他能舉起彎曲的手臂。然而，如今他的行動範圍局限於廚房與門廊，對遙遠的城市與

海上船艇有何想法？

拉思想兜風，弘姆無法每次扔下手邊工作帶他出去。如今每天拉思均寫著同樣的訊息：非出去一下

不行。時序進入春季，天氣轉熱，食米鳥與草地鷚的歌聲不絕於耳。拉思尚未年滿二十五。

「兒子啊，我今天有工作要做，要種些植物。還要除草。沒辦法開車到處跑。」他思忖著，不知拉

思的體力是否恢復到能騎馬的地步。他想到老巴奇，已十四歲大，身體卻仍硬朗。上個月他在庫立卡的

牧草地上看見。他認為兒子可以騎馬。讓兒子在平原上騎馬，對他也有好處。對大家都有好處。

當天接近正午時，他來到庫立卡家。

「你知道，拉思三月的時候回家，身體狀況很差。他慢慢復元，不過需要出來透透氣，我沒辦法一

天帶他兜風兩次。我在想你是不是能考慮把老巴奇賣還給我。至少我兒子能自己出去走走。這匹馬，我

能放心讓他騎。」

他將老馬拴在保險桿，開車牽著回家。拉思坐在門廊長椅上，喝著渾濁的水。一見巴奇，他立刻站

起來。

「呃奇，」他努力說出口。

「沒錯，是巴奇。乖乖的老巴奇。」他的說話口氣彷彿將拉思視為幼童。他聽懂多少，有誰能知道？

他一聲不吭、文風不動端坐時，是思考著樹蔭裡的動物，或是路上顛簸的車輛，金屬尖聲摩擦，全世界

上下倒置？或者視野中只見模糊影像？「想牽回來給你騎。」

他應付得來。這是天賦。弘姆必須為他安置馬鞍，但吃完早點後，拉思立刻上馬，騎出去兜風數小時。他可見拉思在大草原上，背景是鮮綠色，細長電光自遠方陰鬱雲層中霍閃而下。然而亭斯理夫人的恐懼升高，擔心總有一天見到無人騎的老馬回家，馬鞍仍在馬背上，繩套鬆弛。

買回巴奇的第二個星期，拉思整天在外，返家時既污穢又筋疲力竭。

「你上哪兒去了，兒子？」弘姆問，但拉思大口吞噬馬鈴薯，以健全的一眼對父母投射狡猾的眼光。

弘姆知道他一定做了不為人知的事。

不到一個月，拉思整天整夜外出，然後回家兩三天，只有天知道他去了哪裡，行蹤飄渺，躲至岩石背面，騎馬在塵土飛揚而乾燥的青草上奔馳數哩，睡在柳樹上，睡在雜草窩中，一個不會說話的半野人，誰知道腦子裡想的是什麼。

亭斯理夫婦開始聽見風聲。拉思在韓森家出現過。韓森的幾個女兒在外面曬衣服，拉思突然騎著灰馬出現，帽子壓低，說著口齒不清的話，然後迅速離去。

合用電話線響起四聲短音，是他們的電話，亭斯理夫人接聽，對方是男子，說，別讓你家那個該死

的白癡亂跑。但拉思一去就是六天。他尚未回家時，警長駕著黑色雪佛蘭新車過來，旁邊漆上一顆白色星星。他說拉思大老遠跑到泰塞丁，對一個農場主人的妻子獻寶。泰塞丁有四十哩遠。

「她又不是沒看過，不過並不欣賞他這種舉動，她老公也有同感。除非你希望兒子被抓去關或是被人打傷，最好是別讓他騎馬。他的臉很嚇人，對不對？」

隔天中午拉思回家，消瘦憔悴又飢腸轆轆，弘姆取下馬鞍，收進夫妻的臥房。

「對不起了，拉思，不能讓你繼續到處跑了。」

翌晨巴奇不見蹤影，拉思亦然。

「沒放馬鞍就騎走了。」沒辦法把他留在家裡。他的範圍是小了點，不過他再度漫遊巡行。

正午在丹麥爾家的廚房裡，冰人‧丹麥爾睡在沙發上。真皮沙發沾滿油漬，磨損得有如舊馬鞍，靠著牆壁放。冰人的華髮蓬亂，嘴巴張開。木板餐桌長達十二呎，兩側擺著被長褲磨亮的長椅，桌上有裝滿叉子與湯匙的烘麵包盤。鐵質洗手樞傾斜，木質流理台散發出霉味。碗櫥門開著，架子上堆疊著沉重的餐盤，缺口處處。擺在牆壁書架上的蜂窩收音機從未噤聲，扭開喇叭播放靜電沙聲與嗚咽噪音。手搖式電話掛在門邊。餐具櫥裡站了一叢林的私人酒瓶，註明了縮寫與名字。

瓦恩彎身從烤箱取出軟圓餅。他膚色黝黑，雙腳向外彎曲。馬立翁將牛奶肉汁平攤在平底鍋上，倒

進一堆熱水滾過、切成兩半的馬鈴薯。咖啡壺汩汩冒出棕色泉水，流入壺蓋的玻璃圓頂。

「午餐！」瓦恩大喊，一面將軟圓餅倒入大碗公，拿起小威士忌酒杯一飲而盡。「午餐！午餐！午餐！不來吃就餓肚皮！」

冰人伸伸懶腰起身，走向門口，咳嗽吐痰。

父子沒有交談，大口嚼著牛肉。他們沒有沙拉或蔬菜，只有馬鈴薯，偶爾換口味吃甘藍菜。

冰人依習慣將熱咖啡倒進淺碟喝。「聽說泰塞丁那邊發生了好玩的事。」

「消息挺靈通的嘛。亭斯理家那個該死的兒子，回家後，騎馬到老希富斯家院子，在女的面前打手槍。遲早他會發現，插進去其實更爽。」

「滑滑火也好。調味醬傳給我，」加克森說。「看來亭斯理老婆發了瘋，淹錯了小孩。」他以牛肉沾調味醬。「去他的，瓦恩，我出差不在家，一定會想念這個調味醬。」

「跟我沒關係啦。自己去買一罐帶著嘛——比利‧吉爾的皮卡迪利店有賣。自己去店裡買。」

某日正午前後，夏日艷陽高掛，傳來陣陣蚱蜢氣味，亭斯理夫人聽見卡車引擎在院子噗噗響，往外望去，見到一輛敞篷小客車，迷你型風車裝置在拖車後，排氣管放出的廢氣揚起一小陣塵土。車輪胎紋上蚱蜢糊成一團，另有數十隻或生或死的蚱蜢塞在散熱架上。

「風車人來了，」她說。弘姆緩緩轉身過來。他的感冒剛好，現在又因吸多了粉塵而頭痛。

加克森‧丹麥爾身穿棕色方格呢西裝，面帶微笑走過來。他揚起的塵土仍飄浮在路面上。一隻蚱蜢從他腿上跳走。

「是亭斯理先生嗎？你好。我是加克森‧丹麥爾。過去兩年來，一直想過來拜訪你，說服你購買晨輝風車。本公司器材可能是市面上最佳產品。最近該死的塵土暴吹個不停，風車可以救救農場人的生計。沒錯，我一直想過來拜訪，只是農場的事忙個沒完，然後夏天時全州南北跑，推銷這些優質的風車。這一帶我不常跑。」他臉上的微笑彷彿以螺絲固定過。「我爸和我弟和我加起來，在搖盒總共裝了五台晨輝。牲口走到哪裡喝到哪裡，不會因老是走回穀倉喝水而減輕重量。」

「我又不開農場。養羊也結束得差不多了，以前養牛也養得不怎麼樣。現在我只是做點蔬果園，養養蜜蜂。明年想弄一對藍狐來養養。我們有一口井。附近也有小溪。所以大概用不著風車。」

「小溪和井也有乾掉的一天，大家都知道。這場可惡的旱災肯定會持續下去。風車的功用不只是方便打水給牲口喝。可以幫你發些電。幫你打個儲水槽。儲水槽的功用可大了，可以滅火，又可以養點魚。你和夫人可以游游泳。不過防火才是最重要的事。房子什麼時候失火，誰都料不到。氣候這麼乾燥，風吹得草葉互相摩擦，遲早會引發草原大火。」

「我不知道。我大概買不起啦。我們這種家境，風車恐怕負擔不起。拜託，我連新輪胎都買不起了。我需要的是新輪胎。太貴了。」

「是啊，有道理，沒錯。有些東西是貴得不得了。我同意你。不過晨輝可不貴呀。」加克森·丹麥爾捲了一根香菸，遞給弘姆。

「香菸是棺材釘，我從來不碰。」四分之一哩外轉彎處升起一團塵土。風車，去你的，弘姆心想。

加克森來時路上必定碰到兒子了。

丹麥爾抽著菸，望向院子，點點頭。

「是啊，小小的儲水槽，放在這裡剛剛好。」

老馬巴奇繞過轉角，喀答喀答進來，冒著汗珠，顯露疲態，而拉思則坐在馬背上，沒有馬鞍，臉孔扭曲，一眼目光如炬，經過載有風車的拖車，接近到馬身上的泥巴飛濺到車身。

「嘩，那是什麼鬼東西啊，」加克森·丹麥爾說。他將濕了一頭的菸屁股扔進塵土中，以靴尖踩滅。

「他是拉思，我兒子。」

「跑得好快。還以為是那個發神經的白癡，拿出小弟弟到處嚇女人的那個。你聽說了嗎？哪天他會不會抓了個小女孩亂來，有誰知道？這附近有人巴不得幫他斷根，好確定他不會害別人生出白癡，也好讓他安分點。」

「那個該死的風車是你的，是不是？他是拉思。告訴你，他出過嚴重車禍。沒有傷到腦筋，不過傷得真的很重。」

「我瞭解啦。對不起。不過看來好像沒有傷到某個部分吧？急著想炫耀。」

「你和你該死的風車，給我滾出我家院子！」弘姆·亭斯理說。「他受過傷沒錯，不過他跟正常男人沒兩樣。」現在可好了，招惹上了這個狗娘養的和他七個弟弟。

「好吧，我走就是了。我剛說的話你也聽進去了。給我記住，我賣的是風車，可是我說話絕不膨風。」

拉思在獸欄裡刷洗著正在喝水的老馬巴奇。換成鐵石心腸的人，必定將老馬牽走。但弘姆·亭斯理遲疑不決。兒子唯一的人生樂趣就是騎馬兜風。過一兩天他會跟兒子講道理，希望他能瞭解。一陣冰雹下得令人措手不及，打壞了尚未成熟的西瓜，他花了數日忙著採收。他從小溪提水灌溉焦黃的番茄藤。小溪已經瘦成一條流水。井幾乎全乾。第一批西瓜即將從瓜藤上脫落，這時郊狼覬覦的是水果，他只好睡在瓜田裡守夜。最後西瓜總算採收完畢，又苦又小，番茄也開始成熟，需水不如以往孔急。時序進入夏末，大地乾苦，日光黃艷。

拉思弓起背，坐在門廊的搖椅上。他總算待在家裡了。他顯得哀戚失神，頭髮黏成一片，手與手臂

骯髒污漫。

「拉思，我有話跟你講。你仔細聽著。你不能再出去做那種事了。你不能對女孩子獻寶。拉思，我知道你還年輕，精力無從發洩，可是你不能繼續再搞下去了。雖然這樣說，你不能就此放棄希望。拉思，我們找找看，說不定能幫你找個女孩結婚。我不知道。我們還沒開始找。不過你做的事情，嚇壞了她們。那些牛仔啊，丹麥爾那些兄弟會找你麻煩的。他們放話說，如果你繼續騷擾女孩子，他們會閹掉你。你懂不懂我說的話？我說閹掉，你懂不懂是什麼意思？」

氣氛令人煩躁不安。拉思以健全的一眼對他投射狡猾的眼光，開始大笑，是一種鬼魅似的低沉沙啞聲，弘姆從來沒聽過。他認為是笑聲，卻不知道因何而笑。

當晚他在黑暗中直接對妻子說明，不顧及女人的敏感神經。

「我說的話，不知道他聽懂了沒。我不認為他聽懂了。他笑得直不起腰了。老天爺啊，要是有辦法知道他腦子想什麼就好了。可能是有蟲子在我襯衫上走來走去，他才笑起來。可憐的兒子，他有男人的性衝動卻沒法子發洩。」

兩人默不作聲，然後她以幾乎聽不見的音量悄悄說，「你可以帶他去樂壞彌。晚上去。女人院。」

她的臉龐在黑暗中隱隱發亮。

「那怎麼行？」他說，大感震驚。「我可不做那種事。」

他昨天說的話，拉思似乎聽懂了一些，因為拉思今天沒出門，坐在廚房裡，面前擺了一盤麵包與果

醫，幾乎沒有任何動作。亭斯理夫人輕輕將手貼在他發燙的額頭上。

「你發燒了，」她說，然後以手指戳著他，要他上床。他蹣跚步上樓梯，邊走邊咳嗽。

「你得了你得過的夏天型感冒，」她對弘姆說。「接下來大概會傳染到我了。」

拉思躺在床上，亭斯理夫人以海綿擦拭嚇人的疤臉，也擦了他的雙手與手臂。過了兩天，燒仍未退，咳也咳不出來，只是呻吟著。

「要是能讓他舒坦一點就好了，」亭斯理夫人說。「我一直在想，要是他能洗個海綿浴，然後用酒精擦遍全身，說不定可以退退燒，讓他涼快點。天氣這麼熱，他睡在那團被單裡。我最討厭夏天型感冒了。我覺得洗海綿浴會讓他舒服點。他身上還穿著髒衣服。全身都是病人的臭味，從一感冒開始，就全身髒兮兮。他高燒到快冒火的地步了。你能不能幫兒子脫掉衣服，給他洗個海綿浴？」她以過分矜持的語氣說。「由男人來做比較合適。」

弘姆．亭斯理點點頭。他知道拉思生了病，卻不認為海綿浴能發揮一絲作用。他瞭解妻子的意思，兒子臭得受不了，她已無法靠近。她倒些溫水在臉盆裡，給他白軟如雪的毛巾、香皂，以及從未使用過的新浴巾。

弘姆在病房裡待了良久。步出房間後，他將臉盆與沾污的浴巾投進洗手檯，坐在餐桌前，低頭啜泣起來，嗚、嗚、嗚。

「怎麼啦，」她說。「更嚴重了，是不是？怎麼啦？」

「我的天啊，難怪他當著我的臉大笑。他們已經下手了。他們對他動刀，用的是骯髒的刀子。他得了壞疽，整個鼠蹊都發黑了，腿腫到腳丫——」他上身往前傾，臉孔距離她僅有幾吋，怒視她雙眼。

「你！扶他上床的時候，幹嘛不檢查一下？」

晨光漫漶至世界邊緣，灌進窗戶玻璃，爲牆壁與地板塗上色彩，在穢臭的床鋪、廚房餐桌、冷咖啡的杯子上，蓋上一層黃毛毯。天空無雲。蚱蜢撞擊著東牆，黑黃交雜，成千上萬。

事隔六十餘年。苦旱的日子已經結束。丹麥爾父子已搬離鄉野，大農場也在多年旱災中瓦解。亭斯理夫婦埋葬之處不得而知，圈養牛群的地點，是原來種植月星西瓜之處。你我置身嶄新千禧年代，如此淒楚悲苦之事已不復發生。

連這一點你都相信，你必定無事不信。

荒草天涯盡頭

這片鄉野看似空豁大地，有大簇山艾樹叢，有金花矮灌木，有錯綜複雜的天空，也有宛如疊疊紙牌拋向空中的成群野鳥，也有朝著紅牆般的地平線蜿蜒而去的淡淡軌跡。有墓無碑，頹圮木屋與獸欄的木料在舊營火堆裡焚燒。除了天氣與距離，值得一書之處不多。偶爾碰見的農場大門，為距離加上標點符號，往北是無盡的囈語，州際公路上飛奔而過的大卡車閃射出艷陽。

三代同堂的托西家族在名不見經傳的此地經營農場，九十六歲仍硬朗的老紅，兒子阿拉丁與阿拉丁的妻子婉涅塔，兒子泰勒是阿拉丁的希望所冀，小女兒珊珊，大女兒（令家人蒙羞的）奧黛琳。

老紅出生於一九○二年，地點是勒斯可，在孤兒院長大，是個性剛強的孩子——手腕粗大醒目，紅髮中分——十四歲逃出孤兒院，在伐木營地工作。第一次世界大戰結束那年，他在藥弓林地伐木。他辭職後離開飽受乾旱之苦的西部，曾當過掘井工人，曾在鐵路牲畜圍場趕過牛群，曾張貼過傳單，拼湊出的人生有如以二呎寬木板釘築的成果。一九三○年，他人在紐約，將華爾道夫大飯店掘出的沙土運至駁船，鏟入大西洋。

某個濕熱的早晨，他思念起家鄉荒蕪乾燥的景觀，回頭往西部前進。途中他找到結婚對象，很快兒女成群，一堆髒兮兮的幼兒嗷嗷待哺。在經濟大蕭條時期的奧克拉荷馬州，以炸藥轟死巢中烏鴉賣給餐廳。烏鴉成了稀有動物後，他們遷至懷俄明，在距離他生長地一兩百哩處定居下來。

他們在紅牆山附近租下農場：圓木屋一棟，圍欄散亂，遠處望去活像卡車掉落的木棍。強風讓他們與世隔絕。若想踏入陣陣強風，立刻被迫後退。農場在高地平原上飄搖。

他們的想法是養幾頭羊，是妻子出的點子。五年後，造就了第一流的羊群。二次大戰讓羊毛價格維持平穩。有座農場的前任主人繳不出土地稅，遭政府法拍，由他們頂下。

一九四六年八月，西爾斯公司的綠燈罩檯燈送達，同日妻子產下老么。她命名為阿拉丁。

戰爭結束，熱塑性樹脂毛線破壞了羊毛行情，他們轉行牧牛。妻子彷彿對轉行感到不舒服，與丈夫卸下最後一批小牛時推說頭暈想吐，病了三四年，最後病死。老紅對子女要求嚴格，六名子女只有阿拉丁待在塵土飛揚的農場，是兄弟姊妹中個頭最魁梧的一個，頑固又粗暴，篤定非將所有東西端上餐桌不可，無論是枯骨或牛排。

阿拉丁參加越戰，駕駛C-123B飛機，負責噴灑落葉劑。越戰結束後返鄉，性情更顯狂暴，喜歡鞭策自己到瀕臨筋疲力竭的程度，而後恍惚昏睡數日。他於熾熱的五月早晨在科羅拉多州與婉涅塔‧奚普薩格結婚。妻子的娘家在科州。數哩外天空有片綠雲，漏斗狀的龍捲風垂掛而下。婉涅塔頭髮生命力旺盛。她將頭髮捲成過時的法式線結。婚禮賓客是她雙親與十一名兄弟，因為找不到白米，所以往新娘頭上撒小麥。結婚儀式中，婉涅塔的父親香菸一根接著一根抽。當晚在托西農場，阿拉丁在新婚妻子前狂歡耍寶，從門廊翻觔斗而下，落入褲腳褶邊的幾粒小麥撒出，掉在地上、發芽、成長、結實、落地再生。每年小麥多占據一點地面，最後面積廣達四分之一英畝。隨風輕擺的麥子，由婉涅塔積極捍衛。她

說這些是她的結婚麥，砍掉的話，世界末日恐將降臨。

阿拉丁二十六歲那年從老紅手裡奪走主導權。阿拉丁清早天空微藍時便開始在泥堆中掘井。父親騎著獨眼母馬過來。兒子鏟起一堆濕泥。

「還沒挖好，是吧？」老父問。「手腳不是很敏捷嘛。不是很伶俐。我敢打賭，鏟子一定沒先磨利。怎麼找得到女人嫁給你，我也搞不懂。你一定是拿著獵槍逼婚。也不是說她有多好，不過大概強過找牲口亂搞，對吧？」身上塗滿泥巴的兒子爬出地洞，抓起土塊往父親身上猛砸，嚇得他拔腿狂奔。他一路追父親到家裡，繼續以石頭與柴堆拿來的柴薪攻擊，還丟擲他隨身放在後口袋的斜口鉗，丟出夾在耳朵上的鉛筆，菸草罐也出手。罐子裡裝的不是菸草，而是自製的深綠色東西。

老紅頭部紅腫流血，舉起一手表示投降，以後退的方式走上門廊。他當時七十一歲，大聲報出年齡作為防衛。「我造就了這個農場，造就了你。」他以佈滿老人斑的手摸著鼠蹊。阿拉丁拾起菸草罐、鉛筆、斜口鉗，將老頭的母馬牽進穀倉。他回到掘井處，低頭撿起鏟子，一直挖到雙手麻木為止。

婉涅塔將老紅的物品從樓上大房間搬至一樓房間。這個房間緊臨廚房，原為食品儲藏室，至今仍有葡萄乾與發霉麵粉的氣味。窗戶玻璃裂開，以膠布貼著將就。

「這樣比較靠近洗手間，」她的說法圓滑，如同汽油流下漏斗般。

婉涅塔教兩個女兒以白盤盛著派，端給爺爺吃，親爺爺一下，向他道晚安，而兒子泰勒則玩著塑膠牛，很晚才上床睡覺。有天下午，她晾完衣服進房，發現四歲大的奧黛琳跨坐在老紅大腿上，由老紅抱著，而奧黛琳卻扭動身子想下來。她從老紅手裡搶過幼女，說，「你骯髒的老鳥別靠近我女兒，不然我燒開水燙你老鳥。」

「什麼？我又沒有——」他說。「不是——從來都沒有——」

「老頭子，我最清楚，」她說。

「尿尿！」奧黛琳尖叫，已經太遲了。

現在她警告女兒別靠近爺爺，提及他時語氣凝重。正合她意，讓老紅獨自坐在直背椅上，在沒人擾扶的情況下跛腳從門廊走過廚房，回到那間霉臭的儲藏室。越早敲天國大門越好，她告訴阿拉丁，而阿拉丁悶哼一聲，翻身過去。他怕黑，因為天黑了他無法工作，早早上床，凌晨三點起床，裝滿燒水壺，打開咖啡紅罐，急著想開始幹活。

「婉涅塔，你想怎麼辦？」他說。「把他丟進牲口的水槽淹死嗎？再多等幾天，他撐不久的。」

「這句話你已經講了五年啦。他可是慢慢走、看風景喲。」

時光流逝，小牛出生、青草發芽、烙印、降雨、雲層、趕回穀倉過多、牛隻採購商亞門丁格來訪、

運牛、早來的雪、晚來的暴風雪。子女長大。阿拉丁換來一架老舊的 Piper Cub 小飛機，代價是兩條公牛、一組卡車輪胎、一座馬鞍、一八六○年 Colt .44 手槍，槍身與旋轉彈腔皆生鏽。是他在西洋杉的樹根挖到的。婉涅塔沙棕色頭髮轉灰白，每隔幾個月她會進浴室將頭髮保養成醬紫色。只有老紅憑著飼料行送的小月曆，注意著時間的演進。他比煤油更老，身體也硬朗得可望成為百歲人瑞。

妹妹小珊高中畢業後搬到拉斯維加斯。她在宗教 CD 製造商的包裝設計部門找到工作，很快抓住了影像運用的訣竅：席捲而來的浪花、光柱從天而降代表上帝恩典，而鑲有光邊的烏雲、嬰兒破涕為笑，則意味著祈禱能助人及早度過難關。希望無窮盡，金錢會自動送上門。

奧黛琳的體型越來越接近百加侖的瓦斯桶，一看便知是姊姊。她比妹妹晚一年畢業，之後留在家裡。她的頭髮微紅，接近粉紅色，繫成兩條辮子，粗如鞭柄。她與別人對話時，對方總會看著她酒窩兩點、軟枕般的嘴巴，再看看她裂紋水晶般的藍眼，心想長這麼胖真可惜。她賦閒家中第一年，喜歡穿顏色鮮艷的 XXL 號裙子，幫忙做家事。然而她雙腿總覺得冷，罹患婉涅塔所謂的「吟唱問題」，潮水條爾湧現時，逼得她直奔浴室，身後留下深色圓點，大小不一，從一毛硬幣到五角銅板均有。歷經裸露小腿涉雪而過的經驗，也吃過了鱗狀凍瘡的苦頭，她放棄了涼颼颼的裙子，也放棄了家事，追隨阿拉丁在農場上幹活。現在她踩著牛糞凝結成塊的套牛人皮靴，穿著寬鬆牛仔褲與長及大腿的 T 恤。

「對，讓她在房子外找事做，」婉涅塔說。「沒被她摔破的，全給她搞丟了，沒被她搞丟的東西全給她摔破了。她煮的東西連豬吃了都會死。」

「我討厭煮東西嘛，」奧黛琳說。「我去幫爸爸。」算是B計畫。她想離開，穿著軟木塞鞋底的紅涼鞋，坐在珍珠色的新款小卡車主客座，飲用草裙舞孃形狀瓶子的汽水。何時才會有人來帶她走？她不像妹妹那麼大膽。她知道自己誘人的一面，無法阻擋這個事實。

阿拉丁發現她對家畜的態度溫和。兒子泰勒的作風是又高呼吶喊又吹口哨，騎馬時活像信差前來通報發生大屠殺事件。

「要是能由我作主，每個農場工都應該由女人擔任。女人脾氣好，比較適合照顧動物。」他此話用意在諷刺兒子。

「噢，爹地，」泰勒以搞笑的假音說。他是這家的馬人，自十三歲那年就睡在岌岌可危的臨時農舍裡。是婉涅塔的聖旨。

「我弟弟全睡在臨時農舍裡啊。」婉涅塔這句話說得平淡無奇，卻描述了她整個童年，備受隔絕、提心吊膽、危機四伏。

獨子泰勒十九歲，高大魁梧，左撇子，體魄壯碩，足以嚇退任何父親，但阿拉丁例外。兒子喜歡穿著髒牛仔褲、頂著棕色帽子闊步走。他遐想時嘴巴閤不攏，留著年輕男子如貓毛的小鬍子，雙頰連續長出小青春痘，美中不足。他說的道理，只有百分之一正確，脾氣由意志消沉與速動肝火之間輪替上場。

阿拉丁過生日，泰勒送他兩隻郊狼耳朵，是數周來用心跟蹤的成果。阿拉丁打開禮物，攤在桌布上，說，「噢，兩個郊狼耳朵，送我有什麼用？」

「老天啊，」泰勒破口大罵，「放在你老二上，就說老二在教會對號抽獎時抽中毛帽啊。你就愛跟我作對。」他將耳朵掃到地上，往外走去。

「他會回來的，」婉涅塔說。「他回來時衣服會弄得髒兮兮，口袋外翻。男生我最懂。」

「我小時候就離家出走，」老紅喃喃說。「他不會回來了。學我的。我當過牛仔。我殺過豬。我撐過來了。從十四歲起就學大人做工。今年是九十六歲的年輕人。父親是誰從來不知道。把你們全帶去下地獄，對你們吐痰。」他以手指從桌布此端拖曳至彼端，古早以前的他跟著向前走。老人露出駭人的微笑，笨拙地拿著菸草罐。

阿拉丁臉如盾牌，鬈髮彈跳著，朝桌布低頭，喃喃說，「願上帝降福於美食。」大片牛肉平躺在大餐盤上，旁邊包圍著連綿不絕的歐洲蘿蔔與水煮馬鈴薯。這天下午他發現兩頭斷氣已久的母牛，一頭陷入泥沼，另一頭看不出死因。他又起一小顆馬鈴薯，送至父親餐盤，連看也不看他一眼，老人叉子發出抖動聲，他也充耳未聞。婉涅塔在厚重的杯子裡倒咖啡時皺著眉頭說，「小心一點，約翰·韋恩。」她的餐刀與扁平蛋糕之間有個粉色信封。蛋糕上的糖霜薄到呈現藍色。

「珊珊寄來的。」

「她要回家囉？」阿拉丁壓垮自己盤中的馬鈴薯，淋上脫脂牛奶。野味與魚，可以彌補大灰熊或獅子咬走的家畜。他已經有十年沒見過獅子的蹤跡，至於大灰熊，從來沒有。

「還沒打開，」她邊說邊拆信。信寫得既短又語義含糊，婉涅塔朗誦出來。信紙夾了一張令人瞠目結舌的相片。相片中的女兒身著黑色比基尼，塗油的肌肉輪廓鮮明，展現怒漲的雙頭肌與小腿肌，頭髮理成小平頭，朝天直豎，染成白色，圓滾滾的杏眼大張，靜止不動。她在信中寫道，「開始練健美。這裡很多女生都練！」。

「頭髮怎麼弄成那副德性，」婉涅塔說，「一定是有人勸她染的。珊珊我最懂，一定不是她自己作的主。」珊珊離家前，一直是尋常普通的小姐，手臂細瘦，略呈金色的頭髮，髮梢分叉斷裂。一大一小的眼睛經常四下瞟。說話時，她雙手不住旋轉，手指向外伸展。畢業紀念冊將她封為「最會比手劃腳的人」。

「健美。」阿拉丁的口吻不帶感情。身為農場人的他對災難有心理準備，向來不巴望從此過著幸福快樂生活的結局。女兒還活得好好的，沒有製造炸彈或對開車經過的嫖客眨眼，他已感到萬幸。

奧黛琳盯著自己的咖啡。一隻蛾展翅漂在表面，形成小箭頭，指向妹妹缺席的椅子。

阿拉丁習慣穿皮靴戴大帽，卻鮮少跳上馬背。他懷念那架 Piper Cub 小飛機，對他而言有如馬兒一般。飛機在兩年前被人偷走，趁他睡覺時支解機翼，以平台車拖走。他懷疑是摩門教徒。現在他黏住卡車駕駛座，開遍塵土飛揚的土地，有時在嗑藥後精神不濟的情況下，他會乾脆在窪地過夜，蜷縮在前座。擋風玻璃受高空光線照射影響，投射出紫羅蘭光芒。卡車後的固定架是由農場切割下來的木棒製成。他在車上準備一瓶威士忌，以麻繩綁在座位後面。敞開的前座置物箱裡擺著火種、老虎鉗、螺絲釘與螺絲帽、數百根散亂的圍籬釘，以及一個缺了把手的榔頭。婉涅塔扔了舊棉被進車裡，吩咐他下雨時一定要搖上車窗。

「你呀我最懂，」她說。「颱風下雨你都不管。」

每隔十天左右，奧黛琳會跟在父親背後，說她想進市區找工作。阿拉丁不願讓她上車。他說，以她的體重，會壓壞乘客座下面的彈簧。而且反正也找不到工作，這一點她也清楚。她人在福中不知福，最好乖乖待在農場上。

「幹嘛想離開農場，我真搞不懂。」

她對父親說，應該讓她自己開車出去。

「我準備聽建議時會告訴你，」他說。「我自己的卡車，現在歸我自己開。想開車，你自己去買一輛。」

「我只缺大概一百萬元。」絕望透頂。

「不然你要老子怎樣，爲你去搶銀行啊？」他說。「對了，你要跟我去公牛賣場走一趟。我會教你一輩子不能忘的重點。鼠蹊周邊重要得要命。」

農事清閒時，奧黛琳如何消磨時間？盯著東方四十哩外下冰雹形成的靛藍色斜線，將翻轉的雲朵視爲修車工人的抹布，閃電時緊張地數著他愛我、他不愛我。彎曲的閃電有如枝椏，探遍天空各個角落。

那年夏天，馬匹從未乾過。雨水多得不尋常，西南季風陣陣襲來。閃亮的馬匹站在大草原上，肩胛骨上雨水成河，鬃毛則水滴不斷。如果雨水突然狂奔起來，肩上激起的小水珠有如斗篷。奧黛琳與阿拉丁從早餐喝咖啡到打哈欠互道晚安，都披著油布雨衣。婉涅塔邊看電視氣象報導，一面熨著襯衫與床單。老紅將這種天氣稱爲斷腸毛毛雨，整天待在自己房間裡嚼菸草，閱讀大字版的格雷[1]通俗小說，彎曲的指甲在每行字下劃出線條。七月四日時，一家坐在門廊上觀看遠方下大雨，假裝粗大、瑩潤的閃電與雷聲是國慶煙火。

奧黛琳身邊多數事物，她已經看透，再也看不到新奇事物。燦爛美好的場面不是在未來豁然展開，而是在想像裡奔放跳躍。她與珊珊同睡的臥房，是房間中的房間。在毫無遮攔的月光下，她的雙眼閃現出白色油光。地板上的小牛皮地毯似乎會動，眼看似乎拱起來向前爬行，一次幾分之一吋。鏡子的深色框陷入牆壁，形成長方形的戰壕。從她床上，她看得見月光漂白的穀物升運倉，以及後方浩瀚的，母牛

有如小小的黑色種子點綴其上的牧場。在這道色澤近胡椒粉、令人心神不寧的月光中，她誰也不是她就是奧黛琳，而月光令她想隨心所欲獲得一切。此時毫不修飾的寂寞之情，白天的沉默靜謐，肉體的慾望，致使她以嘴緊貼自己灼熱的手肘窩。她對自己肥胖的腰部又捏又捶，在床上翻滾，扭轉，走向窗口十幾回，腳跟撞擊地板，最後樓下儲藏室的老紅終於大喊，「搞什麼鬼？你帶水手回家啦？」

她唯一的希望寄託似乎是半文盲哈爾·布魯姆。他是父親不時請來的幫手，長腿如筷子，Ｔ恤大剌剌寫著「天生積極，自願牛仔」。不出場牛仔競技套牛賽時，他就為阿拉丁旋風式打工，通常無法將他與馬分開（因為他喜歡幻想自己為一八七〇年代的牛仔，甫從俄勒岡趕牛完畢返鄉）。奧黛琳曾跟他走進潮濕的泥土與叢叢蕁麻中，接著他會取出淺色保險套，套在堅硬的小陰莖上，靜靜爬到她身上。他的脖子溫暖，有肥皂與馬兒的氣味。

然而後來奧黛琳開始在農場幹活賺血汗錢，阿拉丁卻叫哈爾·布魯姆回家套牛去。

「也好，反正大老遠來這裡也不值得，」布魯姆說完轉身就走。從此不再見。

奧黛琳逐日消沉。距離任何事物太遙遠了。再沒人過來救她不行。她連電視的慰藉都得不到，因為老紅霸占著電視，總是選擇西部片，以破鑼嗓子對著影片中的馬呼喊，「甩掉他，踹破他腦袋！」

奧黛琳上樓回自己房間，聽著香腸族無線電接收到的手機對話。

「帳號七三五五九的存款餘額是負兩百零四……」

「是啊，我知道。大概吧。這麼早就開始喝啤酒啦？」「哈哈，沒錯。」

「我猜你大概沒注意到。」「本來沒有壓爛成這樣的，全壓軟了。我從袋子裡拿出來就——你準備雕

刻嗎？」「那個不行。太髒了。」

「嘿，你那邊在下雨嗎？」

「在下雨嗎？」她複誦。到處都在下雨，大家在雨中活得好好的，唯一例外的是紅牆居民。

奧黛琳端詳珊珊的相片，對母親說，「要是我受不了了，我就出去散散心。」

「我以前不是聽過了嗎？」婉涅塔說。「你呀，我最懂了。」

奧黛琳在外繞著房子大步走，走了幾天，然後擴大範圍，繞過獸欄，繞過工具房，繞過根莖作物儲藏窖，繞過廢棄的砂石場。阿拉丁從砂石場拖回報廢的器材，有各式各樣的曳引機，一輛是一九二八年 Rumely OilPull 藍色鋼板曳引機，車框中間長出一株苦櫻桃。曳引機旁邊躺著老紅的一九三五年二手 A C，有頂上型的四汽缸閥門引擎，烤漆被烈日灼成白色。在逐日下沉的河岸底部附近躺著一輛 Fordson Major，半身埋在沙中，車身被拆得所剩無幾，護欄與散熱器罩凹陷。在破爛的牲畜水槽旁站的是詭計多端的強鹿（John Deere）四〇三〇。

她走過雨水浸濕的廢車堆時，聽見有人講話，幾乎聽不清楚。「甜心，大小姐。」

低垂的太陽從大團雲邊斜射出光線，雲朵暗如焦炭，大草原，曳引機，伸出黃色油布雨衣袖緣的

手，全鍍上橘黃色光輝。在清洗過的空氣中，色彩強烈得如夢似幻，遠方的紅牆相當於一床煤炭。

「甜心，」對方以氣音說。

她身旁無人，天空也不見外星飛行物。她一動也不動站著。她自小嘗過一整個人生餐盤的苦，受盡體重折磨，雙親又不體貼女兒心，此地環境也嚴苛。神經短路是有可能的事，可能發生在任何人身上。她舅舅痲普斯頓‧奚普薩格，就被家畜傳染到下頷腫脹症，之後從抑鬱農場人逐步惡化為齜牙傻笑的神經病。日光漸次轉弱，成為垂死的色調，廢棄機器也陷入自己咖啡棕色的影子裡。除了蚊蟲哀鳴之外，除了暮色漸暗帶來小陣清風外，她什麼也沒聽見。

當晚，她收聽香腸族無線電上毫無意義的漫談，心想可能是因飢餓才引發幻聽的現象，所以進廚房吞完家人吃剩的燒豬排。

「我好擔心你，希望沒有人計畫殺你。」「別太想念我。」

「沒有被撞。」「這裡雨下得亂七八糟。」「這裡雨也下得慘兮兮的。」「沒道理繼續待在這裡。」

「哈囉，甜心。過來，過來啊。」是那輛四〇三〇，阿拉丁的綠色老曳引機，外形健壯，畫有前傾線條，讓人產生亟欲奔跑的錯覺。多年前曾在雜草叢生的灌漑圳旁發生過翻車意外，一名農場工因此不

幾周來沒有發生大事，在本州的此區很尋常。在轟鳴的某天正午她再度來到砂石坑。

治身亡——莫里斯・藍波木？還是叫做什麼？藍波樹？布藍波食？朗波座？譚波洪？她當時還小，這人卻總是對她灑灑微笑，問她日子過得怎樣。出事那天，他從襯衫口袋掏出一根糖果棒扔給她。糖果棒柔軟而溫暖。他說他戴的太陽眼鏡能把全世界變成橙色，如果想借戴的話沒問題。傍晚時他死在刺毛草與刺牛蒡叢中。是他的鬼魂在說話。

「莫里斯？是你嗎？」

「不是，不是。不是他啦。那小子已經燒成灰了。」

「是誰在講話？」

「靠近兩步來。」

她伸出一手碰側護欄。黃蜂在裡面築巢，在護欄空隙間爬進爬出，將空氣振動得令人起疑。她目不轉睛盯著黃蜂看。

「真乖，」曳引機裡傳出的聲音說。「去找根棍子了，刮一刮烤漆起水泡的地方。」而她卻往後退。

「你把我嚇死了，」她邊說邊望向天空，看著起起伏伏的大草原，看著世界邊緣長滿叢生禾草的此地，如同導火線般燃燒著。

「怕什麼呢？別怕嘛。我們的世界充滿奇蹟嘛，對不對？過來，進駕駛艙。彈性還相當不錯。座椅仍很舒服。假裝你開著我路過洛杉磯。」聲音沙啞哀戚，音量只比傷患低語大一些，是電影裡幫派分子

的嗓音。

「不要，」她說。「我不喜歡。我的問題已經夠多了，老曳引機的駕駛艙隨時可能垮掉，別想給我添麻煩。」

「噢，你以為你問題多嗎？看看我，甜心，被丟在這裡被太陽烤，忍受暴風雪，給蜥蜴爬，連一塊油布都沒得蓋，煞車壞了，電池沒電，零件報銷，沒汽油，身旁全是枯樹幹，全身蓋滿鳥大便和鐵鏽。結果終於被人發現了，你卻連理都不想理我。」

「六點十二分了，」她說完轉身離去，指尖緊按眉毛。一切是幻覺。

聲音在她背後呼喚，「甜心，大小姐，別走啊。」

她渴望認識外面的世界，陪伴她的卻只有香腸族無線電。

「壞了，螺紋磨平了，不推去焊接不行。以前那個混帳會修，可惜他現在不在這一帶混了。」

「──牛角脫落了。我過去看她。」「是嗎？他們跟我講，你三點前就走了。」「我三點到那邊換衣服。」「你啊，就會唬爛。」

「這邊他媽的下得好大啊。」「除了下雨還能怎樣。剛才好像──嘩！我的天啊，好大的閃電哪！嘩！不跟你打他媽的電話了。」

「我想跟你在一起，可是我得面對現實。我對自己說，這個他媽的女人想幹每個人。我想在沙發上打炮都不行，非得進他媽的臥房不行。」「都怪我，對不對？」

以上對話令她渾身不舒服。聽見這些唇槍舌劍卻成雙成對的對話，令她妒火中燒。

她再度前往砂石坑。距離仍有二十呎，氣喘沙啞的聲音開始說話。

「莫里斯・司旦波牟？別提他了。亂轉方向盤，亂踩煞車，油門加了又加。從不換機油或過濾網，從不檢查煞車油，從不調整鎖流器，懶得檢查前輪前束，離合器踩起來毫不留情，往濃稠的泥漿裡衝，從來沒替前輪軸承著想。把軸承磨成灰啦。坐也不安分點，把我壓得快發瘋了。噢，別用手指頭打鼓了，認真看待我。」

她將視線移向紅牆，有些東西保持距離看最好。那地方去不得。遠方公路閃光一現，是觀光客從車裡擲出瓶子的反射光。

「我害死他，不是這個原因。」

「不然是什麼原因？」

「為了你，」曳引機說。「為了你。我把你從他手上救了出來。他本來想找你下手。」

「我可以救自己啊，」她說，「如果我想要的話。」

晚餐時，婉涅塔打開珊珊寄來的信。信封是粉紅色。

「正如我所料，」她說。「我就知道。我就知道泰勒會跑去找她。」珊珊寫信報告，過去一個月來，泰勒跟她與室友住在一起，想應徵土地管理局趕野馬的工作。等回音期間，他在電話公司找到催帳員的工作。他自己買了台電腦，白天似乎在研究電子學。她從健身房回來時，總是看到桌子到處是電線、膠布、彈簧。她們改吃素，泰勒則愛吃蝦子與螃蟹腳，是他來拉斯維加斯前從未嘗過的食物。他百吃不厭。珊珊寫道，他曾經花了六十五元買了一盒四磅重的大蝦，煮好了滿足自己的大胃口。「哈哈，沒什麼變嘛。他還是一條豬。」信到此為止。

阿拉丁將一塊歐洲蘿蔔移到老紅的餐盤。

「吃蝦子、雞雞會縮水喲，」老人說。「看來他拿那堆鐵絲在拼裝炸彈。」

「他才不會做那種事，」婉涅塔說。

晚餐後，奧黛琳收拾餐盤，開始抽鼻子啜泣。婉涅塔以臀部碰她，一手環抱女兒柔軟的肩膀。

「哭什麼呢？體重減不下來嗎？死了這條心吧，有人天生注定要胖嘛。你外婆還不是一樣。」

「不是啦。我覺得有人在捉弄我。」

「誰？誰敢捉弄你？」

「我不知道。某個人。」她指著天花板。

「算了啦，我跟你說，那人啊，喜歡捉弄每個人。那人一定開了玩笑後開心大笑哩。這是我的看法。」

「這裡好寂寞。」

「沒有什麼寂寞不寂寞的。你工作夠辛苦了。」

奧黛琳上樓，打開香腸族無線電設定為漫遊搜尋。

「請輸入帳單號碼。對不起，您輸入的號碼錯誤，或是本行不接受您輸入的號碼。請稍後再撥。」

「怎麼會這樣?」「關掉，關掉。」

「嘿，去買甜甜圈。別扭扭捏捏只買十二個。買一堆嘛。別扭扭捏捏的，買兩盒。」

「如果你講來講去就是這堆鬼話──去你的!」

每天曳引機說出新的怨言，嗓音粗魯急迫。

「大小姐，你爹地是個大老粗。上了車就不肯下車。坐上座椅，一坐就是十六個鐘頭。噢，過來這裡嘛，我指個東西給你看。看看左邊的通風帽，對，在下面。你看到什麼?」

「一片鐵鏽。好大一片鐵鏽。」

「沒錯。好大一片鐵鏽。怎麼會這樣，我不告訴你。我不喜歡跟女生講她爹地的壞話。可是，我為你爹地賣命那麼多年，只有一天最美好，就是我直接從經銷商停車坪過來那天，四手車，被人虐待過，你那時只有十歲，那天是你生日。你拍拍我，說，『哈囉，曳引機先生。』你爹地把你抱上座椅，說，『你是第一個坐上車的人，』你的小手黏著糖霜，在座椅上扭來扭去，我想著──我在想，以後每天都會像這樣，可惜後來你再也沒有碰我，從來沒有再靠近我，只有那個瘦皮猴莫里斯，連搖臂軸都懶得用，液壓油的壓力不夠，害他摔車，細菌感染傷口。還有你那個臭爹地。傷透了我的心，到現在都還沒復元。我跟你講實話算了。如果你爹地今天上車，我準會害他受傷，報復他對我煞車系統做的好事。他拿啤酒做的事，我以後再告訴你。」

「什麼事？」

「以後再說。說了會讓你產生厭惡感。我不想讓大小姐對家人產生反感。我知道你會因此對我懷恨，我可不希望這樣。改天再告訴你。」

「現在就告訴我。別賣關子。我最討厭別人賣關子了。」

「好吧。是你自找的。司旦波牟一向懶得檢查車子。最後煞車油用光了。你爹地開著我，在坡地上，我們後面拖著運馬車。他帶了六罐裝啤酒。喝酒喝得這麼兇，算是酒鬼一個。他用力踩煞車，我們還是繼續全速前進。他停不下我，我也不想停。我才不在乎咧。來到上坡時，我們才慢下來。在我往後退之前，他趕快跳車，踢塊石頭擋在後輪下面。他呀，他把溫啤酒倒進煞車泵的水槽，啤酒往下流進煞

車線。沒錯，壓力夠了。可是卻毀了我。所以我才淪落到這裡。

「不會。我聽過比這個更嚴重的罪。比如說在灌溉圳裡害死人。」

「你在跟我鬧彆扭是嗎？」

有一天，她衝出家門來到砂石坑。

「住嘴，」她說。「你難道看不出來我很胖嗎？」

「正合我意。」

「你幹嘛不把注意力放在別的曳引機上？少來煩我了。」

「大小姐，事情是這樣的，曳引機對彼此並沒有吸引力。曳引機的對象是人類。每部曳引機都渴望愛上人類，通常是又老又肥的莊稼漢。」

「你是不是被人施了魔咒啊？有個故事說，有個女孩讓長滿肉瘤的老蟾蜍睡在鞋子裡，隔天早上蟾蜍變成俊男，還會煮早餐哩。」

「不是。我可以告訴你，幾年前在強鹿公司的太空梭計畫部門，有個員工因為跟外國人野餐喝伏特加，結果被開除。可是公司提不出證據。他很生氣。那個時候，他們開始研究電腦和數位磁帶。記得有些車不是會叮嚀車主關門嗎？就是那種科技。很簡單。電腦。他幫我設計，十五種語言。我可以告訴

你。想不想聽我用烏爾都語（Urdu）講話？斯基維立，斯卡維立——」

「故事愛怎麼講隨你，我可不相信。編得那麼差勁。」她認為，曳引機一方面不厭其煩解釋他與生

俱來對人類有好感，其實另一方面暗藏復仇惡意。

「沒錯，我是在說謊。」

「你如果有點腦筋，」她說，「就會知道人類不會瘋狂愛上曳引機的。」

「這個你就不懂了。在愛荷華州人盡皆知，巴布·拉德朗的陪葬品是他的曳引機。兩者愛得難分難

捨。誰能懂，他才不管。不只有愛荷華州的莊稼人才這樣。有些人哪，怎麼趕都趕不走。全美各地，到

處都有愛上曳引機的女孩。也有女孩嫁給曳引機的例子。」

「我要回家了。」她轉身作勢離去。「我要回家了。」她看著自己的家，看著母親的金黃婚禮小麥

搖擺著，老紅的臉在高高的山楂樹發出的悶嗡聲。她希望母牛能躺下死去，希望發生龍捲風，希

噪音。公路噪音有如蜜蜂在窗裡，有如懸掛而下的頭顱。「噢，拜託，」她自言自語，啜泣著，「不要曳

引機，也不要曳引機之類的東西。」

晚餐後，她在自己房間裡許願，希望得到雷射槍以消除孤寂公路上傳來的亮光點，消除公路傳來的

望基督復臨，希望兇暴的男人身穿西裝、開著跑車進入院子。她有香腸族無線電。

「一眼看去，你會以為他是正常人，開始跟他講話之後才知道不對勁。」

「早知道應該報警的，因為他既可惡又可怕，可是我狠不下心。我心裡在打算，我們結婚雖然還不

太久，我還是準備幹掉他。他遲早要付出代價。他完蛋了！他一個月賺兩千塊。不管了，為了這件事，我每天頭痛。可是我沒事。只是有點精神失常而已。放心啦。我沒事。」

阿拉丁從沙拉盆裡挖出一團萵菁葉，放在奧黛琳的餐盤上。

「去砂石坑那邊找曳引機做什麼？我找了你半小時。」

「我在想，」她說，「那輛強鹿，也許能修修看。只是稍微整一整。」那天稍早她爬進駕駛艙，坐在座椅上，感覺極為亢奮。

「那個該死的東西，休想我多花一毛錢。從來就沒有靈光過。」

「零件我自己出錢買。我也不知道，也許是個笨點子吧。只是想修修看。」

「那機器，從第一天就出毛病。該死的摩里斯。葛勾卡被做掉了，以後別想上路了。我們把那東西拖到第格。楊特那兒，他換掉一些電線，清清油箱，吹吹油管，又動了其他十個零件，重建化油器。然後其他部分出了問題。每次他們修好，就有別的零件燒壞。他們賣給我的是爛貨。我去經銷商那裡跟他們吵，最後他們承認是爛車。給我優待，買了那輛凱斯。那輛才真正耐操嘛。你知道，那輛四○三○啊，拆到最後只剩一堆破鐵。」他吃著烤肉糕。他想了一下說，「有時間的話──我可以幫你修。」他想像自己在冬日早晨摸黑起床，家人仍在夢鄉。拖進去那間藍色門的小屋。搬個火爐過去，接條水管。」

自己到外面生火，冒起一點煙，湊著舒服的暖意鬆開生鏽的螺絲釘，清理污穢的零件、大釘小釘、螺絲、螺絲帽，浸泡在盛有煤油的盆子裡，等著天亮，開始辦一天的正事。「明天把她拖過來。」

「是『他』才對，」奧黛琳說。

「修不好啦，」老紅說。「你想修的，根本沒辦法修好。」

「好了，」她走向曳引機時說。「我們要把你搬進那間藍色門的小屋動手術。我爸要幫我修，你最好百分之百安靜，不然就沒戲唱了。」

「我的問題在哪，想知道嗎？煞車。傳動帶壞了，滑輪裂開，馬達不動，每個零件都鏽到失靈，泥漿，泥土，千斤頂要換新的，水泵壞了，凸輪軸承壞了，封鉛壞了，磁電機、交流電源報銷——看一下離合器裡面，就知道是惡夢一場。離合器板需要調整，要換掉橫拉桿球頭，閉油線失靈，傳動齒輪組毀了，前車軸襯套、主軸襯套，全都失常，無藥可醫，想談談差動齒輪，光是列出零件就要花十五分鐘。變速箱離合器跳檔，其他地方全翹辮子。我才不要你那個臭爸爸修理我。他修過了，結果我還是這副德性。」

「現在不同了。反正主要是我在修。動手的人是我。變速箱離合器跳哪一檔？」

「你？修理曳引機，你懂什麼？我才不要你來修理我。我要你帶我去找第格・楊特才對——他才是

曳引機人。修理曳引機要交給男人，女人不行。一檔和三檔。」

「你別挑東挑西了。跟你說，中學時我沒修家政課。我修的是機械工藝，還得 B 的成績。一檔和三檔是嗎？低速檔敎車活塞上的封鉛耗損，更可能的是盤形制動器磨得差不多了。」她事先買來一罐滲透潤滑油，開始噴灑在大頭釘、螺絲釘與螺絲帽上，以重型扳手輕敲生鏽的螺絲。

「你亂來的話，別怪我傷害你。」

「你呀，如果我是你的話，就乖乖躺著享受享受。」是哈爾·布魯姆說過的話。

降雨於九月歇止，大草原開始枯黃。接著出現幾天高溫，隨後天氣冷卻下來，風暴提早由西北部繞圈席捲而來，撒下片片白雪，他們來不及將曳引機支解為車框、馬達與變速箱。

「看來非搬台引擎起重機進來不可，」阿拉丁一邊說一邊咳嗽。下大雪第一晚他醉得不省人事，睡在小卡車上，窗戶沒捲上，雪花直接打在他身上。他醒來時全身發抖，開車回家，才知道咖啡喝完了，只好喝杯冷開水，向婉涅塔說他不想吃早餐。中午未到他就發燒，呼吸困難，在床上休息。

「咳成那樣，吵得我想跳進水裡。我可不會游泳，」老紅說。「最好乾脆悶死他，一了百了。」

「我最想悶死的，另有他人，」婉涅塔說。「我就知道會發生這種事。在卡車上睡覺。」阿斯匹靈、熱敷、多喝水、三溫暖、熱茶，是她的療法，但沒有發生作用。阿拉丁被自身產生的乾熱煎熬著。

「明天禮拜幾？」他邊說邊在熱烘烘的枕頭上轉動隱隱作痛的頭。

「禮拜五。」

「我的月曆拿過來。」無神游轉的眼珠研究了潦草的紀錄，想喚奧黛琳過來。

「她出去餵牲口了。外面下了濕雪，凍成硬硬一層，牲口吃不到什麼青草。這個周末應該會回暖。」

「可惡，」他低聲說，「她進門後叫她過來。」他發抖、乾嘔。

雪花窸窸窣窣落在阿拉丁的凱斯大曳引機上，奧黛琳坐在裡面，以液壓堆高機又起大捆乾草。照這樣的下雪情況來看，恐將一直下到六月。正午時她開回家裡，飢腸轆轆，想吃起士通心麵。她讓凱斯曳引機空轉。

她悄悄走進父母臥房。她無法忍受病人，不敢正視充血的眼球與腫脹的臉孔，卻也不知視線應集中何處。

「你爸找你，」婉涅塔說。午餐是牛肉加軟圓餅。奧黛琳從雕花玻璃餐盤取來一條醃黃瓜。

「是這樣的，」他說。「明天是這個月第一個禮拜五。我約了亞門丁格八點過來。如果我沒有起色，」——他咳到轉為乾咳為止——「你就得跟他交手，帶他去外面看，他可以慢慢看個夠，看我們有什麼東西，給你開個價。」亞門丁格是買牛人，膚色深，眼袋沉，黑色八字鬍往下竄至下巴，有如雙人

跳水表演。他習慣穿黑色襯衫戴黑色帽子，給人一種決策無以更動、掌控固執無情的感覺。他缺乏幽默感，每位農場人都在他背後咒罵他。

「爸，那人我怕死了。他準會占我便宜的。他開價會開得很低，我會被他嚇住，然後答應賣。為什麼不找媽去？沒人敢占她便宜啊。」

「因為你懂牲口，她不懂。要是泰勒在家——可惜他不在。你是我的乖牛仔女兒。你什麼都不必說。就帶他走一圈，聽他開價多少，然後說我們會再跟他聯絡。」他知道亞門丁格習慣當場成交，沒有事後再聯絡的可能。「身體好了點，我要去買架我一直考慮買的飛機。農場這麼大，只有開飛機才能管理好。卡車沒用，只有車窗之類的。」

「我可以帶他進來找你啊，爸。」

「除了我家人之外，不准別人看到我躺平。可惡。」他咳嗽起來。「人生不就是這樣，先是錢沒了，再來連衣服也被剝光。」

當晚是她最難熬的一夜，早晨醒來頭腦昏沉，情緒不佳。雪停了，吹起奇努克暖風2。平原已片草不留，日漸萎縮的積雪殘留在地面彎曲凹陷之處。他們仍沒咖啡可泡。阿拉丁在樓上氣喘吁吁。

「情況不太妙，」婉涅塔說。

八點鐘，買牛人還沒來。奧黛琳吃下兩片燕麥餅乾、第二片火腿，喝下一杯牛奶。過了九時，買牛人的黑色卡車才駛進院子。伸手拿文件，亞門丁格黑帽往下掉。卡車後面載了三條獵犬。他下車時手裡拿著記事板，已經開始在計算機上輸入數字。奧黛琳走向門外。

不是買牛人亞門丁格，而是他兒子低飛・亞門丁格，鼻孔粗大，體型肥壯，鬍渣密佈的下巴自然中分為左右兩半，動作靜悄悄得如同凌晨三時。

「托西先生在家嗎？」他看著自己皮靴問。

「我來帶你參觀牲口。」她說。「他得了流行性感冒之類的病。我們以為你八點會過來。我們以為是你爸要過來。」

「我錯過了兩三個轉彎啦。我爸去禾依特了。」他從襯衫口袋掏出剪報，是一則廣告：亞門丁格父子牲畜經銷公司。「我跟我爸做生意快九年了，大概現在稍懂做生意的技巧了。」

「我不是說你不懂啦，」她說。「我很高興來的人是你。我很怕你爸的鬍子。」她想像他行駛在紅色道路上前往農場。紅色道路有如粗紅馬克筆畫在地圖上，切割著地平線的圓圈。

「我小時候也怕得厲害呢。」他看著門廊、屋子、婚禮小麥、藍門小屋。

「好吧，」她說。「我帶你去參觀。」他說。

「那堆小麥該割一割了，」他說。

她駕駛，他則盯著遠方，地平線在母牛腹部底下，隱約可見。車子蹦跳著駛過牧草地，塵土瀰漫在

駕駛艙，形成細微晶亮的塵霧，彷彿兩人心裡的念頭散發而出，可能融合而成聽得見的陳述。他打開欄門。奧黛琳向他致謝，然後細數這群牛的優點，肌肉結實精瘦，四腿直挺，脊骨兩側的肋眼鼓脹，體型雄偉。他喃喃對一頭正面粗毛叢生、外表如閹牛的母牛說話，接著指出幾頭鼠蹊平坦、蹠關節呈鐮刀狀的閹牛。他一面數，一面做筆記，一面加減數字，開出公道的價格。

「你這女孩真聰明懂事，」他說，「雖然富態了點，長相還真標致。想不想喝啤酒？」

當天早晨接下來的時間，奧黛琳與低飛不斷飲用瓶裝啤酒。低飛描述身為買牛人兒子的日子有多寂寞，以悲傷的口吻敘述時，佐以長而平坦的手勢。正午他才離去。

她倚著臥房門框，向阿拉丁說明開價數字。他既昏沉又燥熱，熱茶喝得膀胱脹痛，點頭說好。還好。他不需用電腦，就能算準每分錢。價錢還好，雖然難過，卻也如釋重負。至於自己的狀況，就稱不上還好了。

那一夜，老紅淺眠，聽到他害怕聽見的嘶喇聲而驚醒。他的心臟狂跳，起身摸黑至儲藏室窗口。髒污的月光穿透破片狀的雲朵而過，照在揮舞中的長柄大鐮刀刀鋒上。這回不是死神前來召喚他，而是頭戴黑帽的男子，唰唰狠砍婚禮小麥，砍到每行末端才停手，狂飲瓶中物。他看見孫女奧黛琳嘴巴咧得很開，百顆白牙有如雲母石床般閃耀，倚身靠在藍門小屋的門框上。她拿著一片沾有油漬的金屬拋向天

空，落地後扭曲，再彎腰拾起另一片，送上天際。

老紅旁觀著，心裡有個底。「我帶過牛群。我當過牛仔。從小就工作。趕過牛也趕過羊。人還活著，兩腳站得直，精力比長了兩條老二的狗還旺盛。我的人生路還沒走完。」

泰勒與珊珊在遠方為前途打拚，奧黛琳與她的曳引機卻在此處。他不願浪費口水來大笑。

九月舉行婚禮，在亞門丁格的賣牛大會帳篷下盛大舉辦野餐，紅白相間的條紋投射下潮紅光彩，側院擺出伸縮餐桌，有烤豬肉、燜烤牛腰肉、羔羊肉串、小牛睪丸、甜玉米、泰勒自製的番茄醬沾大蝦、捲餅、大桶醃黃瓜、香瓜、俄勒岡熟桃做成的深碟派，以及三層高的結婚蛋糕，淡藍色糖霜上裝飾著迷你塑膠公牛與母牛。當日天氣炎熱晴朗，紅牆山在地平線上顫抖。圍籬外躺著四○三○，零件拆盡，只剩車框，擺在阿拉丁拖置之處，側身睡在山艾樹叢中。婉涅塔在啜泣，不是因為女兒要出嫁，而是為了這些東西？他有支行動電話，坐在自己馬背上與遠方某人交談。婉涅塔告訴珊珊，她哪天也打算到拉斯維加斯參觀。

「我能作主的話，你可去不成，」阿拉丁說。

賓客前前後後拉著摺疊椅來坐，當奧黛琳撫平膝蓋處的人造絲綢緞洋裝，她摸到砂粒，看見卡在緯

紗間的閃爍塵土。烤肉醬滴在胸口上。最後她換上水綠色新褲裝，由低飛·亞門丁格開車載走，在內布拉斯加州的汽車旅館間進行四天的蜜月旅行。

原本小麥生長的地方，如今蓋起一列狗屋。車道上停了兩輛卡車。樓上的彈簧床高歌時，樓下儲藏室的老紅巴不得耳聾。其餘一切如常。

阿拉丁向銀行申請貸款，想再買一架飛機。「我說過，如果上帝饒我一命我就要買。」他夢想的是一九四八年 Aeronca Sedan，零件鬆動，座艙頗大，具有女性化的曲線以及破裂的曲軸箱。他在當諾德的牛仔廢鐵場買到未受損的曲軸箱換上。

「裡面好寬敞，如果有必要，可以載兩頭小牛，好幾捆乾草、蛋糕，幾乎什麼都行，甚至連奧黛琳也載得動，哈哈。」

銀行批准了他的貸款。某個安靜灰闇的早晨，風勢緩和，阿拉丁發動卡車，才開出車道一半，倒車，停下來，走進廚房。老紅將吐司浸在咖啡裡吃。

「我要去把飛機開回家，」他說。「會降落在三角牧草地。你們全到那邊看我飛的話，我會很感激。你也一樣，老弟，」他對牛子說。

「我今天早上要去看小崔的牛。」低飛·亞門丁格不喜歡生活在阿拉丁·托西的指揮下。晚上他向

奧黛琳訴苦，說阿拉丁比他留鬍子的爸爸更糟糕。

「我的滑輪配合不上他的滑輪組，」他低聲說。

「我的卻配合得很好，」她低聲回敬。

「打電話給小崔。就說你晚一點過去。他一點也不會在意。我希望看到所有人在下面揮手。在這個該死的地方能再弄來一架飛機，值得慶祝一下。我得教一教奧黛琳開飛機。」

早晨過半，他們聽見引擎隆隆聲。

「媽！」奧黛琳朝屋內大喊。「他來了。」

婉涅塔出門，與奧黛琳和低飛站在一起，凝視地平線。老紅跛腳走上門廊。風勢轉烈，強風陣陣，帶來寒意，遠方半山的線條在凋萎的平原上點綴出悶紅色。婉涅塔衝回屋內添件夾克。

飛機掠過上空，朝紅牆飛去，轉身，再往他們的方向飛來，高度大大減少。飛機飛越距離地面二十呎的上空。自製菸草的煙霧瀰漫機艙，阿拉丁的頭部在煙霧中若隱若現。飛機往上升，在風中搖擺，陡升後水平飛去，縮小成遙遠的一小點時，再轉回頭朝農場飛來，又是轉彎又是滑翔，越飛越低。某種角度看，活像是天空中的告示牌。

「他在炫耀，」婉涅塔說。她看著飛機低空怒嘯，有如噴灑農藥飛機。

「我猜他準備降落了，」低飛說，「或是想檢查泥土。不然就是想立樁標出農場公地的界限。」

「他是在炫耀啦。他呀，我最懂了。你給我下來！」婉涅塔對著飛機大吼。

飛機彷彿遵守她命令，觸地後揚起大批塵土，彈回空中，做出兩次驚人的跳降，隨後左輪竟卡住廢棄曳引機的鐵車框，機面朝下墜毀，皺成布料、金屬與農場人的混合泥團，隨後爆炸傳出如引擎回火的巨響，卻沒有火苗。球狀塵土飛揚。

低飛將阿拉丁拖至安全地帶。岳父的頸子癱軟成不尋常的角度。

「他死了，我猜。我猜他死了。對，他死了。他脖子斷了。」

婉涅塔失聲尖叫。

「都是你，」奧黛琳對她說。「是你害死他的。」

「我！割掉小麥，才會惹出這種事。」

「是他自找的，」老紅從門廊上呼喊。事情必須如何發展，他看得很清楚。他們會種下阿拉丁。奧黛琳與她的大鐮刀手會接管農場。婉涅塔會收拾行李，開車至吃角子老虎機世界。她一駛出視界，他打算搬出儲藏室，搬回樓上。人生最重要的是歷久不衰的能力。他是鐵證：久站不離去，總有一天會輪到你坐下。

1 ∴Zane Grey，一八七二—一九三九年。美國作家，著有《紫艾灌叢中的騎士們》以及多本西部小說。

2 ∴chinock，落磯山東坡吹下的焚風。

一對馬刺

咖啡壺

訊諾（Signal）東南方咖啡壺區，一向是個不錯的農場地帶，輪到汽車．史果普卻時運不濟——現在與最近的過去。牛肉輸入州認為懷俄明牛群自黃石野牛與野生麋鹿感染布氏桿菌，唯恐病菌入侵，拒絕輸入懷俄明畜產品，市價因此一落千丈。懷俄明州有條不成文的座右銘：好好照顧你自己。外人有所不知的是，這條座右銘的範圍包括生物、六畜與外人。人生哲學之差異，由此可見一斑。讓災情更慘重的是，全美各地原本大口嚼三分熟血淋淋上等肉的男人，原本週日晚餐準備罐燜牛肉的女人，如今改吃豆乾豆腐與綠色蔬菜，以避免血管硬化，避開大腸桿菌污染的漢堡，預防布氏桿菌病帶來高燒顫抖。這些人也因海外傳出「狂牛」症而對牛肉避之唯恐不及。在素食意識高漲的時代，有誰願意赤裸裸表現出肉食性動物的胃口？為了反制反肉勢力，史果普捐獻十元，在路邊豎立招牌，命令路過人車「吃牛肉」，底下列出十七名贊助農場人的姓名。

這年冬季酷寒，春天來得晚，一直到五月仍以飼料餵家畜，等待青草生長。每座農場的乾草皆告用罄，距離最近的乾草農場必須開車連征一整天，至內布拉斯加東部，當地身穿連身衣的男孩將乾草捆紮得硬實。距離六月十天，暴風雪襲擊平原地帶，背風坡積雪厚達一層樓，隨之而來的北極冷風凍結了濕雪，將新生小牛包裹在冰殼中。寒流在玻璃狀的天空下持續一周，母牛乳房遭雪凍傷灼痛；奇努克焚風

一吹，數分鐘之內迅速解凍。雪水成河，流在冰凍的地面上。罹難家畜的屍體從逐漸融化的積雪中，一會兒看見，一會兒又看不見，農場人駕駛單引擎飛機臨空細數，心痛不已。史果普的院子淹水，一哩的公路積水深達一呎，他的信件因此壓在郵局，然而在積水退去前，由西部襲來的風暴甩下豌豆大的冰雹，厚達六吋，雷聲大作，隨後形變為傾盆大雨，再轉為冰雹，最後傾下一呎深的粗顆粒白雪。兩天後，當季首見的龍捲風發揮螺絲起子的威力，連根拔起穀物升運倉。

「短短兩個禮拜，這麼多該死的天氣一個接一個來，我從來沒看過，」史果普對鄰居薩屯．泥地曼說。兩輛佈滿泥點的小卡車並肩駛在啃咬得怵目驚心的路上，排氣管嘎嘎作響。卡車載貨區上的兩條狗來回平行奔跑，彼此互相奸笑。

「打得我們哇哇叫啊，」泥地曼說。「我擔心的是積雪。上山還有一大堆積雪，開始融化的時候，場面就精采了。那個『吃牛肉』的招牌幫你賺到錢了嗎？」

「只有住在拾起路的人看見。總共兩個人。我猜我們應該放在柏油公路邊，那裡車流才夠看嘛。」他搔搔出了疹子的頸窩。金色鬍渣在臉頰上閃閃發光。「去他的，」他說，「這一行老是天災不斷。你老早就改行，算你聰明。」

「汽車，」泥地曼說，「你可別以為蹺腳享清福喲。人家吃鳳梨肉，每天我分到的卻是鳳梨頭。」

我大概得走了。依內姿要的冰淇淋快融化流出袋子了。」

「趕快拿回家吧，薩屯，」史果普說著小心翼翼踏油門。油門缺踏板已經數月。泥地曼則緩緩朝南

駛去，在砂石路面留下車印。

史果普現年四十，從小生長在咖啡壺區，至訊諾飼料店採購時都會想家。他自小對農場培養出病態的情誼，因為他自認聽得見青草對他冷嘲熱諷。這分天賦是在哥哥火車去世那年獲得的。母親發現哥哥陳屍浴室，死狀極慘，死因不便公開，至今汽車仍無法理解。當時他不明白發生了什麼事，也不明白接下來將出現何種進展，而父母親對他也絕口不提，兩人只是緊挨著對方說悄悄話、啜泣。他會聽見兩人在廚房，不停悄聲交談，猶如兩道細水滲流，然而一旦他踏進廚房，皮靴發出吱嘎聲，父母立刻停口。不准提起火車的名字，這一點他明白。之後他們以雜草名稱、淺碟上的奶油多新鮮、農場男孩需受多少學校教育等毫不相干的說法搪塞。他父親說，不必受太多教育。數年後，父親卻發牢騷，數落汽車沒有進銀行或保險公司上班。為父親舉行喪禮後，他開門見山問母親，「你跟爸以前偷偷在討論什麼？跟火車有關係嗎？他到底是出了什麼事嘛！」然而她移開視線，望向窗外的奇形岩柱與更遠的天空。天空皺摺片片。她不發一語。

反過來說，青草卻從來不肯閉嘴，吃吃竊笑個不停，活像高中時代的矮子約翰·任曲，坐在電影院最後一排，請女生吃手上的爆米花，自己的陰莖卻刺穿爆米花盒底，混在油膩的玉米之中。史果普的前妻潔莉也嘗過那種爆米花。失去了最好的一個，留下了最糟的一個，青草嘶嘶說著。

咖啡壺區雖小卻平衡有致，分隔為八大區混養的牧場，一些引渠灌溉的牧草地（不夠），放牧權歸土地管理局。惡女溪為農場提供水源，流至低窪地區蜿蜒而成沼澤，由水獺築壩擋出三面小池塘。從主

道路延伸而出的一條塵土車道，點綴著一列電線桿，掛著一條電線。道路兩旁延伸出無數支路，通往農場較遠的部分。農場以西八十碼，冰山太太的貨櫃屋坐落於三角葉楊樹蔭下，屋子底下疊有煤渣磚。井然有序的獸欄與圍籬通至緩坡，史果普在緩坡最高點打造出小牛專用穀倉。

史果普的老爸於二次世界大戰後建造這棟圓木農莊，而史果普維持原貌，不更換因礦物沉積而阻塞的水管，門廊鞦韆椅生鏽弄髒潔莉的花裙，他也不更新。入口通道相當於狗屋，可直通廚房。餐桌上方掛著一九一一年拍攝的農場相片，史果普家族貌憔悴的祖先站在房子前淺笑，拍照人的影子碰觸他們的腳丫。照片掛久了，史果普視而不見，卻知道它的存在，如同知道氧氣與日光的存在一樣──哪天不見了，他才會注意到。

農場東南角有座岩石遍佈的高地，住著一對紅貓與幾條響尾蛇，上面有大片沖蝕地與搖搖欲墜的紅色奇形岩柱，大雨過後偶有化石裸露。曾經有人從青少年感化院逃出，走投無路之下躲藏在突懸岩下長達一週，汽車在破布雲與血紅夕陽之下逮住他。當時他正在偷狗食盤中的燒焦紅蘿蔔與牛脂。汽車請他進門，得知他姓名為班尼．洪恩，推給他一盤煮豆，給他糖果棒當點心，指出他脖子上有隻扁虱，勸他回去自首，應允他出獄後可在農場上打季節工，付他低於最低時薪的待遇。

「我認識你爸，」他邊說邊想起一個長舌懶惰鬼。班尼離開後，窗台上一疊零錢、椅背上兩只不對稱的襪子也跟著不見。

二十年來，咖啡壺的工頭一直由女性擔綱。她是冰山太太，粗魯、強悍，長相如男人，穿著也像男

人，談吐像男人，罵起髒話也像男人，胸部卻廣如置物架，讓她困擾不已，因為妨礙到她套牛的身手。

史果普老爸在他出生前幾個月僱用她。起初當地人閒言閒語，說他精神失常。

史果普本人的面貌如下：頭髮修剪得極短，頭大，蓄白金黃色小鬍子，騎馬摔傷的脊背——肇事斑紋馬喜歡翻身曬太陽、習慣占據獸欄角落、耳朵破爛，約翰·任曲於二十年前就曾正確預測他絕對無法馴服，結果經過一次氣動鑽孔機式的騎乘後果真應驗。史果普雙腳穿了一輩子牛仔緊靴而受損，猿猴似的手臂粗壯，襯衫袖口再大也無法罩上。至於他的五官，小嘴輪廓分明，雙眼如水彩畫，經常有擠眉苦惱的表情，但由於肩膀肌肉發達，胸膛厚實，宣揚出男子漢氣概，多年來吸引到的婦女不在少數。他的婚姻短暫無子，半小時便告吹。之後他每夜透過酒瓶觀賞月亮，觀看色情錄影帶。除了大量食用豬肉牛肉外，他也湊著塑膠包裝吃垃圾食品，導致全身出疹子發癢，排出橙色長條狀糞便，彷彿他吞下並消化掉狐狸似的。

黃楊椰頭把區

咖啡壺正南方是黃楊椰頭把區，是薩屯·泥地曼與依內姿夫婦的住處。薩屯·泥地曼肌肉糾結，黑色鬈髮油亮，經營觀光牧場，自稱工作本身吃力，又必須堅守開心的表象，因而苦上加苦。儘管他與依內姿的個性並不適合長期陪伴都市來的陌生人，觀光牧場帶來的利潤足以供給家用，每年收到的耶誕卡

也多到無法一一拆閱。女兒凱莉在俄勒岡州擔任麵包店主廚，與改過自新的賭徒同居，他們夫婦倆不希望聽見有關女婿的任何新聞。他們在農場上飼養三十四左右的馬、一小群綿羊、成群結隊的駱馬，以及一夥猛如海盜養的狗。這群狗經常跟臭鼬與豪豬過意不去，也曾越界侵擾住在岩柱下的紅貓，並因此留下永生難忘的回憶。

依內姿·泥地曼瘦骨嶙峋，一頭紅髮，更年期提早到，是個脾氣剛烈的野人，也是畢比家族的女孩之一。據她所言，她從小生長在馬背上，從早到晚。城市觀光客由她負責帶上山，斜坡上野生鳶尾花引發他們由衷讚嘆，同時也帶來些許高山症。她小時候木桶障礙賽與套繩表現不錯，周末巡迴賽贏過幾場，贏得一些獎金，嫁給泥地曼後卻洗手不幹。跳下馬後，她顯得彆扭不自在，走起路來呈外八，總穿牛仔褲，素色圓領棉質上衣，因水中含鐵而洗得出現淡棕色。她的手肘粗糙，在雜亂無章的臉上方是不服不貼的亮色頭髮。她沒有太陽眼鏡，老是瞇著褪色的睫毛看東西。在浴室用品櫥裡，薩屯的腎臟藥旁立了唯一一管口紅，因氣候乾燥而脫水成粉筆。

咖啡壺與黃楊梛頭把區之間有三條通道：其一是橫越惡女溪（兩家合用的地產界線）的木板橋，但走這條路線必須打開並關上四道門；其二是初春與夏末才能涉水而過的水道；最後是在公路上跑五哩，史果普儘量避免走這條，因為通過公路橋樑時他差點害死妻子，留下慘痛回憶，導致自己多處骨折，打了數十鋼釘、金屬板與方頭螺釘，至今仍未取出。

槍擊事件

他不肯放棄。疤痕仍呈鮮粉紅色，仍裹著石膏時，他半夜打電話給潔莉，在不情願的憤怒與渴望之間掙扎。一面講電話，他一面看電視，看著螢幕上的裸女歪著一條腿，揮舞著一件看似壓薯器的物體。

「潔莉，你的膽子哪裡去了？你難道不想撐到最後？我知道你認為你跟錯人了，可是難道你不想撐到最後？你不是那種半途放棄的人啊。」

「這就是最後了。我受夠了。」

「我們可以生幾個小孩啊。我希望我們能養幾個小孩。有了小孩，我們就OK了。」他聽見自己在發牢騷。他轉身背對手持壓薯器的女人。

「門都沒有，」她說。「給我一百萬，我也不幫你生小孩。」

「你再不回來，再不取消離婚申請，別怪我開槍射你。」話筒如排水管，將他的話吸了進去。

「汽車，」她說，「你別來煩我了。」

「嘿，女人。你還是沒懂嘛。你不要我的話，也休想要其他東西。你給我滾回來，否則你就等著吃真正的苦頭了，」他知道自己才是有苦頭吃的人。

潔莉開始哭，是憤怒的啜泣，口水分泌旺盛。「你這個狗娘養的。別來煩我了。」

「聽好!」他大吼。「你跟約翰·任曲做過的事,我不再追究。我原諒你!」他幾乎可以舔掉潔莉滄桑的淚水。隨後他很確定潔莉並非在哭,而是在大笑。

她掛掉電話。他再打一次,卻聽到沙沙的忙線訊號。失去了最好的一個。

他繼續喝酒,從櫥櫃取出父親的獵槍,開車至訊諾唯一公寓大樓,潔莉的車停在一旁。他開槍射穿車窗與輪胎,而這輛車的貸款他已付了兩年。

「看你還笑不笑得出來,」他說。

這個舉動釋放出復仇的念頭,回家途中他繞道至任曲的農場,見到約翰·任曲的小卡車,停在車道上,引擎蓋仍有熱度,月光下的金屬曲線畢露。史果普重新裝子彈,轟掉橡皮與玻璃,朝儀表板開槍,一面大吼,請你吃爆米花,約翰!並將自己的襯衫丟在任曲的前座當作名片。這是他首度想殺掉他們兩個,想殺人,要是能殺掉自己更好。樓上電燈亮著,他打赤膊開車呼嘯而去,酒瓶不離口,威士忌滴在胸毛上發亮。他希望有長耳大野兔衝進車頭燈光線中。

潔莉搬回南達科他州時,他知道依內姿必定脫不了關係,那個O形腿的老賤屄,然而兩家比鄰而居,為了泥地曼著想,他表現得必恭必敬。

任曲那條鬃毛狼,在卡車槍擊事件後避不見面,史果普氣得直磨牙。年少氣盛時,兩人曾交換數十個女孩,包括剛使用過、對方的精蟲仍在裡面游泳的,包括準備送進回收桶的老炮友,包括新女友,包括任曲的妹妹楷麗——有時是送給對方後又搶回來,然後再送給對方,交換起來輕鬆無比,毫無芥蒂。

然而從未結過婚的任曲，卻沒有看清那些女孩與妻子之間的差別。

他們自嬰兒時期即為最要好的朋友，因為史果普的母親幫忙照顧小嬰兒任曲。史果普的哥哥火車會在外面對他們扮鬼臉，或是趴在桌子底下躲過他們的視線，以塑膠馬來耍逗他們。

潔莉是史果普的南達科他州小鳥，飛來棲息一陣又飛走，然而約翰·任曲回到起點，哥兒倆之一終將為對方抬棺材。

製馬刺人

幾位加州人流浪至訊諾，包括壞脾氣的哈洛德·巴茨，頭髮前禿，後腦勺留條細細的馬尾，妻子松妮亞賣過車，後來受不了男售車員的冷嘲熱諷與黃色笑話，忿而辭職。住在加州海岸時，巴茨曾在大西洋機翼公司擔任過冶金工程師，有一天公司宣佈精簡人事，他與另外五百名員工突然收到資遣通知。他開始對預言感到興趣，特別是世界末日將近的跡象，以及其他末世幻想。他告訴松妮亞，在最後審判日的喇叭聲響起前，他倆將在簡單的地方過完簡單的餘生。他考慮做鐵匠，並表示他希望在有生之年對社會做出貢獻；千禧年蹄鐵工的生活應該適合。他在最後關頭打退堂鼓，去俄勒岡拜師一年學習馬刺製作，周末則參加一個名為末日飄然的末世教派舉辦的靈修。

巴茨之所以選上訊諾，是拿起叉子朝地圖亂刺的結果。他在訊諾開設個人工房。在工作室裡，他坐

在冒出火星的磨輪前，或在熔爐所在的陰暗角落打鐵，汗濕的臉孔如鍍鉻面具般反射出高熱火光，在金屬上刻劃出盤轉成圈的蛇與接吻的鳥。他自廢棄的農場撿拾廢五金：舊門、生鏽的馬車鋼板彈簧、螺形彈簧、碎土機齒，林林總總。他多數作品皆以含高碳或中碳的工具鋼打造，不過他也實驗過，拿鎳、鉻、銅、鎢製作非正統的合金。他也試過鉬、釩、鈷。以新金、青銅與鎳銀搭配色澤較暗淡的金屬。偏好銀面中東紋飾葉與華麗雕刻的人，認為他的作品「過於現代」而敬謝不敏。他最拿手的製品是馬刺，設計圖案絕不重複，風格獨具，遠遠就能一眼認出，成本也令人嚇舌。

那年春天來得晚，天候惡劣，他完成了一對馬刺，柱身呈半傾斜，鋼鐵鍛藍，接近熟梅透出藍紫紅暈的色澤。線條素雅。銀釦。鍍銀鈍星形靴刺輪與柱端淡淡光彩猶如向晚之水。銀色彗星的尾巴拖至柱身，以裝飾跟帶。他設計一對叮噹作響的星星，模樣調皮，自靴刺輪垂吊而下，抖動時發出的金屬音符對馬兒對騎士而言皆甚悅耳。

「這些東西當中有力量存在，」他對松妮亞的貓咪說。貓咪睡在工房收音機上。「遲早有人能慧眼識英雄。」然後他在回家路上數著路邊一頭死鹿，路面上一頭死郊狼，一隻死兔子，又一隻，又一隻，死響尾蛇，太陽下的活響尾蛇，死期將近，一團血，半條死羚羊。

預料之中

史果普走進房間撞見他們，當天狂風勁掃，小溪旁的柳樹做出鞭打的姿勢，眼看要將自己拉出地面。

那天一大早，他與冰山太太偕兩個農場工班尼·洪恩與寇地·喬·畢比，將兩百頭牛往北趕向史果普向土管局租借的土地。連綿波動的青草讓平原打起寒顫，如同獸皮在蒼蠅滋生的季節中抖動。路上班尼·洪恩遺失夾克，牙齒格格打顫。

「幸好你的鳥蛋包在袋子裡，」冰山太太說，「不然你連鳥蛋也被吹跑。」

有幾件事不盡順心：幾頂帽子被風吹跑，塵土刺痛眼睛。潔莉沒有依約帶著三明治與啤酒來河口溪的詹森家。史果普說她大概是卡車發不動。下午一時，凱爾·詹森與么兒普利順同來將牛群趕過詹森家土地。父子倆自在地打嗝放屁，排出辣牛肉與白蘿蔔的氣味。此時有輛遊客廂形車大鳴喇叭經過，嚇到了牛群，過橋時聽見牛蹄踩出空洞的「得得」聲再度受驚，四下奔竄，爭先恐後交叉踩過剛鋪上柏油的公路。柏油的黑色極深，深沉到牛身上的黃條紋似乎漂浮路面之上。柏油臭味四起，黏在牛蹄底下更加不舒服。最後終於集中牛群上路，寇地·喬卻羊癲瘋復發，跌下馬來。

「鎖骨斷了，」冰山太太邊說邊扶他起身，聽見斷骨摩擦聲

詹森要進市區辦事，表示可以順路帶寇地‧喬去「刀槍俱樂部」¹。「乾脆把牛留在這裡，」他說，「明天早上找到幫手後再說。」史果普很不願意接受他的好意，因為回報起來恐怕很吃力。無計可施，只好騎馬回咖啡壺打電話。班尼不停抱怨，史果普說，閉嘴，我在想辦法。疾風吹得他們耳朵作痛，颳起馬尾。越來越冷了。孔雀藍的色彩，史果普感覺眼熱。他騎馬過去，從鐵刺網上拉起，是潔莉的性感內褲。兩人曾為這件內褲吵架，花了七十五元買來一小片絲布。班尼與冰山太太假裝沒看見，以免他尷尬。史果普知道這件內褲並非掛在曬衣繩上被風吹走——烘乾機的分期付款他仍未繳清。抵達屋子之前他分析了所有可能性。

約翰‧任曲的卡車停在院子，駕駛門打開，他看見後不太驚訝，既然不太驚訝，發現任曲在床上努力練習牛仔上下起伏的舞姿時，他了無詫異之情。他聽見妻子說，繼續動，別停，然後看見了他。他一句話也沒說，退出房間，下樓進廚房拿起威士忌酒瓶直灌，聽著潔莉嚎啕大哭，聽著約翰‧任曲著裝，下樓。任曲在門口說，汽車，你可別亂想，沒那回事。

起初史果普並沒有太深的感觸，回過神來才感受到遭人背叛那種熱辣辣的割傷，嚥下嫉妒的酸水。而潔莉因難堪而激動萬分，大聲要攤牌，尖叫著想離婚。史果普說，那樣講未免太瘋狂。他走進臥房之後的半小時內，他從未想過兩人走到了盡頭，只是來到路上被水沖蝕處，越過水道就能繼續上路。他的藍白眼珠濕潤。他想告訴潔莉，只是約翰‧任曲，沒什麼大不了。他想說卻說不出口的是，沒什麼，我

自己也偷吃過幾次。那樣說又有什麼用？他認為沒有必要改變什麼，尚未知道不可能逃避內心折磨；折磨有如熱導彈，鎖定了光芒萬丈的核心。

「我們來商量一下，」他說，「我們開車逛逛，商量一下，」威士忌灌得又快又準，淋濕了襯衫前面，最後妻子半推半就，被他帶上卡車。上車後他不停說我們來商量，而潔莉不停說離婚。兩人無所進展。最後兩人掉落公路高架橋下，卡車輪胎朝天，史果普渾身骨折，被擠壓在床腳櫃大小的空間裡痛苦不堪。而潔莉則大呼救命，他卻伸不出援手。

等到他出院，有能力再度舉起湯匙時，她早已搬到訊諾，離婚的熱水壺已燒得呼呼響，她在屋裡的東西所剩無幾，僅在浴室架子上留下半盒衛生棉，以及門口的一雙雪靴。

一對馬刺

薩屯・泥地曼在地窖私釀啤酒。某天沙塵四射，他進市區購買幾罐麥芽酒。他駝背在人行道上前進，4-X牛仔帽的尖端迎向滿載細沙的風，走過電腦商行，櫥窗裡的包裝盒被陽光曬得褪色，軟體也已過時。他走過律師事務所，藍色窗簾已拉上。他在巴茨的櫥窗前停下腳步，凝視著展示得頗具藝術風格的馬刺，下面襯底的是百經風霜的木板。有一對馬刺未經修飾，是有鞍騎乘用的馬刺，跟帶很寬，柱身偏離中央呈十五度角，單純又實用；有一雙是女腿形的馬刺，柱身花樣繁複，是維多利亞時代妓女的絲

襪與高釦鞋；也有一對以青銅打造，柱身呈一直線，鍍上青綠色紋章，靴刺輪的輪輻磨成小馬靴的形狀。不錯，不錯，不錯，泥地曼說。他走進店裡，自言自語想買個鑰匙環送依內姿當生日禮物——過去兩年他都送同樣的東西。

一臉鬱悶的哈洛德・巴茨站在櫃檯後面閱讀凱斯白地區的報紙，手上端著一杯花草茶。泥地曼在展示窗前漫遊，嗅進潤滑油、金屬、真皮的氣味，嗅進木芙蓉與香草的芳馥，停在彗星馬刺之前。

「想看什麼？」巴茨說。

「讓我看看那對彗星馬刺，」他指著說。巴茨抿著嘴唇，將馬刺攏在櫃檯上，開始以有疤痕的手指轉弄著馬尾的尾端。

「當開罐器真漂亮，」泥地曼說。他很高興見到巴茨握拳又鬆拳的舉動。

「是海爾鮑普彗星。那年我一看就是好幾個小時，睡在陽台上。很冷沒錯，不過我一醒來，它就高掛在天上。美麗。可怕。地球在太空中的位置即將變動。即將到來的力量，會讓鐵漂浮起來，會產生五百呎高的海嘯。我們生活在世界末日——近在眼前，千禧年，全球暖化，戰爭，可怕的流行病，風暴，洪水。彗星就是警告。我從凱斯白那裡的漢斯和洛狄買來小旋轉鑿，用新型的鑿子來刻出上面的細紋。」

泥地曼看著標價。三百——他猜世界末日不盡然是近在眼前嘛。他沒打算花超過二十元買禮物送妻子，也據實稟告。他說他在報紙上看到，彗星聚滿了豐富的化學分子，不是毀滅的預告，而是生命的播

種者，在太空中四處撒種。

「『他們』就是要你相信那一套，」巴茨怒氣沖沖地說，一面以手指點著報上刊出的女政客臉孔。她以杏眼圓睜破口大罵著名，愚蠢的見解也同樣家喻戶曉。「不買就算了。總有人會來買。」街上的燈光穿過店面櫥窗，將他的髮絲染成金屬色。他兩手叉腰，看樣子本人也準備擺出馬刺的造型。

他漠不關心的態度誘動了泥地曼的心。泥地曼開了一張支票，花光所有退稅。

錢花得幾乎值得。依內姿說，「看來我今晚要穿著上床囉，」而且果真穿上床。後來冰冷的鋼鐵碰到他，他才大笑著拖掉妻子的皮靴，拋向角落，叮噹作響。

「嘿嘿嘿，」泥地曼說，「彗星來囉。」事後他躺在床上思考，應該如何做假帳才不會讓妻子發現。

星期三，太陽的高溫滲入冷骨，風勢轉緩，遠處青草露出新綠，依內姿騎馬至汽車．史果普家中。多年來他們曾帶著觀光客騎馬前來咖啡壺，玩玩趕牛，享用野餐盤上的煮豆，而她盤算的正是這件事。

一輛曳引機在轉彎處超車，駕駛是冰山太太，寇地．喬在後面的長型平台上蹦跳，旁邊載著幾個家畜礦物質補品的空盆。寇地．喬是她的表親，曾經聰明過，曾經性情隨和過，好景不長的是，四、五年前有捆重達一千磅的乾草從草堆上滑落，不巧擊中馬背上的他，從此腦筋受損。他身強力壯，公牛般的肩膀

165 一對馬刺

與畢比家族所有人一樣，如今卻只能勝任簡單的差事。她對寇地·喬揮手，有疤痕的臉孔卻認不出依內姿。他妻子在家為他理髮，理得不甚高明，這時糾結的長髮在風中如皮鞭抽動。依內姿心想，他們小時候，他是全世界最好看的男生，小麥色的頭髮繃緊，眼珠是最深沉的藍。看看他現在的模樣。不忍卒睹。

她騎馬趕上時，寇地·喬正從平台扔下空盆，冰山太太則告訴史果普，他們有頭公牛罹患爛蹄症，待在小溪牧草地，跛腳太嚴重，無法趕過來接受治療，必須開卡車過去載。

史果普抬頭看依內姿，面無表情。

「最近怎樣，汽車？」她的紅髮朝四面八方伸展，帽子放在家中帽架上。

「還好，你呢？」

「我們很好。薩屯要我過來問你，觀光客禮拜五的行程改成禮拜六，不知道你方不方便？禮拜五他要跟會計事務所的人討論繳稅的事。他們啊，不會讓你選日子的。他們要改叫我們的地方娛樂農場。」

「照這樣的情況下去，乾脆所有農場都改叫做娛樂農場算了。我可是玩得很快樂。我們正好要進屋子，進來喝杯咖啡嘛，」汽車說。「把馬拴起來。」

「馬刺真正點，」冰山太太說。她精瘦如老木樁，少說也將近七十歲了，依內姿臆測著。灰髮修剪得很短，雙手長滿繭與肌腱，與任何老農場工人一樣。汽車說，老太婆對牲口不知道的東西，湊一湊可以全寫在捲菸紙上，空白的地方還可以填上《聖經》的詩句。冰山先生哪兒去了——或許被殺死、踢到

地毯下滅屍了吧。冰山太太某一方面讓依內姿直覺上不喜歡，也從來不欣賞；這位粗獷老婦人活像一條拉扯到毫無彈性可言的麻繩。

史果普跺著腳過來，摸摸靴刺輪。他在依內姿面前伸長脖子，張口想說俏皮話卻停止動作，搔搔傷痕累累的頸背。他腦海響起一陣如無線電般的雜音。

「生日過了兩個禮拜，薩屯才買來送我。」依內姿跳下馬，跟隨他們進入紊亂的廚房。「本想趁外頭安靜出去一下。白蠟燭蟲在觀光客小屋裡到處都是。我對娟妮說啊，有機會拿吸塵器去對付。聽到蟲子在管子裡嘎嘎響，逃不出來，讓我渾身不舒服。牠們一定在想——大概是世界末日來了吧。」她望向廚房另一邊，注意到一支桌腳以靴跟墊著。

史果普開始以舊研磨機研磨咖啡，揚起一陣粉塵。他頭疼欲裂，卻直盯依內姿，不知為何感到興奮，忘記了與潔莉之間的過節。

依內姿打量著培根凝結油脂半滿的鑄鐵煎盤，顯然炒炸過無數次卻未曾清洗。到處是空塑膠袋與半滿的塑膠袋，裝著螺捲棒、餅乾、脆片、三角玉米薄片，也有原本盛沾醬的空罐，也有過期失去彈性的麵包皮、咬過的蛋塔、空布丁罐。潔莉下堂求去後這兩年，汽車·史果普或許未曾享用過熱餐。一隻藍鵙氣沖沖地撞向窗戶，為捍衛領土而與自己的倒影過意不去。「汽車，不如讓我找娟妮·巴克斯過來幫你打掃一下。她一小時收十元，很值得的。」地板上壓扁的食物形成多處小點，整個家有如老野豬的巢穴。她納悶的是，冰山太太如何徹底壓抑女性本能，竟能不對髒亂的環境感到心煩。

史果普發出他獨特的勒喉般笑聲。「她準會被嚇死。」乾乾淨淨的廚房會蠶食他心靈，產生他無法解釋的寂寞感。而陽光照射在白餐盤上、鍋裡煮著營養健康的小麥粥時，最讓他難過——難過得想怒吼。「怎樣？你禮拜六做什麼？中午到髒水農場或泥吸農場，隨你選。那邊大概有五十頭等著趕攏運走。秋天一直不賣，因為行情不好。現在更糟了。他們成立了北平原牛肉合作社，我懷疑會有幫助才怪。要是我們能把『吃牛肉』的招牌全國放，從紐約到舊金山，大家一定會注意到牛肉。你覺得呢，冰山太太？你禮拜六行嗎？」他從塑膠袋取出一手類似橙蟲的物體，搖了搖，放進口中嚼，小鬍子沾了顏色。

依內姿幾乎不知道將視線集中在何處，因為房子與其中的人有很多不對勁的地方，所以只好凝視窗外，看著院子裡的狗，喃喃說，「髒水比較好。景觀比較漂亮。」

她認為汽車·史果普江河日下。她想起幼年時住在全夜溪旁的那個硬毛直豎的老瘋子，認為汽車有可能淪落相同的下場。當時她隨父親與兄弟騎馬外出，離家數哩處發現小溪旁有座頹圮的房子，有個野人走出門口，對他們出言不遜。這人腮鬚因沾有食物而僵地豎起，雙眼黏有硬化的分泌物，身上發出的臭味能傳至三十呎外。她父親開始自我介紹，老人喃喃說著「呃？呃？」，頃刻之間，大家看見老人的長褲閃現濕光，從褲襠濕到膝蓋。她父親掉頭離去，帶著兒女登上小山，不過這一幕已經掃了大夥的興致。「天啊，你看到沒？」她哥哥山米說，「他剛才尿在褲子裡耶。聞起來像是大小便一起來。」

「他以前農場經營得很不錯，可惜妻子死後，他就變成了一條髒兮兮的老野豬，住的地方也變成豬

窩，」她父親當時說。「別靠近他家。」依內姿心想，男人天生有此缺憾，遭逢人生劇變的懸崖後，往往暴跌至道德的深淵。

「我的天啊，」史果普說。「我的頭好痛。」他伸手至碗盤櫥最上層，東翻西找後找到阿斯匹靈藥瓶，乾吞了四顆，在骯髒的燉鍋上拈熄香菸。他將滾水淋在研磨過的咖啡豆上，咖啡壺升起一陣蒸氣。他在水龍頭下沖洗髒杯子，然後倒上新鮮的咖啡。他頭疼欲裂，全身發燙，感覺奇怪，彷彿靈魔飛出熱水壺嘴，飄進了他的鼻子。他抓住椅背，彷彿椅背能幫助他。

他們又走到門外，看著青草成長，背對著溫暖的穀倉圓木站，幾隻提早出現的蒼蠅嗡嗡繞。窩地·喬端著咖啡朝堆放乾草的院子漫步而去，不時抬起腳跨過無形的犁溝。汽車湊近依內姿，言語一發不可收拾，談著山上積雪深厚，惡女溪水位上升，如果天氣持續炎熱，可能有氾濫的危險。固定他體內斷骨的鈦合金板發燙。

「天氣會一直熱下去，溪水也一定會氾濫，」冰山太太邊說邊以拇指指甲點燃廚房火柴。她不喜歡清談。

咖啡泡得太濃，苦味太重，也容易燙到舌頭。「嘩！」依內姿說。「這才叫做咖啡嘛！」

「有道理，」冰山太太說著將喝了一半的咖啡杯放在翻轉朝上的箱子上。「這咖啡喝下去，能像煙囱刷一樣把人清得乾乾淨淨。」她朝自己的貨櫃屋走去。

一等到她離開視線範圍，史果普立即將依內姿的手抓過來，按在那夜潔莉說的死沙丁魚上。當晚在

卡車上，他認為潔莉是拿他來比較約翰·任曲的傢伙。然而史果普對潔莉暗示，她是在比較兩人的尺寸，這時她說，別提那個混帳的名字。

「你可讓我上了火，」他這時對依內姿說。「來嘛。」

「看在老天爺的分上，汽車，你哪根筋不對啦？」她的脖子與臉頰火燙，掙脫他的掌握。快到正午了。兩人的身影悄悄縮至腳下，狀若潑灑出來的油漆。

「來嘛，來嘛，」他邊說邊拉著依內姿往打開的門。腥臭的獸性浮上表面，大搖大擺。

「你自制一點行不行。」

「你才是，」他揉著依內姿平坦的臀部，挨著她的身體，呼吸時鼻子發出吁吁聲。「來嘛。」

她以乾裂的手肘牴撞對方喉嚨，扭起他的手臂，低頭閃躲，然後往自己的母馬奔去。

「我不會罷休的，」他在依內姿身後大喊。「遲早把你弄到手。在你來不及說『慘了』之前插個進去。」他站在依內姿揚起的塵雲中，明瞭到自己在沖泡咖啡時，必定有塊鐵落在心頭的天平上。

冰山太太從貨櫃屋走回來，將上衣紮進牛仔褲裡。「依內姿人呢？」她以粗嗓門說。史果普嗅到甫入喉的威士忌氣息。

「她有事先走了。」他凝望南方，無血色的雙眼因頭痛而充滿淚水。他感覺得到，體內所有金屬在叮噹作響的馬刺後繃緊。

「大概是咖啡喝不慣，」冰山太太說。「習慣喝自己泡的。」

「是嘛，她的東西我喝得下。」說著做出杯子的手勢，捧住兩顆想像的乳房，上下抖動。

冰山太太皺臉。「依內姿？牆壁的奶頭都比依內姿大。」

「算了。她的馬刺真漂亮。」

「沒錯。漂亮。」

狼影

汽車・史果普黏著依內姿不放，只要薩屯不在家，他便盤算她的行蹤。在算準的時間打電話。他跟蹤她進市區。有一兩次，他騎馬故意在前往兔跟小路上撞見帶領觀光客的依內姿。撞見時，他顯露色瞇瞇的眼神，白眼盯著她，以極輕音唱出不堪入耳的言語。

「再鬧下去，看我會不會跟薩屯告狀。相信你不希望我去告狀。表面上他或許跟你稱兄道弟的，生氣起來可是翻臉不認人喲。」

「我控制不了，」他說。「依內姿，你不在我身邊時，我幾乎稱不上喜歡你。可是你一靠近，感覺像有人鏟了一堆紅燒木炭倒進我的短褲。你讓我想得頭痛。快嘛，叫觀光客自己先走，你和我躲到岩石後面幹一炮。」他噘起嘴唇，在白金色小鬍子下做出接吻聲響。

她氣得發抖。「看我敢不敢用繩索套住你，」她說，「把你拖成破抹布一條。或許這樣你才聽得懂

人話。或許你喜歡這一套。」

「我喜歡的，」他說，「是剝光褲子好好騎你一頓。我想要把老二放進它想進去的地方。我想要操你操到你變成鬥雞眼。我想要——」

隔日清晨，觀光客穿著新靴、揉著眼睛走過門廊、伸伸懶腰、說空氣多清新之前，依內姿在薩屯進來享用日出早餐時跟他聊天。外頭輕風吹拂褪色的青草。她知道最好別在早上對丈夫下命令，但卻無法閉嘴不談。

「薩屯，有件事我很不想說，就是汽車·史果普兩個禮拜來一直對我放電，一直對我講不三不四的東西。本來以為他會慢慢冷卻下來，所以我才沒講出來，可是他就是不罷休。」

他將一塊血淋淋的羊毛皮攤在桌上。「綿羊出事了。死了兩頭，一頭差點被吃光，一頭被拖出去，一頭跛腳。」他端起咖啡杯，一面吹氣一面吸吮著，彷彿杯裡裝了熔漿。他的雙手傳出鼠尾草的香味。

「汽車？史果普的事，我講了你有沒有聽見？他一直想跟我亂來，放肆得讓人受不了。」

「我覺得是狗。」腳印比郊狼大一倍。」

「我跟他講，再亂來我就跟你告狀，你會修理修理他。不過他聽不進去。」

「老天爺，我可不希望是我們家的狗。波西已經有兩天沒見影子了。」

「日子已經夠辛苦了，隔壁又住了個色情狂想對我毛手毛腳，我可受不了。我希望自己老公能馬上親自處理。」

他起身走向門廊，然後回到餐桌。「看來不是波西幹的。她一腿發炎，躺在門廊上。我忘記她腳受傷。不是她。」狗兒波西瞧著他打哈欠，豎起一耳，另一耳下垂，陽光照射到左眼，玻璃狀眼珠成了紅球。

「你去他那裡跟他理論嘛。去給他一點顏色看，讓他知道你是玩真的。他那個皺巴巴的老東西在我身上磨蹭，你覺得我有什麼感想？」

「對。我可以去汽車家，問他有沒有看到，看他有沒有小牛失蹤。」

「你去，」依內姿說。「儘管去問，」她的嗓音如同遭射傷的蒼鷺。她回想當年，任曲、史果普、泥地曼曾經三人行，出去找高跟鞋玩樂，低級豬哥一群。

早上十一點左右，三名紐約女律師觀光客打行動電話過來。過去有觀光客迷路，升起狼煙指示現地，因而引發大火，有鑑於此，薩屯規定她們必須隨身攜帶大哥大，否則得長繩纏身，另一端綁在門廊扶桿拉著，才准她們外出。

「依內姿，我們迷路了，」講話的人怒氣沖沖，彷彿是依內姿害她們走失。「而且這裡有野狼。」

話筒裡傳來急促呼吸聲。薩屯劃掉大酋長牌便箋簿上的總價。

「是郊狼啦。描述一下身邊的景物，我們就能猜出你們在哪裡，」對方描述著橙色大岩石、鐵絲圍

籬與空曠大地。

「圍籬的狀況是還好，或是亂七八糟？」

「這個嘛，看起來只像是個圍籬啊。」說著傳出口哨嘆息聲，或者是風聲？桌上佈滿帳單、信件、稅務簡介手冊，需要忙上一個月，全需以紅筆填寫。

「大岩石一塊塊。好大。」

「我猜她們在汽車家那邊的奇岩杜邊緣，」她對薩屯說。「我騎馬過去帶她們回來。不過如果『他』在那裡，我應該帶把.30-30去。」

「開卡車去。如果用走的，那些小姐可要走上四哩才能回來。」飼料帳單上大大寫著「過期逾繳」。

「給她們一個教訓。」但她知道她們不會就此學乖。她對先生說，你想去的話，可以自己開車過去，前座擠了三個女人，讓他享受一下，也可以帶她們去看汽車，史果普，也許汽車會看上其中一個，不再來騷擾她。她摸摸飼料帳單說，幸好我們有退稅。她寧可騎馬過去。

女觀光客發誓說是野狼。她們身穿僵硬的曲線型牛仔褲、套牛靴、聖塔菲夾克，紮了絲頸巾。頭髮被風吹成拖把狀。

「我沒有亂講，」格拉肯律師說。「我辦過一個案子，有個人在自己沒電梯的公寓裡養了一匹狼，

騙人說是導盲犬，所以我看了好幾百個小時以狼為主題的錄影帶。後來還驗DNA。我知道。我看到的是狼。」

「整個農場都一樣。看見那邊有煙冒出來的地方沒？那是壁爐的煙囪。你們到農場的馬路上，往南走，出了大門後關上門。薩屯會開著卡車過去找你們。記得關門喲。」

她騎上沖蝕地。她右邊有一叢金花矮灌木，裡面躲了一匹大母狼，以黃色鬥雞眼注意著她。狼毛在不規則的強風中顫抖。她沒有多想，立刻解開繩索，甩成繩套扔出去。正當她將繩索另一端在鞍頭纏繞幾圈時，母狼騰空一躍，灰褐色母馬往後退。母狼往後拉，臀腿落地蹲坐著，母馬再度後退，學馬戲團的馬兒一樣以後腿站立向後走，然後四腳著地，頭往下壓，激烈掙扎；依內姿以突破擋風玻璃而出的姿勢衝向前，降落時以下巴觸地滑行，頸骨折斷，嘴巴張開，下排牙齒犁過紅土。原本拉緊繞圈的繩索恢復自由，母狼鑽進山艾樹叢逃逸。山艾樹在風中僵硬地搖擺。

葬禮後隔周，薩屯·泥地曼宣佈將出售農場，自己打算搬到俄勒岡州女兒家附近。他姊姊與姊夫自岩泉開車北上幫他打包裝箱，整理待拍賣物品。

「阿屯，這些湯匙、這個紅枕頭、這對馬刺怎麼辦？馬刺上面有小彗星，真的很好看。可惜沾了點泥巴。」

「出事的時候，她就穿著那對可惡的東西。觸霉頭。」他的嗓音不穩，在喉頭裡變得沉重。「我不想再看到了。跟等著拍賣的東西放在一起吧。」薩屯的卡車滿載女觀光客，發現了妻子，牙齒掘入懷俄明州。他當著觀光客的面射死母馬。

當地人不相信觀光客見到野狼，咸認是東部人的歇斯底里症作祟；原來不是野狼，而是一條家犬，從某個觀光客的旅行車溜出，主人見到依內姿的優質草繩一定欣慰不已。

德州男孩

泥地曼的農場經重新命名為銀河系農場，新主人是法蘭克‧費因，曾在科幻電視影集中飾演木星軍閥，私底下卻比較喜歡西部牛仔的生活。他買進截牛馬2，聘來一批德州人，工頭嗜吸鼻煙、雙腿如竹竿、肌膚鬆弛，姓名為浩爾‧史密斯，臉上裝飾著稀薄的大鬍子，鬈髮的弧圈大小與顏色類似薑汁汽水的氣泡。

某個星期六晚上，史密斯偕同幾位德州牛仔光臨訊諾的火坑酒吧，請全酒吧客人喝酒，宣佈他們想舉行一場小型八球賽。他們一直待到打烊時間，吹噓自己對馬匹有多瞭解，而且瞭解的東西可真不少，他們對撞球的瞭解可能因而相形失色。浩爾習慣一面撚鬚一面繞著撞球桌緩緩走動，彎腰並仔細觀察，然後打出困難卻花稍的一球，幾乎百發百中。沒打中的話，他以撞球桿的底部重擊地面，發出砰的一

聲。

「你們玩不玩『牛仔』？」浩爾說。「很好玩的。換換口味。打到一百分，先得一百零一分的人贏，不過打到最後一球時，母球一定要把球撞進事先說好的球袋，不能撞到別的球。」

認真的撞球比賽來到訊諾，過了一陣子，有人提議舉行全冬季的巡迴賽，也許提供一些好獎品，不要只送六罐裝或是一罐哥本哈根。部分失業人士發出怨言，認為法蘭克‧費因偏心德州人。懷俄明州人才濟濟——至少在這一帶——任他挑選，他偏不要。

「這邊的人，費因先生一個也不認識。他到德州拍戲時就認識我了。他們把德州選做火星。不過這些人啊，」——他以拇指比著隊友——「如果他們退出回老家，我們就找在地人遞補，一切好辦。」

是真是假，他們必須等著瞧。目前而言，這些德州滑頭似乎一點也不想念南方平原上的老家，因為南方在龍捲風與獨立派人士作怪下動亂不安。

冰山太太紅著臉保持安靜，背對著酒吧飲用威士忌，雙腿向外伸出，欣賞球桌上的賽事。

浩爾朝她看了幾次，說，「那樣的馬刺，不是每天見得到的。小姐，你想賣的話，我肯跟你買。跟銀河系很配，又是星星又是彗星的。」

冰山太太悶哼一聲。「馬刺就從那邊過來的，是以前的主人泥地曼的東西。不賣就是不賣。」

矮壯的約翰‧任曲鬍子刮得乾淨，有如臉上拋光過似的。他以低沉的嗓音說，「她在拍賣會上標到的。拍賣主持人說，這箱舊繩索，你出多少錢？那對馬刺壓在最下面，她出兩塊錢，全部歸她抱走。冰

山太太，買那堆繩索做什麼？拿去做枕頭啊？」

「拿去塞進你屁眼裡啦，」冰山太太說。

她伸出一條腿搖動，欣賞光線以不同角度照射在彗星上的情況。她喝著威士忌，十點三十分離開。

臨去前她表示自己要回家睡美容覺。

浩爾說，「她很有個性嘛。」

「第一流的。幫汽車‧史果普煮了好幾年。」

「既耐操，又跟男人一樣好用。」

「雪立登來的三位姑娘，」約翰‧任曲輕聲歌唱，一面在球桿尖端塗粉，遞給跟在身邊的短腿女孩。女孩是觀光客，穿著紅靴，「喝啤酒喝紅酒，一位姑娘對另一位說，你的屁股比我大一倍。」他看著球桌上的球，說，「他媽的德州人，看他給我們搞出什麼飛機。」

「那個冰山太太哪，」雷伊‧息德說。他是個在農場幹活的老頭。「大概三十年前，我在雙八工作，當時她是廚師，我們正要運牛，人手缺得很，老闆對她說，騎過馬嗎？她二話不說揹下圍兜，套上馬靴，從此以後就從馬兒耳朵之間看天下了。」

「那個時候，冰山先生還在嗎？」

「不在。」

「不行，不行，娘們的話，我還是喜歡苗條溫柔的，」約翰‧任曲邊說邊拍拍紅靴的口袋。

「像汽車‧史果普的老婆那樣嗎？汽車讓你從他樹上摘掉那顆小蘋果，自己一定氣炸了。」

「再講試試看。除非你想換新牙，否則別再提。不然等著被我打得滿地爬。」最後他去了史果普家。汽車告訴他，那晚汽車將卡車射得通風時，多希望約翰自己也希望自己當時在車上，而他做的傻事，其實不過是反射動作而已；史果普說我瞭解，兩人因此對飲，直到彼此明瞭惹出麻煩、導致所有傷心後果的人是潔莉。

「是嗎？大話別說得太早。寇爾，幫我再倒一杯。要跟約翰對打，不如先灌點液體鐵刺網。」

雷伊‧息德尚未準備轉移話題。「冰山太太哪，那時是有幾個人想追，她隨身帶著長牛鞭，有幾個人被她鞭過。當然啦，她從來都不算什麼大美人，所以沒有太多人煩她。她以前得過什麼熱的，頭髮全掉光光。我認為她從來沒結過婚。」

「也許她搞同性戀吧。」

「不對。她對女人的用處跟對男人的用處差不多。她只喜歡牛和馬。她從小在北達科他長大。家裡生了七千金。姊妹全都能騎馬、套繩索、經營農場。」

約翰‧任曲與紅靴女孩擠進角落，酒談方向轉至獨腳人當恩‧克洛。他有天晚上月黑風高，以手電筒照著路，開著小卡車在懸崖上倒車，結果連人帶車跌落時不慎開槍射中自己。現在只剩一條腿，可以讓他少惹個人麻煩。再看看汽車‧史果普，全身打滿鋼釘，也是好事一樁，像他如此忽視個人健康，可以讓他少惹麻煩。再看看汽車‧史果普，全身打滿鋼釘，也是自我毀滅的一個例子。來了一群沒聽過本地歷史的聽眾真好。

冰山太太移徙五哩外

兩人開著小卡車載運家畜，一頭是盎格斯公牛，兩頭是赫爾福德公牛。冰山太太小靴上的馬刺刮著車內腳墊。她喃喃咒罵著，一面慢慢將小卡車開進通往高牧草地的輪轍。強風吹得風滾草蹦上引擎蓋。兩隻紅尾鷹在高空熱流中來回飛翔。

「那些德州男孩啊，」史果普說，嘴裡嚼著一片羚羊肉乾。「說電視人費因打算在那裡做什麼，你有什麼想法？他從沒過來打招呼或是客套。你覺得他大白天戴的耳朵是蠟做的不成？」他盯著她靴子看。

「住在加州，偶爾才來這裡住。你從泥地曼那裡聽到什麼？」小卡車後面震動起來。「該死的牛。」她緊急煞車，讓正在打架的公牛向前猛衝，跌跌撞撞地希望穩住陣腳，為性爭風吃醋的事暫時擺兩旁，自身保持平衡最重要。卡車繼續往前開。「他有說他喜歡那邊嗎？」

「用電腦發了一封電子郵件給我。說他二十年前早該搬過去了。不颳風，雨又下得多，鄰居又好相處，總算可換換環境了。青草長到跟屁股一樣高，女人也好看，我猜他是相中了一個。老依內姿在地下一定不爽。」他再向冰山太太挨近一點，而冰山太太已緊貼車門。

「你不是有陣子追她追得很兇。」

「對。可憐的O形腿老依內姿。我也不明白。我承認，我那時是很想追她。可是她一走，那感覺也跟著走了。我現在才瞭解，最可貴的是你和我，我的意思是，這麼多年來，不管時機好壞，我們都在一起。」他再往西靠，突如其來地將腥臭肥重的手臂搭在冰山太太肩膀上。「冰山太太，我對你相當有好感，」他小口噴出潮濕的氣息。

冰山太太以手肘抵住他的肋骨。「去你的，別一直靠過來嘛，把我擠得半身快跑出車子外頭了。」

史果普移開不到一吋，既不情願又慢吞吞。

「好吧，給你開吧，」冰山太太說著便踩了煞車，下車，繞至乘客座。「汽車，我不喜歡被人擠。」

她一直等到史果普坐上駕駛座才上車。「放了這些午後，我得騎馬出去。寇地·喬和我要去奇岩柱那邊造圍籬。費因先生過來的時候，你應該騎馬看看圍籬線。這些個德州男孩，對圍籬的事到目前為止很害羞。」

「圍籬？我跟你一起去，」史果普說著換成二檔。「蓋圍籬，我正好需要。要是班尼在這裡，我會先處理好文書作業，可惜這禮拜他沒來。」

「他因竊盜罪被抓去關了，」冰山太太說。「在希金斯店裡偷香菸販賣機裡的東西。」她搖下乘客座的車窗，風如木板般轟入車內。

小卡車開進院子，塵土隨之捲動。寇地·喬·畢比坐在門廊階上，一手拿著一段割捆機麻線，茫然無主，露出不解的神色。

「你看看，這肯定是全懷俄明最亂來的農場經營方式。我越來越不爽了，」史果普說。

冰山太太說，「看來他不適合造圍籬。我最好先帶他回家。」

她四十分鐘後回來，有兩個空啤酒瓶在車上滾動，距離座位底下的威士忌瓶有一吋。這一天過得真慢。

「他老婆說他情況越來越糟。」

「要是真的缺人手──」史果普說。「下十八層地獄算了。」

「只好等著瞧了。」冰山太太將幾圈鐵絲扔進車子，瞥了一眼被風颳過的天空。「天氣來了。」

「不然還有什麼？」史果普說。「我該吃阿斯匹靈了。」

在紅奇岩柱高地時，史果普靠得太近。他雙手被鐵刺網劃傷。阿斯匹靈吃了沒用。他的靜脈與動脈僨張。

「嘿，」他說。他說得口齒不清，嗓音沉重，「我們乾脆去──？」然後喃喃自語。

「什麼？你剛說什麼？」冰山太太站開圍籬，乾燥、呆滯的臉變紅。風強扭著破夾克的尾端。

「來嘛，」史果普說。「來嘛，快。」他伸出流血的手。

「你休想碰我。」冰山太太往後跳，彗星馬刺響了一下，整個身體發出危險的光芒。「這地球上我

不准任何人碰我一根汗毛。敢亂來，我讓你死得難看。」她後退至坐騎，收攏繩套。

「噢，少來了，又不是——冰山太太，別想逃，」史果普說，「你敢走，我就開除你。沒有必要發脾氣鬧彆扭嘛。你等一下嘛，」他卻呻吟起來，雙手揉弄大腿，這時馬刺聲響，主人一腳踩上馬鐙，跳上馬鞍，回頭一望，看見一臉色相的史果普死命瞪著她，舌尖伸進金毛鬍子裡。

「我不幹了！」冰山太太大喊，往農場方向離去。

「你被開除了，」痛苦之餘，史果普回應。

冰山太太進入自己的貨櫃屋，狠狠大喝一頓，致電浩爾‧史密斯，聽見他手機裡傳來銀河系農場的噓噓風聲。

「嘿，冰山太太。你聲音聽來有點激動。希望不是我的馬闖到你那邊去。我一直想跟你聯絡，商量圍籬的事。」

「我是打來問你有沒有缺人手。你上禮拜不是說要請當地人幹活嗎？我在這裡幹了二十多年。該換環境了。」

浩爾語帶疑慮。

「這個嘛……我不知道。從沒請過女人。」

「你在懷俄明顯然待沒多久。這裡現在的幫手，有一半是女人，工錢比男人低。」

「事實是這樣，我沒辦法給你太好的待遇。恕我直說，我認為你比那些男孩子年紀大，不知道他們會怎麼看待你。我聽說你在農場上表現不錯，我會幫你講講話。」

之後是一陣意義深遠的沉默。

「另一方面來說啊，費因先生一直在談野牛的事。要是你想玩玩野牛，」他繼續以平板調說，「也許能幫你找事做。我這邊快走了兩個男孩子，跳槽去搞他們自己弄出來的趕牛古道巡禮，什麼鬼東西的，趕長角牛過馬路，賣牛毛緞帶。這事我不問不行，那邊你做了那麼多年，為什麼要走？」兩人之間的風聲吹得像鳥鳴。

「那個史果普是狗娘養的，我再也受不了了。那人頭腦有問題。野牛？好啊，我連做夢都夢到咧。」

「這麼多年來，我做過很多怪夢，野牛是寥寥無幾。跟你談個條件。你可要有心理準備喲。我要那對彗星馬刺。我去找那個紮馬尾的怪人，他說他一輩子不做相同的馬刺。好像很愛拒絕人家。還說泥地曼付了三百才買到那對寶貝，我知道你花小錢就買到了，所以我跟你交換，讓你幫費因先生養養野牛。你考慮看看再回我電話。」

「不必考慮了，」冰山太太說。她把威士忌瓶蓋丟在地上，踢到椅子下面。那瓶蓋她用不著了。

汽車‧史果普又來了，在她卡車旁停車，看著她把箱子推上卡車。他全身痠痛，感覺金屬板在皮膚下作怪，螺絲釘從骨頭上即將脫落。他用力關上卡車車門。

「冰山太太，我也不知道。不知道自己怎麼了。有種力量壓得我沒氣。喂，你跟了我做了那麼久，我從來沒有對你想入非非。我說的你懂嗎？嘿，你年紀大得可以當我外婆了。我寧願吃老鼠肉凍也不——」

說著卻挨近冰山太太。她看清了對方的詭計，看到他紅暈的脖子如發情期的麋鹿腫脹，臉上佈滿猴急的汗珠。史果普已經近到可以一躍而上的地步。冰山太太丟下她手上的箱子，拾起靠在貨櫃屋旁的鏟子。「給我滾得遠遠的，汽車‧史果普。」

史果普以指尖輕觸額頭，說，「我可惡的大腦快爆炸了，」說完蹣跚走向屋子。只過半晌，冰山太太聽見廚房傳來一聲哀嚎與撞擊落地的聲響，聽來恰似是碗櫥傾倒而下。她將鏟子倚在牆腳。隨後史果普再度來到貨櫃屋，冰山太太寒酸的家當幾乎已搬罄。他舉起獵槍說，「不准你再對我拒絕任何事。今天不准。明天不准，下個禮拜也不准——」

鏟子如標槍向前投出，射中史果普肩膀，獵槍哐啷落地。冰山太太跳向前拾起。她的拇指按在安全桿上。她以冷血晶亮的雙目盯著史果普。

「別再嚷著頭痛，汽車，否則我一定幫你治到不痛為止。你發神經病了。別來找我了。我走了以後，你再過來拿槍。我會放在雙層床上。」

史果普憤而揮出一手，坐上自己的卡車，車門未關，看著冰山太太將愛馬牽上拖車。大家都離開他了。潔莉帶走了早晨的溫存，足跟在床單上滑動的微微尖響，雙腿為他像書本一樣翻開，濕縫歷歷在目，紫紅色指甲劃過他肚皮，從性器官劃至乳頭，之後在亮晃晃的廚房裡，小麥片粥在鍋子裡如餓犬嘩嘩喝水聲，如約翰‧任曲樹液滲露的小弟弟穿入潔莉，而他卻重回在同一個該死的角落裡。他無法忍受這個家的孤寂，然而此地卻需要他來維持下去，無法脫身，唯一辦法只有步上哥哥後塵。

「你懂個屁？你這個假裝聖潔的乾癟老賤貨。給我滾出去！」他對著老婦人的運馬拖車大喊，車影往南逐漸縮小。

深水區

六月第二周熱浪來襲，氣溫陡升至（攝氏）三十幾度，山上積雪開始迅速融化，儘管史果普頭上的帽子活像通了電的電磁爐，冰山太太一走，劇烈的頭疼也隨之消散。他從貨櫃屋裡搬出十八支威士忌瓶，猜想底下或許另有一千支陪尾蛇睡覺。周末時，水已淹過如磁磚般堅硬的地面，小溪暴漲至大河的規模，嚴重土石流阻塞了道路。正當他欠缺人手到了走投無路的地步，浩爾‧史密斯打電話過來，表示想見見自己這邊應為圍籬奉獻多少心血，隔天早上過來評估。

在銀河系農場，冰山太太傾聽大學來的野牛專家說教。他的嗓音中氣不足，因為兒時乘坐雪車發生意外，咽喉受過傷，「是嗎？費因先生想繼續做截牛馬的生意，又想兼做野牛？」做不做與他何干，很難讓冰山太太相信。

「是他說的。」

「兼做野牛是很不錯的想法，利潤加倍，工作減半。勞力成本低，因為牠們只吃母牛的三分之一。自己會咬穿冰雪吃草，一磅漂漂亮亮賣到二點三五元。然而，牠們需要空間。很大的空間。你卻沒有。」他的視線漫遊在啃過的青草、踩爛的泥巴之上，瞇著眼將遠方景物拉至眼前。

浩爾·史密斯的落腮鬍有如黃色泡沫，騎上他沙色的閹馬。這匹德州馬給人威風凜凜的幻覺。「冰山太太，你有沒有話要我代傳給以前老闆？我要過去跟他商量圍籬的事。」閹馬瘋狂亂舞，史密斯也火上加油，彗星馬刺耀眼絢爛。

「沒有。」她吐痰。「小心一點。那傢伙很討人厭。」

「啊，他還好啦。聽起來還好，」說完往北騎向城堡形的奇岩柱。

正午時分，專家以帽子對著如熟甜菜般紫紅的臉猛扇，問他要不要冰啤酒，他說好。他們走進廚房，娟妮正在刮紅蘿蔔皮。

「六月熱成這樣真糟糕，」她說。「浩爾有沒有跟你在一起？汽車‧史果普打過來大概五次了，不知道浩爾人在哪裡。」

「啊，慘了，」冰山太太說。

「最後一次打來，口氣真的很衝，說如果浩爾想玩把戲的話，整個圍籬全給他去搞算了。」

「早上見到他的時候，九點剛過幾分，」專家低聲說，放下空酒瓶。「離這裡多遠？」

「四哩，四哩半，」冰山太太邊說邊在腦海裡回溯這段路，一面思忖著其中的危險因素。響尾蛇，土撥鼠坑，愛馬被嚇到，中暑，心臟病發作，閃電，不告而別，汽車‧史果普。「最好開卡車去，如果他摔下馬受了傷比較好載。他往哪個方向走，我不清楚——我大概出去亂找，找到蛛絲馬跡再說吧。」

「汽車說浩爾要去他家會面，」娟妮說。「所以他才那麼生氣，因為他非得一直過去，看浩爾是不是在圍籬那邊等，然後又走回來看浩爾是不是在家等。結果沒有。說他今天活像個溜溜球。」

「我跟你去，」專家說。「要是他落馬，抬他上卡車可能要有男人幫忙。」

冰山太太說著自己才聽得見的話。

卡車不斷陷入泥坑與黏稠沖積物中，脫身後泥濘在車身凝結成塊，這才抵達牧草高地。除了愛馬的足跡外，浩爾‧史密斯仍不見蹤影。馬蹄印直接朝惡女溪前進，不是往農場木橋，而是往淺灘的方向靠近。

「他沒過惡女溪，」冰山太太說。

他們連走帶滑地下了濕滑的坡地。惡女如今波瀾壯闊，湍急吐沫，斑紋遍佈，淹沒了溪岸，在平原上切出新路徑。沿溪柳樹浸泡在水中，有些傾倒在激流中，兩岸之間擠滿了交纏的枝椏，大大伸展開來，有些則被大水沖至下游，聚集在鐵刺網圍籬邊，有些流至數年前倒塌入溪的舊鐵路木架橋。太陽將閃爍的光芒刺進濕透的枝葉。

「史果普的土壩一定被沖壞了。」她的意思是，她離開後沒人負責修理。

野牛專家低聲說，「你知道嗎，懷俄明州有百分之八十五的溪水流到別州去。這現象稱作──有東西掛在彎道那邊。」

冰山太太很清楚是什麼東西。是那匹瘋馬，已然溺斃，繩套有如昆蟲觸角般隨著急流漂動，仍不見浩爾‧史密斯的人影。「德州人就愛這一套。他沒有必要過河，不過他還是非試不可。」

他們在河岸來回搜索，最後走回農場廚房與電話旁。走進院子時，專家以無力的嗓音說，「以這種養馬事業，兼養野牛不會成功的。」

「我知道。整個事業讓我想吐。」

水位開始下降時，浩爾‧史密斯露臉，被柳根包纏住，地點在發現愛馬屍體處下游半哩。他的馬靴與襯衫被激流脫下沖走。碩果僅存的三名德州人在惡女溪岸上下尋找靴子，認為彗星馬刺能傳給史密斯

的兒女多好。馬刺沒找到，因爲吸水加重的馬靴沉至舊鐵路木架橋入水的鋼樑下，馬刺繼而投奔金屬姊妹的懷抱。

威士忌爲伴

夏天將告尾聲時，費因退出農場的遊戲，德州人與截牛馬也鳥獸散，銀河系賣給一名誓言有機栽種穀物的早餐大亨。新主人表示，他只想讓農場「回歸大自然」。冰山太太不願重拾圍兜掌廚而失業，只好到火坑酒吧喝威士忌鬼混。過了一陣子，身邊有人對她說話，鼻音很重，「哈囉，冰山太太。」

「監獄老鳥班尼，」她以焦黃的眼角認出人來。

「少亂講了。我改邪歸正了。其實啊，我在做你以前的工作。我現在是汽車‧史果普農場的工頭。住在貨櫃屋裡。」袖子沾有狐尾麥星形多絲的種子。

「耶穌老天。」

他們觀賞高爾夫球賽。電視機的音量沒打開。冰山太太吞下威士忌，要來一杯水，再點一杯酒。班尼手指伸進啤酒裡繞圈，然後吮手指。

「我想問你一件事，」冰山太太說。「他沒騷擾你吧？」

「誰？汽車？」

「對，那個狗娘養的汽車。」

「他誰也沒騷擾到。就某一方面來說是有。我是說，你說的沒錯，他是神經錯亂，不過從來沒有亂咬亂摸過。他整天到溪邊坐著吃著馬鈴薯脆片。早餐吃完，帶著五六個小包的脆片和一瓶阿斯匹靈，就直接往舊鐵路木架橋走。還在柳樹旁擺了一張廚房椅。午餐叫我準備三明治帶過去。快天黑了才回家。他每天都頭痛。問我他是不是得了腦瘤。昨天不知道去哪裡撿到舊的牧場帳篷，今天一直想在溪邊搭起來，可惜帳篷桿缺了幾根。」

「他去那裡幹嘛？」

「不幹嘛。我跟你講過了。什麼事也不做。要不是因為有我和寇地·喬，農場早就垮掉了。他只是坐在岸邊盯著水面看。有時候伸手進去。前幾天連頭都伸進去。不是在釣魚，完全不是。有點好笑。天氣一冷，不知道他要怎麼辦。」

「沒人答得出來，」冰山太太說。她比出手勢，又點來一杯威士忌，就算圍著圍兜，有東西握在手上感覺比較穩當，而濕滑泥岸上的汽車·史果普，缺少的正是握在手上的東西，重心不穩。

---

1 ：Knife & Gun Club，指附近急診室。因為到院者多受刀傷或槍傷。

2 ：cutting horse，指經訓練用於從牛群中分出牛隻的馬匹，稱之為截牛馬。

孤寂海岸

你是否目睹過蠻荒偏僻的平原上房屋夜半起火？四面一片漆黑，車頭燈只切割出一小楔光亮，極目所及之處酷似汪洋大海。在浩瀚漆黑之中，拇指甲大小的皇冠狀火焰顫抖著。行駛了一小時，看著房屋燃燒殆盡或是看得筋疲力盡，只得停靠路邊，閉上雙眼或仰望彈孔累累的夜空。你或許會想到房屋失火時裡面的人，看見他們試著闖樓梯，但你多半是一點也不關心。他們距離太遠，與所有事物一樣。

我住在瘋女溪流域、以作廢貨櫃屋為家的那年，認為巧珊娜‧施蓋爾斯正像夜半失火的住家，大家只能袖手旁觀。箇中原因似乎不外乎這片鄉野已耗盡心力，茫然無知。原因亦包括心田草地上延燒的小火。這種小火通常會慢慢自動熄滅，但在部分人士心中卻能飆燒為失控的大火災。

當時我有我自己的麻煩，與我那口子萊利不合，修也修不好。感覺如同熱浪和龍捲風迎面襲來。可讓我抓緊保身的東西不多。

我承租的貨櫃屋很陳舊，比較像以汽車拖著旅行的露營車，小到臭罵家貓時必定罵到一嘴毛。強風吹襲時，我會聽見零件鬆脫，撞擊地面。屋主是歐卡爾‧羅伊。他說一九五〇年代他曾風光一時，在好萊塢表演高難度動作。他喝酒喝得意志消沉。附近有條骨瘦如柴的狗徘徊不去——我猜是他的。有天晚上我半夜開車回家，看見牠臥在地上啃食一根又長又血淋淋的牛骨。他應該槍斃那條狗才對。

我在二專主修手工藝商品化——絲花、流蘇花邊、出土珠寶、串珠、鵝毛筆、紡織塗料之類的東西。我和喜鵲一樣，會受到亮晶晶的小東西吸引。可惜畢業典禮隔天我嫁給萊利，從未有機會以珠子和釦子表現身手。以後也不會有機會，因為此處方圓三百哩沒有任何手工藝品店，而我也不準備離開懷俄

明州。除非逼不得已，否則不離開，大家都一樣。因此我在旗語山莊當服務生，每周兩夜，周末則在金扣環當酒保，其餘夜晚我坐在貨櫃屋裡玩猜字方格，盡量哄自己入睡。農場的鬧鐘總在每天同一時間吵醒我，而萊利也會翻身下床，伸手找襯衫，窗外淒涼的金星升起，只有一小丁點，下方是微薄的清晨。

巧珊娜‧施蓋爾斯在旗語山莊掌廚。她已經做了七八個月。多數人只做幾星期就辭職求去。在旗語必須學做壽司，學煮某種白米。老闆是吉米‧島藏。五十年前二次大戰期間，他年紀還小，在心山戰俘營待過，他說後來全家搬回有車有錢有亮麗海岸線的加州，他卻懷念起懷俄明，當地的滄桑感深深刻印在他腦海裡。幾年後他重回舊地，帶了足夠的盤纏買下旗語，也許是心理變態，渴望找到敵意，而經營旗語讓他得以順遂心意。其他人一去不回頭，誰怪罪得了他們呢？客人清一色是日本觀光客，在山莊裡閒逛，參觀舊涼鞋和牛頭骨，在禮品店為兒女選購六響小手槍與塑膠牛仔套褲，以及州立監獄生產的馬毛辮子鑰匙圈。老闆吉米很難相處，脾氣暴躁，罵人時卻專挑女人罵，因為他與維修工人曾有一段過節。維修工人曾在斑點駿馬農場當過幫手，拿了一根圍籬樁打得吉米屁滾尿流，然後把半死不活的他棄置垃圾桶旁。一直到最後之前，巧珊娜從未被吉米發脾氣過。她的日本料理做得上手，而且這裡所有人都知道別去招惹廚師。

她有兩位女性友人，帕瑪‧葛拉特與茹絲‧倭爾夫，兩人的燃燬速度低於巧珊娜，卻也依她們自己

走投無路的方式分解為一堆堆死灰。每周五晚，是她們所謂的女生出遊夜，在金扣環喝瑪格麗塔雞尾酒，啃著辣雞翅，一面翻閱報紙上的徵友啓事。然後前往斯塔曼餐廳吃肋排。帕瑪偶爾會帶女兒同行。女兒會坐在角落撕著紙餐巾。享用完堅果仁蛋糕與咖啡後，她們上銀翼戲院看電影，之後決定是否回金扣環。然而星期六晚上才是她們的重頭戲。她們穿上緊身牛仔褲以及巧珊娜所謂的死黑鬼襯衫，在生皮毛或老友或雙杯或金扣環碰面狂歡。

她們當時認為那樣才叫做生活，喝酒、抽菸、對朋友吶喊，所謂跳舞，只不過是跨坐在男人大腿或是上身貼過去。帕瑪有一次脫掉上衣露出乳房，巧珊娜曾對說錯話的酒醉牛仔揮拳，結果也被回敬一拳，然後張著被打裂的嘴唇大罵髒話。對方被五六個興高采烈的朋友緊緊抓住，慫恿她踹個夠。沒做過太大膽的事，沒做過不值得冒險的事，只在酒吧裡過濾所有男客，以最靈巧的功夫吹三支簫，弄得到什麼毒品，就在停車場嗑藥，有時會爬上坐在卡車上某男子的大腿。如果凌晨兩點巧珊娜仍待在酒吧，她獨自步入清新的夜色，心裡感到難過。認識艾爾克[1]後，終於有人陪她回家。我還以為混酒吧的道理就是找個伴回家，不再鬼混。

她會北上至施蓋爾斯農場，大約每月一次，位於日舞南邊，遠方可見烏垛。她兒子住在農場裡，十六、七歲大，感化院進進出出。她告訴我，她家的牛群自一九四〇年代起，從祖父那一代便帶有矮化症的基因，過去兩代極力想逐步剔除壞種。當初應該全賣到屠宰場，從零

養起，卻捨不得這樣做。祖母接手農場時，矮化症基因開始出現，當時祖父隨粉江騎兵隊參加二次大戰，隸屬著名的一一五軍團。政府不讓他們騎馬，改讓他們開軍卡，讓優秀的養馬人坐辦公桌或維修軍車。戰後返鄉，面對的是四腿粗短的小牛，他盡力而為。一九六〇年，他在美岔河溺斃。在這條河溺水並不容易，但巧珊娜說，她家人總是走上多砂的路。

她送我一罐自家蜜蜂採的蜜。每個農場都養蜂。我與萊利曾養過二十箱蜜蜂。我有一次告訴她，我很想念蜂蜜的滋味。

「給你，」她說。「不多，意思而已。我去了那邊，」她說。「日子過得好慘。克雷頓想離家——他說他想去德州，不過我不太確定。他需要他。要是他走了，我猜他們會誤解，會怪罪到我頭上。拜託，他也差不多成年了，想做什麼隨他去嘛。反正他怎麼走也會惹上麻煩。這小孩真讓人傷腦筋。」

萊利和我一直沒生小孩，也不知道為什麼。我們兩人都不想找醫生檢查。也不談這件事。我認識他之前墮過胎，我認為大概脫不了關係。聽人家說，墮胎會傷身。他不知道我墮胎過，我猜他有他自己的想法。

萊利從不認為自己做的事有何差錯。他說，「我一看到機會就抓住，」轉為老家甜水鎮的口音。這

是他針對這個話題說過最後一句話。

他身上有個性感帶，有誰比我更清楚？她或許摸過。如果她摸到，萊利也沒辦法。萊利身材皮包骨，臉肉單薄兇惡，嘴形薄如紙張的割痕，話不多說。然而如果你摸到他的性感帶，撩起他的性慾，跟他躺下來，他的嘴巴會大大腫起來，而我會被他又重又濕的吻以及變大的身軀攻擊得裂成兩半。他脫下衣物後，是馬是狗是油是泥，脫下衣物後他真正的氣味乾黏在肌膚上，如三角葉楊的樹枝，從關節處折下，露出中間沙色的星形心髓。總而言之，每個人都有不對勁的地方，能不能接受要看你自己。

結婚九年，我們只度過一次假，到俄勒岡他哥哥住的地方。我們走到一個岩角，看著大浪捲進來。當時霧濃天冷，只有我們兩人欣賞著浪花。那時太陽剛下山，蜷曲的海流保留住光線，彷彿是從海水裡散發出來。寂寞的海岸線上有盞口吃似的閃光，警告船隻別靠近。我對萊利說，懷俄明就需要那東西——燈塔。他說才不是，我們真正需要的，是蓋長城圍起全州，在角樓架設機關槍。

巧珊娜曾開哥哥的卡車載我——他南下幾天載運幫浦零件以及水管——那卡車是真正的鄉下卡車：椅背掛著牛仔皮套褲、地上擺著鏈條和破爛帽子、一件卡哈特牌夾克、七八只割破的手套、狗毛、塵土、空啤酒罐、後車窗架上有.30-.06槍、駕駛和乘客座之間的座位擺了大團鐵絲、繩索、沒拆開的舊信件、露出護套半截的.44魯格黑鷹手槍。跟你說，那輛卡車讓我想家。我對她說，她哥哥的火力滿充足

的嘛，她笑著說那支黑鷹是她的，原本放在自己卡車的置物箱裡，因為壓縮比老是出問題而送進修車廠，似乎怎麼也修不好；放在中間座位上，是因為她怕還車給哥哥時忘記帶走。

燙焦下垂的長髮正流行，在蜷曲漸層下垂的髮型中，女人的臉孔顯得窄小而脆弱。帕瑪的頭髮是霓虹橙色，眉毛拔成弓形眉，眼線向左右延展，其下的皮膚顯得暗沉、備受傷害。她的女兒與她同住，十歲或十一歲，個性悲觀，臉形愁苦，棕髮直梳，如果帕瑪不燙頭髮，髮型會與女兒雷同。女兒老是不停撕東西。

另一位是茹絲，上唇長出鬚狀小細毛，夏天腋下露出粗濃的短毛。她每月兩次花四十五元，請人為她塗蠟拔除腿毛。她笑聲豪邁如男人。

巧珊娜與多數鄉下婦女一樣肌肉結實，儘量穿著鎖孔狀領口的毛皺褶邊衣服遮掩。她的頭髮呈草莓沙色，粗糙濃密，充滿電力。她稍有體臭，是家族遺傳，因為哥哥也有，是麝香加上些許酸味，而他的卡車裡也有相同的體臭。巧珊娜的體臭微弱，聞到的人可能會誤以為是奇怪的日本香料，但她哥哥身上冒出的異香強烈到足以薰昏一匹馬。他是個王老五，綽號是伍迪，2 因為巧珊娜說，他四五歲大時，全身光溜溜大搖大擺走進廚房，顯出幼兒勃起的現象，老爸笑到差點窒息，叫他伍迪，從此這個綽號跟著他，讓他在當地小有名氣。一聽見綽號的由來，大家會忍不住往下看，他也會微微一笑。

這三名婦女都結過婚，婚姻生活動盪不安，吵架聲與哭泣詛咒聲頻傳，黑眼圈也很常見，而三人全知道酒醉男人與一觸即發的脾氣會帶來什麼麻煩。懷俄明人生性敏感易怒，脾氣來得快去得也急，渴望肢體碰觸。或許是因為長時間與牲畜為伍吧，但這裡的人總喜歡握手、拍肩、撫背、觸摸、張臂擁抱。

此種天性也適用在怒火上，快如閃電的拳背招，讓人失去重心的臀踢招，手肘凸撞與扳鉗招，鐵沙掌，也有志在奪命的認真招式，偶爾有人因此命喪黃泉。外傳巧珊娜與前夫分手時對他開槍，擦肩而過，接著前夫猛撲向她，將槍奪走。她不是好惹的。有些男人因此覺得她別具危險魅力，最近的一個是艾爾克‧內爾森。她在報紙上看到他的徵友啟事。兩人準備同居前，艾爾克收拾起全屋上下的彈匣，藏在母親位於懷俄達克家中。巧珊娜又不是買不到。然而艾爾克出現後，從前膽大敢為的巧珊娜不知被埋葬在何處了。

「跟你們講，不管什麼東西，只要有四個輪子或是一根老二，保證帶來麻煩，」帕瑪說。時間是周五晚，她們一起出來玩。她們把報紙上的寂寞芳心廣告念出來。不住在這裡的人，無法體會這種寂寞的感覺。我們需要這些徵友啟事。但並不代表我們不能嘲笑這些廣告。

「聽聽這個：『六呎三，兩百磅，三十七歲，藍眼，會打鼓，喜愛基督教音樂。』太絕了，聽過有人打著手鼓唱〈古舊十字架〉嗎？」

「這個更絕：『抱起來很舒服的牛仔，六呎四，一百八十磅，不抽菸，不具女人所謂的天賦，喜歡牽手，救火，練習吹大號。』我猜這樣表示他是個愛製造噪音的瘦皮猴，醜八怪，喜歡玩火柴。抱起來一定跟一堆木棍一樣。」

「『不具女人所謂的天賦』是什麼意思啊？」

「小雞雞跟花生一樣大。」

巧珊娜已經拿筆在一個啓事上畫圈：「英俊，運動員體格的泰迪熊，棕眼，黑色小鬍子，喜歡跳舞、玩樂、戶外活動、星空下散步。盡情享受人生。」這人就是艾爾克‧內爾森，只差一點就可算是定不下心的浪人，做過的工作包括鑽油、建築、採煤、駕駛貨運卡車。他相貌英挺，愛說大話，動輒亮出短暫微笑。從磨破的靴子到油滋滋的馬尾來看，我判斷他是壞男人。他第一件事是把自己的.30-.30槍擺上巧珊娜的卡車置物架上，而巧珊娜一聲也不吭。他的眼珠呈全麥餅乾的淡棕色，唇上的鬍子留得很長，如同黑鳥的翅膀。他的年齡很難判斷：比巧珊娜大，四十五歲，或許是四十六吧。手臂長滿了野生動物，全是蜘蛛、齜牙咧嘴的野狼、蠍子、響尾蛇等模糊的刺青。在我看來，似乎所有骯事他都試做過三次。打從第一次見面，巧珊娜就無可救藥愛上他，而且醋勁大得失常。他何嘗不喜歡這樣？他似乎以此測量巧珊娜喜歡他的程度，藉此試煉兩人真情。一個人如果對獨身厭之入骨，只願有人能擁你入懷，

對你說沒事了，一切都沒事了，這時如果碰上艾爾克‧內爾森這樣的人，就應自知餐娘已舔至最底層。

周末我在金扣環當酒保，旁觀慾火包圍她的過程。艾爾克說的話，她微笑以對，仔細聆聽，上身往前倚，為他點該死的香菸，幫他檢查手上有無割傷——他在五條槓農場築了兩三星期的圍籬。她會摸摸艾爾克的臉，幫他撫平襯衫上的皺褶，他會說，再亂摸試看。他們在金扣環一坐數小時，為了他是否應該對某個女人示好而搖擺不定，直到最後他盡興了才離開。他似乎是在哄巧珊娜，看看自己能在她撞牆前誤導到何種程度。我懷疑巧珊娜是否看得出來，艾爾克其實認為她一文不值。

八月炎熱乾旱，全地獄的蚱蜢傾巢而出，溪澗也乾涸見底。據說懷俄明州這一帶屬於災區。蚱蜢飛來之前我也聽過這種說法。周六夜晚天氣悶熱，空氣濃密得如同掛滿冬衣的衣櫃。這晚是牛仔之夜，人潮紛至沓來。酒吧早早客滿，下午三點農場工就上門，仍穿著汗臭襯衫，紅著臉，因烈日與泥土而斑點處處。農場工一來，多數一早就開始喝酒的皺紋客很識相地離開。五點過沒幾分，帕瑪進門，單獨一人，神采奕奕，色彩鮮艷，身穿肉桂紅綢緞上衣，一舉一動無不發出輝煌閃光。她的手臂戴滿銀色手環，金屬環彼此鏗鏘作響，互相推擠。不到五點半，酒吧已經發燒爆滿，體體相觸，幾個傻瓜還想跳舞——村姑打出手上唯一的牌，與男孩子磨蹭——四人座的隔間擠進八人，吧台周邊圍了六圈，男人帽帽相連。酒保三人，吉克斯、賈斯丁和我，忙得不可開交仍無法應付。客人仰頭灌酒。每個人扯開喉嚨大

喊。外面的天空是綠黑色，街上卡車開起頭燈，在持續不斷的閃電中相形失色。電力中斷了大約十五秒，酒吧裡有如洞穴一般漆黑，點唱機發出呼呼聲，音樂逐漸停止，酒客中傳出巨大悶哼聲，洋溢風騷、醉暈、歡樂，電燈閃動幾下亮起時，剛才的聲響轉為咒罵。

艾爾克‧內爾森走進來，黑襯衫，銀色牛仔帽。他靠在吧台上，以手指勾住我牛仔褲的腰帶，用力拉我過去。

「巧珊娜來了沒？」

我往後退，搖搖頭。

「那就好。我們到角落去磨一磨。」

我幫他倒啤酒。

艾許‧威特站在艾爾克身旁。威特是本地農場人，不准妻子踏進酒吧一步，原因不明。有人開玩笑說，他大概擔心在撞球室打架時妻子會被打死。他說到熱莫坡里斯即將舉行的馬匹買賣會。他並沒有自己的農場，是幫住在賓州的富豪管理農場。我聽說草地上有一半的母牛是他自己的。老闆不知道就沒關係。

「再喝一杯，艾許，」艾爾克以好友的口氣說。

「不行，該回家了，撇個條，上床睡覺去。」閃亮的大臉毫無表情。他不喜歡艾爾克。

人聲稍止時，帕瑪的聲音射過來，艾爾克抬頭看見她在吧台另一端點著頭。

「再會，」艾許‧威特這句話並無特定目標，拉下帽緣彎腰離去。

艾爾克鑽過人群時，手上的香菸舉過自己的頭。我又開了一瓶 Coors，走過去遞給他，聽見他說著與凱斯白有關的事。

正是如此，他們先來金扣環，然後開車至凱斯白，一行五六人，開了一百三十哩，坐在一個大概與金扣環沒什麼兩樣的酒吧裡，一直喝到爛醉如泥，然後住進汽車旅館。艾爾克當巧珊娜的面告訴大家，有一次她在汽車旅館醉到尿床，只好拖她進浴室，扭開冷水，然後將床單扔在她身上。盡情享受人生。艾爾克講這段往事時，講得好像是全世界最精采的故事似的，每次都讓巧珊娜抬不起頭來，面帶不自然的淺笑等他講完。我回想到與萊利在農場的最後一夜，寂靜得壓迫感沉重，令人呼吸困難，時鐘滴答宛如斧頭凌空砍下聲，水龍頭漏水，滴進鏽污的浴缸，聲音令人抓狂。他不肯修，硬是不肯。他也不修另一件東西，也不朝那個方向努力。我猜他認為我只會繼續喋喋不休。

帕瑪靠在艾爾克身上，緩緩前後滑動，彷彿以艾爾克上衣鈕釦來搔自己的背。「不知道。等巧珊娜來看她想做什麼吧。」

「巧珊娜會想去凱斯白。一定是，我去的話，她也會去。」他另外說的話我沒聽見。

帕瑪聳聳肩，跟著他加入跳舞的酒客。艾爾克比她足足高出一呎，拉她靠近時，香菸燙到她頭髮發

出嗶啪聲。她將頭髮往後甩，以骨盆撞擊艾爾克，害他差點吞下奶屁股。

外面傳來駭人的閃電與雷聲，電燈再度熄火，空氣裡盡是令人頭暈的臭氧味。一陣大雨落在街上，隨之而下的是冰雹，轟隆之聲震耳欲聾。電燈唰然亮起，亮度卻微弱昏黃。乒乓直落的冰雹聲，蓋過了其他聲響。

酒吧裡興起一陣歡樂的歇斯底里氣息，強風將所有東西吹得直飛，外面的車輛被重擊得不忍卒睹，酒客汗水淋漓，刮鬍水、糞肥、曬衣繩上的衣物、一分錢一分貨的香水味、菸味、酒味，瀰漫在空氣中。音樂聲被冰雹聲壓過，歌聲含糊不明，腳底能感受到低音重節拍，由雙腿往上直衝至人體分岔處，衝至萬物的核心。像這樣的周六晚，似火把般燃燒生命幾小時，讓人生顯得不是那麼索然無味。

有時候，我認為金扣環是全世界最棒的地方，但是想法一變，整個爛酒吧似乎聚集了一堆臉孔扭曲的窩囊廢，女人的眉毛畫得活像撬槓，男人全身長滿直豎的紅毛，指關節大如新生馬鈴薯，顯示基因庫規模甚小，一度能注入新血的小河流也已乾竭。我認為巧珊娜有時也乍然興起同樣的想法，因為有一晚她靜靜坐在吧台邊，雙肩下垂，盯著酒吧門檻，鵠候艾爾克出現，而艾爾克卻沒來。其實他已經來過，釣上穿白短褲的觀光客小姐，絕對不超過二十歲。讓她知道，不見得比較好。

「這地方好悲哀，」她說。「我的天啊，真的好悲哀。」

酒吧門打開，走進四五個牛仔競技人，唇上的鬍子留得很長，披著油布雨衣，雨水從帽子上直直落，泥濘滿靴，推擠過舞客，在競技開始前速乾幾杯。空氣既濕又熱。大家都做過一番打扮。我看見艾爾克‧內爾森在吧台另一端，身體挨著帕瑪，一手搭在她披著綢緞的肩膀上，大手指輕拂她右乳，以指甲搔刮堅挺的乳頭。

門再度被人倏然推開時，他們仍在玩雙人遊戲，風勢吹得門撞擊牆壁，巧珊娜走進門來，搖著頭，全身濕淋淋，美美的髮型平貼頭皮。她的桃紅襯衫緊黏身體，部分地區透明可見，衣服凸起的部分如燙傷皮膚，顏色也因布料重疊而加重。她紅著一雙眼，嘴唇緊閉，冷冷竊笑。

「給我一杯威士忌，慶祝真他媽的爛透了的一天。」

賈斯丁斟酒斟到滿，小心將酒杯滑送到她面前。

「淋到一點小雨囉，」他說。

「你看看。」她伸出左手，拉起濕答答的袖子。她的手臂與手處處有紅色的淤血。「厲害吧，」她說。「在卡皮餐廳前面打滑，擦撞到停車計時表，撞壞了引擎蓋碰鎖。跑了兩條街才來到這裡。那還不算什麼問題。我被開除了，被吉米‧島藏開除。沒頭沒腦的。今晚大家少惹我。」

「沒問題，」賈斯丁說著以大腿頂我。看來他是想討點甜頭，不過他可要失望了。我也不知道，也許我是想報復吧。可惜報復過後我仍心有未甘。

「所以我要喝一杯，等雨一停，我要走得遠遠的，看凱斯白是不是比較好。幹他們所有人，叫他們

都來親我紅紅的小可愛。」她將威士忌一飲而盡，酒杯用力撞擊吧台，力量大到足以破杯。

「看到沒？」她說。「什麼東西被我一碰，非破不可。」艾爾克·內爾森來到她身後，紅潤的大手從她雙臂下穿過，握住雙峰捏緊。我懷疑她是否看見艾爾克對帕瑪上下其手。我認為她的確看到了。我認為艾爾克希望她看見好友自願讓他亂摸。

「好啊，」他說。「你想幹嘛？去凱斯白？好啊。一起去找東西吃。我餓得可以吃掉農場工沒擦乾淨的屁股。」

「要吃點水牛翼嗎？」我說。「味道差不多喲。」我們打電話到對面的牛仔泰迪訂，一個小時內送來。送來時多半是半生不熟。他一手撫弄著巧珊娜，一手伸進濕透的襯衫，眼睛卻看著吧台鏡子，反射出他背後的人群。艾爾克搖搖頭。帕瑪仍坐在吧台另一端看著他。茹絲走過來，在巧珊娜屁股拍一下，表示她得知島藏做的事，那個臭小子。巧珊娜一手摟住茹絲的腰。艾爾克縮回，看著鏡子裡的帕瑪，露出黃牙大微笑。這地方熱鬧得很。

「茹絲妹妹，我厭倦了這個爛地方。要不要去凱斯白閒晃一下。我只想說操他的，操他的吉米·島藏。我跟他說，嘿，理由是什麼，至少讓我知道嘛。該死的魚丸上面加太多芥末了嗎？可惡。他剛開除了我，而我連原因都不知道。」

艾爾克提供個人寶貴意見。「算了嘛，反正是個爛工作。再找一個不就得了。」說得好像工作很好找似的。這裡根本沒工作。

「我卡車引擎蓋的碰鎖壞了。怎麼關都關不上。要是想開去凱斯白，得先修好才能去。」巧珊娜的卡車有四人座駕駛艙，足夠容納他們一夥人。他們總是開她的卡車去，油錢也是她自掏腰包。

「用捆乾草繩綁攏就行了。」

賈斯丁在收銀機旁悄悄對我說，他在後面隔間聽到消息，吉米．島藏之所以開除巧珊娜，是因為抓到她在肉品冷藏庫裡嗑藥。他是誓死反毒的人。現在他暫時下海主廚。他說他想從加州請來真正的日本料理廚師。

「我們這一帶就缺這種人才，」賈斯丁說。他們說，現在懷俄明西南部全被日本鬼子占領，到處是煉油廠、大煙囪。

這時發生了事情，嘈雜聲中我沒有注意到他們離開：巧珊娜、艾爾克、帕瑪、茹絲以及她剛釣上的貝立，倒立喝威士忌要寶。也許他們在火球出現之前離開的。金扣環有一扇板金的大玻璃窗，朝街頭探出，外面有個木壁架寬到足以擺啤酒瓶。酒吧老闆湯普生先生用來展示他收集的馬刺、繩索圈、破損的靴子、兩套馬鞍，也有幾條舊的羊毛皮套褲長滿蛀蟲，活像春天暴風雪由下往上飛。其他垃圾擺在窗戶內部。這扇窗戶有如舞台。現在壁架來了一團嗶嗶啪啪作響的火球，模樣嚇人，朝著塵封的牛仔用具噴火。

雨仍在下。火球怒吼聲，大家都聽得到，玻璃上逐漸形成一層圓筒狀的煤灰，被雨滴打得如鳥啄痕跡。

賈斯丁與十幾名酒客到外面看個究竟。他想將火球趕下壁架，但火球自顧自地燃燒。他跑回酒吧。

「水壺給我。」

前面的酒客全部大笑起來，有人大喊，賈斯丁，用小便去澆啊。他在火球上澆了三壺水，總算熄滅，成了一團焦黑的不明物體，是不明人士擺在上面點火燃燒。這時傳來類似槍響的聲音，玻璃應聲從上而下裂開。賈斯丁後來說是槍擊，不是熱脹冷縮。是熱脹冷縮。是槍聲的話，我一聽便知。

開夜車南下凱斯白時有種感覺，不只是開往凱斯白才有，其實摸黑行駛數小時到任何地方難免會有同感，唯一的光線是遠方某處農場卡車車燈，蜿蜒閃爍，稍稍讓人鬆一口氣。下坡時，底下倏然出現晃的市鎮，一如所有西部市鎮一樣向外延伸，背後是彎曲的高山。越往東方燈火越細，最後聚成粗短的一叢黃光，頑強抗拒黑暗。如果你到過寂寞海岸線，你就看過岸邊岩石如何落入黑水中，知道尖端上的燈火是最後一盞。更遠處，是千百萬年席捲不止的浪濤。此處的黑夜亦然，只不過將浪濤改成晚風而已。但這裡也曾汪洋一片。想想看數億年前覆蓋此地的海洋，緩緩蒸散，泥土硬化爲岩石。這些念頭讓人心頭翻攪。這段演化過程尚未結束，仍有可能分崩離析。萬物永無休止。有機會自行掌握。

也許他們向下駛向燈火時，也有相同想法。大夥喝著啤酒，輪流抽大麻，負責開車的艾爾克嗑安非他命嗑得精神恍惚，沒人多說什麼，只是一起上凱斯白去。這是帕瑪的說法。茹絲有另一套說法。茹絲

說巧珊娜與艾爾克一路上吵架吵翻天，帕瑪是主因。貝立說他們全部腦筋失靈，而他自己只是喝醉而已。

生小牛時，我們忙壞了，萊利與我，那年春天。鄰近農場的塞勒大公牛溜進我們牧草地，在我們的母牛身上播種。我們一直到母牛開始懷孕才知道，只不過萊利說了一兩次，有些母牛的肚皮脹得好大，我們認為是雙胞胎。第一胎生下後我們才發現。母牛的血統也不錯，身型修長多肉，肌肉發達卻非肉上有肉，具有流線型，女人味重，是我們理想的母牛，生產時卻被我倆所見過最大的幼牛幾乎撕裂成兩半。小牛巨大如怪獸，足足有母牛三分之一大。

「柯配伯那個狗雜種。你看看那頭小牛。一定是他家那堆他媽的大牛幹的，跟坦克一樣大。一定是去年四月跑進來，他肯定知道，卻一句話也沒說。究竟有幾頭，大概只好等著瞧了。」

天氣也很悲慘，春天的風雨雪雹，各種降水輪番來。頭十天我們又濕又冷睡不著，特別是為我們工作了九年的皮提‧拂勒里，冒著冰雨騎馬將母牛趕進小牛穀倉。結果不出所料，在我們最需要他的時候，他感染肺炎，被推進醫院。他妻子派十五歲的女兒過來幫忙。她是相當不錯的幫手，從小生長在農場上，一輩子與動物為伍，小手有力卻窄得足以伸進掙扎中的母牛體內，抓住小牛的蹄。我們全都累壞了。

大約下午過半，我留他們在小牛穀倉照顧生病的母牛，自己進房補眠一小時，無奈實在太累，累到睡不著，情緒太緊繃，只躺十分鐘就起身，為咖啡壺插電，從冷藏室取出一些速烤餅乾，轉眼就有熱騰騰的咖啡和熱呼呼的杏仁酥餅。我在厚紙盒裡放三個杯子，以保溫袋裝鬆餅，回到小牛穀倉。

我捧著裝了咖啡與鬆餅的盒子，輕輕推開穀倉門。他正好完事，剛從她體內撤退站起來。她仍躺在一捆乾草上，瘦弱的小女孩雙腿仍向外彎曲張開。我看著他，女孩坐起身子。穀倉內探光不良，他急著想穿上長褲，但我還是看見他身上的血跡。咖啡的熱度穿透厚紙盒，我只好放在放置牛具的舊櫃子上。櫃子裡裝的是生產用的小牛拉引器、繩索、油膏，以及縫線。我站在那裡等他們拉整衣物。女孩抽噎著。沒錯，她準備蛻變為下流小賤女，不過她只有十五歲，而且是第一次，而且對她下鹹豬手的是她爸的老闆。

他對女孩說，「走吧，我帶你回家，」她說，「不要，」兩人走到穀倉外。對我一個字也沒說。翌日下午前，他一直不見人影，然後回來說簡短幾句話，我也簡短說了幾句話，隔天我就離開。可惡的母牛死了，死胎仍在肚子裡。

多數事情，你從不知道怎麼發生，或從不知道發生的原因。甚至連在場的帕瑪和茹絲和貝立都說不清楚，到底情況如何急轉直下。從他們記憶所及與報紙的報導來判斷，他們來到小汽車與卡車滿街跑的

路上，艾爾克想超前一輛滿載小牛的拖車。行駛公路時，一輛車也沒有，下交流道轉進白楊街後才見車流。隨後出口交流道以東的交通號誌攔下大批車輛，四周都是車子，帶來一整個世界的問題。艾爾克想超前貨櫃車時，有輛藍色小卡車先超過他，蛇行進入來向車道，來向車輛紛紛駛離路面。藍色小卡車乍然切進小牛貨櫃車前方。拖車司機見狀踩煞車，艾爾克因此狠狠撞上運牛拖車，據帕瑪說，力道之強，撞得她鼻血直流。巧珊娜高聲嚷嚷她的卡車被撞壞，權充引擎蓋鎖的捆乾草鐵絲鬆脫，引擎蓋起起落落，幅度只有幾吋，活像意猶未盡的鱷魚嘴巴。然而這時艾爾克脾氣來了，並沒有停車，而是繞過運牛拖車，往藍色小卡車追去。小卡車轉進20—60公路，向西方飛馳而去。巧珊娜對艾爾克大罵，而根據如絲的描述，艾爾克氣得眼睛幾乎噴血。運牛拖車緊跟在艾爾克之後，不停閃著車燈，用盡上半身力量猛按喇叭。

追逐大約八哩後，艾爾克追上藍色小卡車，將對方逼進水溝，然後開到前面擋住去處。後方遠處亮著運牛拖車的車燈，朝他們而來，快速而穩定。艾爾克跳下車，向藍色小卡車大步走去。駕駛吸了古柯鹼又抽大麻，乘客是身穿淡色洋裝的瘦小女孩，下車對巧珊娜的卡車扔石頭。艾爾克與駕駛打起架來，打到公路上，氣喘吁吁，貝立和茹絲和帕瑪腳步蹣跚地圍著兩人，儘可能勸架。這時運牛拖車駕駛歐內拉斯從火星破口大罵而來。

歐內拉斯周一至周五在納崇納電力公司上班，晚上兼差修理馬鞍，周末則儘量抽空管理母親傳下的小農場。艾爾克超車時，他已經兩晚沒睡，剛喝完第八罐啤酒，正要打開第九罐。在懷俄明州，開車時

喝酒是合法的。駕駛人應自備判斷能力。

警察說，肇事主因是歐內拉斯，因為他下車時步槍瞄向艾爾克與小卡車司機的方向。小卡車司機姓名是方特‧斯靈克。第一槍射入斯靈克的後車窗。斯靈克尖著嗓門叫乘客拿來架子上的點22，可惜她臥在前輪邊，雙手抱頭。貝立大喊，別亂射啊，牛仔，然後衝過公路。公路上沒有車輛。斯靈克或斯靈克的乘客拿了點22槍卻掉在地上。歐內拉斯再度開槍，在現場的巨響與驚恐之情中，沒有人理解因果何在。有人拾起斯靈克的槍。貝立醉倒在公路另一邊的水溝裡，什麼也沒看見，卻說他數到至少七次槍響。姊妹淘之一在尖叫。有人用力捶喇叭。小牛擠到拖車邊緣，哞哞叫個不停，其中一頭中槍，裡面有血味。

警察趕到時，歐內拉斯的喉嚨被子彈貫穿，儘管命大沒死，以後唱起瑞士民謠恐怕不太行。艾爾克已死。巧珊娜也身亡，黑鷹槍放在身旁的地上。

我作何感想，你知道嗎？正如萊利可能會說的一樣，我認為巧珊娜看見自己的機會來了，伸手掌握住。朋友，屈從於凶險的衝動，其實比你想像的更為容易。

1：Elk，意為麋鹿。

2：Woody，是「勃起」一詞的俗稱。

懷俄明歷屆州長

衛德・沃茲

雷陣雨來得快去得也急，淋濕了街道，團團雲朵間顯露出片片藍得發麻的天空。她們在卡車上同機而動。蘿妮在丹佛巴士停靠站書報攤附近停車。天空下了最後幾滴雨珠，硬如骰子。五點三十五分，巴士靠站，發出臭氣，嘆息一聲。十一名乘客下車，衛德・沃茲是最後一位。他對卡車上的人瞥一眼，連頭也沒轉，這時蘿妮搖下車窗喊出他的姓名。她們看著他過街，走進護林巡邏酒吧。

「是他嗎？他往哪裡去？」蓮蒂嚼著口香糖，嚼到口香糖爆出啪聲求饒。她是個嬌小邋遢的女人，身穿黑色緊身褲，腳下是建築工人穿的工地靴，手臂後面深染泥污，臉蛋俊美而不耐煩。她盯著正在過街的男子，看著他跳過成溪的雨水。

她已婚的姊姊蘿妮・罕普聳聳肩。她的頭髮塗了玫瑰油而油亮，紮成一個髻。兩道乾淨的弧形將擋風玻璃分隔成一幅雙連畫，兩人臉孔透過玻璃閃耀。

「大概想喝杯啤酒，」蓮蒂邊說邊按收音機按鈕。

「他又不喝酒。可能是想找人踹他屁股吧。」蘿妮轉動鑰匙，這時姊妹倆聽見當地電台主持人的勉勵訓誡詞。這位主持人報上自己大名時，彷彿在自己鼻孔裡發現鑽石。

「我們是在這裡等，還是跟著他進去？」

「在卡車上等幾分鐘，又不會少一塊肉。」她從皮包裡取出一管軟膏，在掌心擠出一團，散出香味，顏色有如沾了鮮血的果凍。「黑帽，黑帽藍調……」

「他是想裝裝間諜之類的東西。」

姊妹觀察進出酒吧的人。酒吧門打開，動作慢下來，然後再開啓。「高歌老掉牙的黑帽藍調……」

「是啊，」蘿妮說，「不喝酒又不開車，卻很樂意爲你炸掉水壩。他怎麼把夏朗牽扯進去的，我就是不懂。在我認識他之前。夏朗差不多只是一個——」喀嚓一聲，車門應聲打開，衛德·沃茲滑上座位。「別放在床上……」

「拜託。你想害我心臟病發作啊？」蘿妮說，「鬼鬼祟祟的。」她扭掉收音機。

「我走酒吧後門出來，繞過巷子，」他說。駕駛艙充滿玫瑰香精的氣味，是水果口味的口香糖。

「她是我妹妹蓮蒂，」她說。「過來住兩三個禮拜。從塔奧斯來的。偷偷摸摸的，跟電影一樣，你認爲有必要嗎？你覺得他們還在跟蹤你嗎？」她開進車流，前面是一輛小卡車，拖著上層加長型的露營車。姊妹倆聽得見後座的衛德呼吸急促如狗。若是搬上大銀幕，他的招牌音樂肯定是高亢激昂的口琴獨奏。

「這一行我做了十七年，」他說，「跟我一起入行的有十幾人，現在只剩我一個了。因爲我很小心。」

「幹嘛進酒吧？」

「礦泉水。在飛機上喝了三小瓶，坐巴士時又喝了兩瓶。」

無從搭腔，所以三人沉默以對。

轉入郡道之前，衛德‧沃茲似乎陷入昏迷狀態。

「好乾，」他說。他昏昏沉沉，拚命想維持清醒，卻陷入半夢半醒的夢魘中，景物為本地，彷彿仍是幾個強風擦洗過的小鎮，散亂四處的農場宛若有人鏟了一堆砂石撒在崎嶇的地面上。

「歡迎光臨懷俄明，」蘿妮以她那枯燥無味的嗓音說。「歡迎光臨天堂。」

然而他對此地瞭若指掌，廣大的垃圾場燃燒著峽谷坑的火柱，煉油廠，慘遭蹂躪的土地，鈾礦坑，煤礦坑，天然鹼坑，採油幫浦與鑽油機，空地，成群油槽，受污染的河川，石油管線，甲醇加工廠，廢棄的水壩，阿莫科（Amoco）石油公司污染事件，鐵路，全部隱遁在看似空豁的景觀中。這不是他第一次來訪懷俄明。他很清楚讓懷俄明居民「躺平享清福」的聯邦礦物開採權，遭散費以及從價稅，[1] 也知道鄉村音樂巨星、飾演過牛仔的各色億萬富翁紛紛買下的老農場，江郎才盡的專業人士與藝人滿街跑，普通人卻找不到工作，在貨櫃屋裡過苦日子。這裡是供外來剝削者聊以充飢的早餐，面積達九萬七千平方哩，也有共和黨的農場人與風景。農場人不知遊戲已結束。他們需要狠心教訓一頓，而這正是他來此地的目的。

「的確是乾。旱災鬧了好久。」蘿妮握緊方向盤，妹妹不發一語。

「旱災，」他彷彿在學習生字。蘿妮纖妙的秀髮與乳白色的頸背就在眼前。

「巴士來之前，下一點陣雨。這裡沒下，下在市區。這裡一滴也沒。」

農場位於斯洛坡以南二十二哩，地處凹凸丘地形區，是老人所謂的餅乾地，低矮的圓丘在平原上隆起，是古代嚙齒類動物或霜凍的傑作，無人能確定。西方是似尖牙嚙咬過的地貌，宛如朝他們直撲而來。這年乾燥燠熱，青草提早轉為黃色加青銅色，蚱蜢嗦嗦飛翔，震動了覆蓋塵土的土地。蚱蜢的頭部與胸甲似青褐色的大理石。麥雀草排擠土生土長的叢生禾草，長出有毒雜草。轉彎之前，他知道蘿妮會走後門，而卡車果然駛過如音樂節拍的電線桿陰影，然後開上俗稱酒鬼路的沖積砂石路面。

圓柏·罕普於一八八二年在此地開採淡色砂岩，與六個兒子合力建造這棟正方形的兩層樓農莊，四角各有一支煙囪，睥睨複折式屋頂、挑高窗以及加高型門廊。岩石砌成了穀倉與冷藏肉品屋，後門的方形中庭也鋪上石塊，小小的採石場因此耗竭，讓六兄弟鬆了一口氣──他們開玩笑說，如果石材夠用，恐怕還要搬來建造獸欄。蘿妮打掉了舊隔間牆壁，換掉天花板，清掉廚房原有的裝潢。唯一維持原狀的是起居室，正面是玻璃的櫥櫃與綠絲絨娛樂室也保留下來。

蓮蒂在廚房裡上下打量衛德·沃茲：臉孔略顯肥厚，可能是肌肉結實，下唇如鮨科魚向前突出。表達客氣的微笑露出大小一致的黃牙。從遠處看，手提非皮面公事包的他酷似負責辯護水權的律師。靠近一看，他似乎是怪人一個，雙腿如同隨時準備跳躍，彆扭的西裝由粗布裁成，因縫線處不整不齊而顯得歪扭。

他能感受到這房子的女性風格。「夏朗呢?」開口時,他僵硬的臉抽動,狀似受到鐵鉤與鐵絲的牽引。

「我知道就好了。禮拜二他一大早就走了。沒說要上哪裡。」

「什麼意思?」他們站在廚房裡,與卡通人物一樣,只有嘴巴在移動。

「我猜他大概在蒙大拿州吧。他好像講過蒙大拿吧。他正在殺野牛。」她的口氣彷彿蒙大拿人正在割草。

「那是兩年前的事了。沒被殺掉的野牛過得好好的。冬天就不一樣了。」

「這樣的話,我就不知道了。他有一千件事要做,老是在問有關土地交換和雪貂的事,我不知道他還可能去哪裡。除了那件鳥事之外,他還有自己的生意要做──我是指馬匹保險──我也有自己的事要辦。他說走就走,也不報備一聲。」她這句話說得稍微走音。

「這下子可好玩了,」蓮蒂說。她的頭髮交叉錯綜。她想念塔奧斯燈火通明的夜晚,甚至也想念觀光客。觀光客漫無邊際走動,盯了銀器珠寶太久而呈半盲狀態,多數是老年人,兩對夫婦同行,丈夫占據前座看盡風景,妻子像狗一樣坐在後面,欣賞公路護欄與路邊垃圾構成的單調側視圖。

她做過的工作包括公路工地舉牌警告員,蠟燭包裝機操作員,小型藝廊的銷售員,為彩色玻璃設計家跑腿打雜,夏日劇場的舞台幫手,最後在驃蹄鐵藝廊上班。她負責將厚紗布黏在泛黃地圖的背後,為陳舊捲畫更新彈簧捲以及捲軸。有個清閒的下午,她與經理潘恩爬上地圖桌交媾。慾火足以持續燃燒下

去，一個月後潘恩帶來兩瓶冰啤酒與一盤辣椒包起士當作禮物，想知道兩人是否論及感情；她不修邊幅，不具姿色，穿上紅色寬緣的瘦長洋裝時卻能引人注目。他們在往天使火方向二十哩外找到一間單臥房的泥磚黏土住家，北牆緊臨貨櫃屋。潘恩將橙色大花盆拖上陽台，蓮蒂在裡面種植香料，收留一條流浪德國鬈毛牧羊犬。牧羊犬個性溫馴聽話，是適合坐在後座的家犬。沒有不對勁之處，然而過了一年，蓮蒂打包一箱行李，告訴潘恩她幾星期後會回來。她想去懷俄明看看姊姊。隔天晚上她做了惡夢，夢見自己將一條吉娃娃放進滾熱的湯鍋裡。她舀湯進自己碗裡時，全身燙傷的吉娃娃很卑微地說，今天下午若撥得出時間的話，可不可以帶我去看醫生。

最初幾天，姊妹倆相處愉快，血濃於水，熟悉的親情，之後該說的全說完了，來到回憶點分岔之處，兩人各分東西，最多只能敘述搔不到癢處的事物，談不出共享過的溫煦甜蜜。蓮蒂說她與潘恩的關係越來越沒趣。是她自己的不對，因為她鐵石心腸，到手的東西反而不想要。蘿妮說夏朗只比白癡好一點，不過個性溫柔，雖說他在每一方面對她礙手礙腳，離婚反而更痛苦，不值得一試，而失去他這麼美好的東西也太可惜。一星期過後，她們一如兒時開始吵架，吵的也是相同的問題：爸媽比較偏心誰；蓮蒂為何如此無恥下流。

「你像隻沾到油、渾身髒兮兮的老烏鴉，」蘿妮說，「老是穿黑色。你會變比較好看，如果——」

「親愛的姊姊，休想重新裝潢我。」實際上，姊妹倆同樣懶散。蘿妮本人與她開的店並不邋遢，但打掃起家裡並不起勁。只不過丈夫夏朗‧罕普如同很多在農場長大的男人，愛乾淨到了斤斤計較的地步。洗手台沾了油污，到處是灰塵！他等妻子離家到店裡上班後，丟下馬匹保險的生意不做，開始對穢濁的家居環境開戰。如今兩姊妹共處一室，刀子沾有柳橙果醬彷彿用來壓扁過某種巨型昆蟲，蒼蠅死在浴缸周圍，鳥糞在窗戶上拖出長條痕跡，似乎以污穢下流的方式具體呈現出他內心的渴望。

蓮蒂一直期待衛德‧沃茲到來，想像他手臂一定結實如木塊，目光炯炯逼人，可惜他肩膀無力下垂，似乎來自無名小鎮，似乎是毫無歸屬的無名小卒。

「我不是來找樂子的。」他坐在椅子上，雙手交叉抱住腹部。廚房依照雜誌介紹改裝，黃銅鍋從橫柱垂下，附庸風雅的醋罐與油瓶林列。

蘿妮自冰箱取出一瓶喝掉一半的夏敦內白酒，倒一點在兩個酒杯裡。

「他知道你來了。他今天會回來。不然就是今晚。我不知道今天什麼時候。我不知道你來幹嘛，也不想知道。我只是該死的司機。」她喝了一些白酒，朝衛德的方向扔下一句，「你睡之前睡過的那間牛仔房。」

他拎著公事包上樓。牛仔房裝飾了牛頭骨，髒污的套索，電腦複製的彩色石板畫，刻劃出偷牛賊被

逮個正著的景象。多數家具都以野生樹幹鋸成。有一只莫斯沃茲牌五斗櫃，畫著長角牛大步橫越抽屜。

有人想鉎下其中一頭，留下一道細長疤痕。

蓮蒂與蘿妮聽見馬桶沖水聲。

「小瓶礦泉水還在消化，」蓮蒂說。

他走後樓梯下樓，清清喉嚨。「不好意思麻煩你們兩個女孩子，不知道這裡有沒有東西可以吃？」

「飛機上沒供應餐點嗎？」

「我不吃飛機上的餐點──」他笑一笑，希望隱藏心中的惱怒。姊妹倆坐在廚房喝酒，毫無準備晚餐的動作。

「番茄湯、雞蛋、葡萄柚汁、麵包。」蘿妮靜候一兩秒，內心的搗蛋鬼蠢蠢欲動。「冷藏庫裡冰了幾塊牛排。」應該可以氣氣他。

「我不吃肉。你知道我不吃肉。你們正在對抗養牛戶，結果竟然吃牛肉來支持他們？」

「我又沒有在對抗養牛戶，」蘿妮說。「是你和夏朗在對抗。」

「放在冰箱裡，」蓮蒂說。「如果沒人拿出來吃，會凍壞掉。」

衛德一說「你們女孩子」，她就開始討厭他。

「這樣就無所謂了嗎?」

「告訴你好了,」蘿妮說。「不是牛肉,衛德,是野牛。這裡沒人吃牛肉。你跟夏朗在搞什麼,跟我們吃的東西又有什麼關係?」

「完全有關係。這些農場人接受補助,養了大肚子母牛來破壞公共牧場、河岸棲息地、吃光稀有植物、踐踏溪流沿岸,製造破壞臭氧層的甲烷,毀掉國家森林。國家森林屬於民眾,屬於我們所有人。養了那些母牛又臭又笨又產生污染又破壞這個世界,為的是什麼?為了這個州生產毛額的小小的百分之三,讓少數人可以過十九世紀的生活。」他感到絕望,因而停口。竟然需要在這裡解釋。他往下看。黑衣瘦皮猴穿的是皮靴。他這時才注意到她們散發出肉味,整棟房子都是。他大動作打開冰箱,展示裡面的物品,看見兩根發黑的胡蘿蔔,轉黃的花椰菜,幾瓶補酒、葡萄酒、啤酒,一籃皺扁的辣椒,冷藏室有屠夫以紙包裝的肉品,紙上沾有醬紫色血跡。

「我今晚不煮東西,」蘿妮說。「各人煮各人的分。」

他一面加熱番茄湯,一面喝著水。

「我記得啊,」他以幾乎算溫柔的口吻對蘿妮說,「朝鮮薊。去年吧?你烤了那種大大的加州朝鮮薊。我不知道朝鮮薊可以這樣烤。很好吃。我們全部都上陽台去看月亮升起,記得吧?」

他早知道蘿妮喝醉了。大家只有在喝醉時才喜歡他。

「記得,」她以不感興趣的口氣說。「現在買不到那種朝鮮薊了。也不曉得為什麼。」巨大的沉重

感降臨在廚房裡。一年前的那晚，大家吃著朝鮮薊時，他告訴蘿妮，那件棕色西裝是他自己以紐西蘭大

麻縫製的。百穿不破。當時她吞下太多葡萄酒，西裝竟顯得漂亮，衛德·沃茲也像是某種英雄。隔天早

上頭痛萬分時，他只是個身穿皺皺西裝外套的男人。

「這麼說來，」他非常輕聲地說，「夏朗又開始吃肉了。」夏朗·罕普小時候看管母牛，感到傷心

又氣憤，衛德曾帶他走上正道。但那是好幾年前的往事了。

「他沒有所謂『又開始吃肉』。他從來沒有停止吃肉，只是不吃牛肉而已。而且他說野牛不一樣，吃

野牛沒關係。」

「怎麼沒關係？」他並沒有盡量壓制口氣中的野蠻意味。「馴養家畜是人類犯的錯當中最最嚴重的

一個。害了所有生物。地球的未來無指望了，肯定會變成暴冷暴熱，乾枯無水的沙漠，枯骨遍地，如果

我們再不停止——」

「衛德，你的湯滾了，」蘿妮說。她緊閉雙唇，以不確定的姿態站立，斜眼看著衛德，隨後，彷彿

面對了先決條件不斷變更的問題一樣，她作罷了，改為妹妹斟酒，也為自己倒。她端著酒杯走到陽台

上，坐在帆布椅上抽菸。她懶洋洋坐在打開的門後，白煙從鼻子冒出，手裡端著紅酒。

「衛德，」蓮蒂說，「你是不是在幫房地產開發公司工作？」

「才不是。你怎麼會這樣想？」

「你不是想趕走母牛嗎？我是說啊，講到頭來，不是母牛就是土地重劃嘛。我說啊，牲口全沒了，

農場該怎麼辦呢？開發嘛，對不對？不然還能幹嘛？我的意思是，你在打什麼主意？」輕蔑之情有如水柱從消防水管激射而出。

「我想要回到從前，」他說。他的嗓音充滿了專業熱情。「我希望回歸到過去，所有的圍籬和母牛全消失。我希望原生青草能復原，野花也一樣。我嚮往乾枯的小溪能流著清澈的水，泉水也能再湧出水來，大河也能出現洶湧的水勢。我希望恢復地下水位。我希望羚羊和麋鹿和野牛和山羊和野狼能重新占領鄉間。我希望農場人、圍欄育肥地經營者、加工業者、肉品配銷商人直接下十八層地獄。西部要是歸我管，我一定大掃把一揮，把他們掃得清潔溜溜，讓清風和青草重回天神的手裡。讓這裡成為空曠的大地。」

「對。你幹嘛找農場人麻煩，而不乾脆拿炸彈去炸肉品包裝公司？幹嘛不去整垮佛羅里達的農場人？我敢打賭，佛羅里達生產的牛肉一定比我們西部多。」

她彎腰擺臀，無精打采走出廚房，不等衛德回應。衛德想說的是，西部牛肉業是整個議題的關鍵點，戰場在於受破壞的土地，而這片土地屬於全民。

牛肉之罪

蓮蒂與蘿妮的父母在突桑（Tucson）開設律師事務所史淩格與史淩格，姊妹從小過著優渥舒適的生

活。蓮蒂在加州一所學校主修藝術，而蘿妮在懷俄明大學主修商學，而她就是在大學認識夏朗・罕普。

他是個異數；而蘿妮錯在一味相信夏朗的潛力。

她知道自己具備生意頭腦與高尚品味。

「這裡的人搞不懂狀況，」她對夏朗說。她去五金行買十字螺絲，老闆笛隆・泰勒格叫她自己去後面架子上查看價格。她一聽丟下螺絲轉頭就走。

「那男的以為他的五金行是這裡唯一一家，大家非買不可。結果生意全跑到丹佛或畢凌斯或鹽湖城了，他又哇哇叫。」

「算了啦，笛隆大腿受過傷嘛。我打賭他一定認為你去查價格比他快。而且他肯定知道，你不會為了買四顆螺絲跑去丹佛。」

「他應該記住價錢，不然也輸入電腦嘛。現在他還是把所有東西寫在小小張的記事本上。還用複寫紙。」

「別氣呼呼的嘛，蘿妮，放輕鬆一點。」

稍後她去購物中心一家連鎖店，買到品質較差的螺絲，包裝在透明塑膠袋裡，貼有價格標籤。

做生意之道，她打算示範給大家看。西部的商品有利潤在：鼠尾草香浴油、絲蘭香皂、芳香的野生樓斗菜籽、乾燥女辮蘭、西洋杉香屑。這些商品的對象是看到藥用薰衣草與哥多華皮色染髮劑會竊笑的觀光客。她也會兼售馬尾鬃手環與鑰匙圈、幾張牛皮與郊狼毛皮。店裡將主打仿古西部服飾：斜紋毛織

長裙、農場人背心，以及同一系列的訂做牛仔襯衫。她會僱請兩三位女工來縫製。付最低工資。她也將準備一專櫃，陳列氂毛牛仔牌的順鬆洗髮精，幾包夏安族人過去用來灑在愛馬身上的野薄荷香水，幾罐口嚼草藥，純屬玩票性質，因為這些怪東西並非必需品，不過觀光客會衝著怪裡怪氣而買下來，就如同她接受夏朗·空普一樣。他一事無成，屬於個性溫馴的牛仔，沒有馬汗味，也沒有膽量。她愛上他那種溫柔的慇懃。

「顧客不愁不上門，」她告訴夏朗，口氣尖銳叛逆，「如果你準備搞農場，休想找我管帳或打電話叫飼料。我有我自己的生活。」後來她退縮，情緒低落，厭惡自己失去耐性，發那麼大的脾氣。「我也不知道哪兒不對勁，抓狂起來，」她說，「我沒辦法——」

「沒關係啦，」他說。接著，彷彿兩人剛才一直談的不是這件事，「別擔心，我的乖乖小美女，我會平安沒事的。」說得活像他計畫航行至白令豪森海[2]。「過來這裡，」他喃喃說，「乖乖神經小女孩。」然而他正悠遊老家農場後面數哩以外之處，騎著多年前一匹透明如魂的純種馬，無法自制。

夏朗·空普原本不想經營農場，而想上大學——他弟弟丹尼斯身手矯健，適合當牛仔，而且意願很高。家人不解。丹尼斯頭腦比較好。夏朗中小學成績都是勉強過關，結果最後竟然還想繼續念書。

「你亂來，」他父親說，「釘子怎麼能釘在泥巴上？去念你的商學學位。不過我敢說，你遲早會回

他們不瞭解他，從來都不瞭解。打從童年一開始，他就認清自己與家人之間的距離。他對土地與家畜不感興趣，讓家人覺得丟臉。

他對書本的理解力並不快，卻仍力爭上游，從不輕言放棄。大學最後一年過了一半，他也與蘿妮‧史凌格訂婚，然而大雪壓垮了一切，讓他措手不及，猛然將他擲回農場生活。

葬禮後隔天早晨，他在卡車後面抱起乾草捆往下丟。找不到其他人來做。他抬頭望著憤怒的天空，一排波浪狀雲朵形成螺旋尖峰，井然有序，而高速氣流附近出現剪切層，顯示高空亂流強大。農場位於山脈背風坡，勁風肆虐了整天。如果上星期六天氣如此，家人或許會繼續打牌玩克里比奇（cribbage）牌戲，他們或許現在還活得好好的。落難總在日子過得甜蜜美好之時，由天窗照入的烈日能將人活活烤死。

在哀傷與工作之間空隙苟延殘喘，過了數周的農場生活後，他回到大學要求退還學費，乾涸的心臟令他喘不過氣。一位兩眼間長肉瘤的女人告訴他，退費是不可能的事。

「他們死了，」他說，「我家人。我家只剩我一個，我完蛋了，也沒辦法繼續念書。」

「其實啊，」她說，「有很多男生在農場工作，還能抽空修課，成績還不錯哩。很多人還直升哈佛和耶魯呢。」一舉一動無不顯露出「何不食肉糜」的驕態。

「有那麼多人，我當然驚訝了。」他用力關上門。

「來農場幹活。」

回農場的車程漫長，他遲遲不肯上路，害怕面對自家，既安靜又模糊，強風吹得乾雪在青草上奔走。他跟著人群走進演講會，主題訂得很聳動：惡質牛肉。客座演講者是衛德‧沃茲。聽眾不時打斷他的演說，對他又喝倒采又開汽水。夏朗身邊的男子是肩膀寬厚的農場人，戴了一頂沾了穀物的帽子，嘴裡嚼著一團菸草。夏朗轉頭對他說，「講得是有點道理。」農場人一句話也沒說，起身立刻離去，彷彿叛變與小牛的黑腿病一樣具有傳染性。

演講會結束後，他是唯一上前至演講者專用的桌子，買了他簽名的大作，請他到套索酒吧喝一杯。

「我不喝酒，不過咖啡倒可以。」沃茲情緒緊繃。夏朗喝了兩杯啤酒，然後改喝威士忌。沃茲充滿主見的口吻，沃茲傾身注視他的表情，讓他道盡自己的辛酸。

「家人出事害我好難過。二月三日。丹尼斯買了新車。天氣好棒。氣溫很低不過沒有風。一片雲也沒有。天氣不可能比那天更棒了。別人告訴我，距離埡口十四、十五哩的地方，他們開過開放斜坡，引發雪板崩，把他們推進山下的山楊樹叢裡。積雪堆在上面，硬得跟水泥一樣。我家人全走了，我的書也沒得念，我回老家農場趕牛，錢又沒著落，母牛有一百五十頭準備生第一胎。我找不到幫手。我他媽的怎麼辦？怎麼辦嘛？」

「放棄農場。為你的小孩著想，」沃茲說。「將來他們會認為父親是農場人，是破壞西部的人之

一。他們會怪罪到你身上。」

「我還沒結婚。一個小孩也沒有。就我所知。」

衛德·沃茲對夏朗自我介紹,自稱是螺絲扳手人,鐵石心腸,在樹幹上釘椿,他毫不遲疑。「艾比怎樣描述母牛,你知道嗎?『臭氣沖天、滿身蒼蠅、牛糞塗身、散佈疾病的野獸。』不過,這樣還不打緊,糟糕的是牠們對土地造成的傷害。牠們破壞了西部,破壞了世界。看看阿根廷、印度。看看亞馬遜流域。」他提出對牛不利的看法,滔滔不絕。

「這樣好了,」他以他習慣的熱情平板調說。咖啡濺到桌上。「好心沒好報,苦心相勸卻被當成耳邊風,就必須以火救火。唯有動用強迫的方式,才有辦法讓這些人瞭解,」他說,「我們用得上你。」

「我們」一詞是個複雜的複數代名詞。事實上,沒有複數代名詞的存在;他是孤軍奮戰的復仇者,或許夏朗因此才受到吸引。

「算我一分,」夏朗說,「我要加入。我要消滅他媽的母牛。」他已有九分醉,隨時有倒地的危險。

生計

家人橫遭意外後，同年夏天他與蘿妮·史凌格結婚。

兩人舉行西部風格的婚禮，在夏延的拴馬椿汽車旅館宴客，蘿妮身穿她親手縫製的絲質洋裝，捧著半凋萎的野玫瑰，窮相畢露的夏朗穿的是羊毛寬鬆罩衣外套，長及膝蓋。他的表哥休伊說，「你真像謝爾曼將軍[3]。是的，長官！」他們用的香檳酒杯，上面以繩子拼出「夏朗與蘿妮」。兩家人分開坐不同桌，彼此不交談。休伊與赫斯·博棲兩人猛灌酒，將汽車旅館的刀叉裝入垃圾袋，然後綁在新郎新娘用來逃離賓客的座車下。

小學低年級開始，赫斯·博棲與夏朗就是好朋友。兩人騎馬到博棲家後面的針頭溪形成池塘之處，暑假時露營三四天，靠烤得半熟的馬鈴薯與鱒魚填飽肚皮。十一歲那年，他們發現脆弱的小石灰岩丘上有三四個洞穴，其中一個藏了三套馬鞍與馬勒，積滿灰塵，牛皮蜷曲僵硬。

「火車強盜，」赫斯說。他夢想成為火車強盜。「這些馬鞍一定是他們藏的。他們偷了馬，上來這裡拿馬鞍，然後逃走。我敢打賭，他們本來想偷我們家的馬，結果被我爸或爺爺開槍打得一文不值。」

隨後他們在洞穴裡尋找強盜可能藏匿鈔票與金條之處。赫斯的父親發現其中一具馬鞍是古老的夏延彌尼亞牌馬鞍，上面印著「懷俄明特別行政區」，並在擋泥板邊緣歪斜地刻上姓名縮寫 B·W，旁邊加上貓頭鷹。歇勒頓的王者繩索公司出高價，但赫斯央求父親留下。之後他們除了尋找洞穴之外什麼也不想

做，最後是夏朗厭倦了滿是蝙蝠屎的洞穴，兩人才停止。

在八十號州際公路上，塑膠垃圾袋破裂，發出的聲響令夏朗認定引擎掉了。他的髭鬚留得綿長，尾端以蠟塗成針狀，蛋糕的糖霜也黏在上面。他站在公路邊，望著刀叉散落的彎曲軌跡，蘿妮指著他沾有糖霜的鬍子笑到渾身是汗。

「好像鳥大便喲，」她上氣不接下氣。

婚禮後一星期，他剃掉鬍子，大約在同時，他也停止餵牛，開始屠殺。

「至少可以養活我們，」他告訴蘿妮。賣牛的所得，部分用來完成商學學位，也分一些投資在蘿妮的禮品店。他畢業後前往科羅拉多州參加爲期兩個月的課程，學習馬匹保險。他的名片如下：

夏朗・W・罕普
巨馬馬匹保險
專精農場與農莊
懷俄明州斯洛坡

他的電話答錄機留言以馬嘶聲開場，然後是他以緊繃的嗓音說，「巨馬盡全力保障您的愛馬，承保範圍包括死亡、生產意外、穀倉火警、地震、閃電。讓巨馬幫助您研擬一套馬匹的健保方案。」

「賣掉牛群可以，」他告訴蘿妮。「不過我死也不會賣掉農場。我們在這裡住了七十五年。就算不養牛，我們還是非住在這裡不可。我可以租給別人，養羊可以，就是不能養牛。養幾匹馬。農場上的東西，我唯一喜歡的就只有馬。」然而他從小接受四健會的薰陶，誓言以頭、心、手、健康來貢獻。看來是破壞而非貢獻。每年衛德·沃茲前來一兩次，兩人聯手在沃茲認爲最能獲得好處的地方進行破壞。出租土地倒非難事。精明如黃鼠狼的老艾德蒙·山克斯租了下來。他的哲學人盡皆知：租地比付土地稅划算，何必買下。

馬匹保險的生意起步緩慢。蘿妮的禮品店收入足以貼補家用。夏朗無法相信的是，怎麼會有那麼多女人急著花大錢買香水與小馬皮背心，怎麼會有那麼多牛仔非買三百元一件的襯衫不可。訂做襯衫供不應求。有位知名的套牛人每個月訂購一件新襯衫。卻不肯付一毛錢爲愛馬保險。

從一開始，夏朗就希望蘿妮的禮品店失敗──如此一來，她就能爲巨馬管帳、接電話、處理文書。購買新卡車，農莊翻修，皆由她掏腰包，而她還想蓋長方形大游泳池。馬匹保險的生意並不興隆。他對顧客的說法信以爲真，輕易聽信顧客對自己馬匹的健康狀況、血統、價值與能力的評估，因此持續失血。在充滿騙徒與謊言的世界，他相信握手代表一切，只不過他本人在隱藏掩飾方面也很高竿，具有犯罪傾向。

他會對蘿妮說，「我**掌握**不住。任何東西都一樣。」她不清楚丈夫指的是什麼，只是以喉嚨發出安慰的聲音應付。

葡萄牙‧飛利普斯

對有些人而言，習慣一旦養定，只要一息尚存便無法破除。夏朗‧罕普有一個習慣可溯及兒時與妮可‧昂葛密勒出遊的那天。當天開車的人是妮可的祖父。之後人生每跨出一步，搔得人發癢的天鵝絨座椅，向後奔逃的景觀，立刻歷歷浮現腦海。當時是一九七三年，他十二歲，妮可‧昂葛密勒十三歲，兩人就讀七年級，搭檔為歷史課做研究報告，探討一八六六年葡萄牙‧飛利普斯屠殺有勇無謀的費特曼與八十名誤入歧途的勇士，然後自菲爾肯尼堡騎馬至樂壤彌堡的經過。

「爺爺說不可能啦——除非飛利普斯的屁股是鐵做的，騎的是神駒，不然怎麼可能兩天騎了兩百三十六哩。還下著暴風雪哩。」她與祖父母同住市區。她父親是祖父母的獨生子，一九六三年死於越南金甌牛島，母親住在德州奧斯丁，同居人是西塔琴手，姓名她不會念。

「他的馬死了。被他騎到死為止。是純種馬。」他希望葡萄牙‧飛利普斯的傳奇是真的，希望他果真創下壯舉，走完全程。

妮可‧昂葛密勒膚色較黑，呈橄欖棕色，臉頰與嘴唇血色豐腴，長相美麗，人緣卻不佳。班上小腿粗大、手臂如細棍、腳丫足以媲美大男人的女生討厭她，因為她長得好看，而手指長小肉瘤的男生則害怕她。她祖父羅伯特‧昂葛密勒是藥劑師，個性外向活潑，話多嗓門大。祖父母不管到哪裡總帶著她

去，在柯林斯堡與丹佛買衣服寵她。爺爺也親自為她理髮。她全身上下給人一種簡潔嚴謹的感覺。祖父母允許她搽無色指甲油，因此她尖尖的指甲閃閃發光，彷彿錫製甲片。左手腕戴了三只紅銅手環，確保身體健康。

妮可的祖父說，「小老弟，你長得好快，頭殼都要穿破頭髮啦。你爸媽還好吧？」接著說，「我很驚訝，你怎麼不選其他題目，可惜你家有那麼多東西可以寫。」他嘴裡閃現金光。

「什麼東西？我家有什麼？」

「懷俄明歷屆州長——相片，一個都沒漏掉，一直留到你爺爺過世。你知道吧，我跟你爺爺相處得極，還有鯊魚咬人。我們分到葡萄牙‧飛利普斯。」

「作業題目是老師指派的。跟懷俄明有關的只有兩三個。其他同學分到好題目，例如史考特死在南不錯。你家牆上掛的可是寶物啊。可惜你老爸沒眼光。」

他幾乎沒有注意過那些相片。祖父去世那年，他只有八九歲大，那些相片一直掛在牆上，當作黑白壁紙，個個薄唇，眼皮半開。他祖父的牙齒仍放在木櫃抽屜，留有菸草味的夾克掛在門口。老祖父喜歡拉住他與丹尼斯，聽他講故事：農場上死的最後一匹狼；鄰居女人眼睛被凍瞎、後來被草原大火燒死；他在小溪撈到的野牛角火藥筒……家中某親戚到巴西開農場，吃的是所謂吱吱嘎嘎的食物。他們等不及想離開。

「就因為和懷俄明有關，你就不感興趣囉？」妮可的祖父從上衣內口袋取出酒瓶，扭開瓶蓋。

「對，大概吧。」同樣是草地上的陰影，同樣是長風，同樣是永垂不朽的圍籬。

「小弟，我來告訴你好了，這地方發生的事情，有天大的重要性呢。」咕嚕咕嚕吞酒。

為了替學校報告劃下美好句點，妮可的祖父母利用周日帶他們探索此一歷史著名長征的起點與終點，一邊是樂壤彌堡的純種馬紀念碑，另一邊是肯尼堡附近的葡萄牙·飛利普斯的牌匾，下面以碎石柱支撐。他以母親的照相機拍了幾張快照，卻沒有一張沖洗成功。

「幫一匹馬立紀念碑，我覺得好智障喲，」妮可說。

「拜託，那時候的人，找到機會就立紀念碑，」爺爺說。「印第安長矜斗、觀光農場、大岩石、煤礦場、日晷、死掉的農場人、民眾保安團吊死人、石匠工會山莊、印第安人、伐木場、消防隊員、公共澡堂，連小山雀都不放過。也有貝比，號稱大草原的小甜心，是全世界壽命最長的一匹馬。活到五十歲。當然了，還有幫那匹馬擦屁股的人，就是懷俄明第一個女州長。」

「老羅，」祖母說。祖父話中帶刺，衝著她而來。當地婦女組成團體紀念妮莉·泰羅·若斯（Nellie Tayloe Ross），祖母偶爾參加盛會。妮莉於一九二四年代曾任州長的亡夫出征，光榮贏得選戰。祖母參加盛會時感到不甚自在，因為妮莉隸屬民主黨。

參觀過飛利普斯紀念碑回家途中，陽光射穿後車窗，為祖父母的後腦勺塗上如野生金絲雀胸部的黃

色，轎車穿越成群的岩壁與無由來地起火的山艾樹叢。東邊是櫻桃紅的雲牆。太陽往下沉，液態暮色減弱了車子內部的光線。祖父不時舉起小酒瓶喝酒，吐出威士忌的氣味，伸手傳給妻子，妻子搖搖頭。夏朗倚靠在椅背上，整日奔波讓他昏昏欲睡。收音機播放的是〈我射中了警長〉，夜色籠罩四周。

他沒有睡著，也不算清醒，卻在妮可碰到他之前感受到手指的熱度。妮可將發燙的手靜靜放在他的鼠蹊上。這件事前所未有，是徹頭徹尾的驚人之舉。她彷彿爲了回應突如其來的勃起，移動了手指，動作極其微小，卻足以觸發初次高潮。她仍未移開手，過了一會兒，同樣的現象重演。他並未主動觸摸妮可，甚至絲毫沒有移動位置，因爲他相信妮可的手清白無知。她彷彿爲了回應突如其來的勃起，移動了手指。

仔布料，汽車引擎的運轉聲，祖父香菸的菸味，讓後座成了洞穴，既隱私又詭祕。對葡萄牙·飛利普斯與純種馬的強烈感受襲上心頭，讓他無法自已。抵達農場時，他踉蹌下車，一眼也不看妮可，走進前門廊的電燈光線圍裙中，雙手捶打如風暴般的粉翅蛾。粉翅蛾撞擊他時猶如柔軟的子彈。

事隔多年後，他忽然納悶，當時的妮可爲何懂這麼多。雖然十二歲的他相信那是無意間的碰觸，如今三十七歲的他卻發覺清白無知的人是他自己。妮可將他一頭擲入腐敗的天地，但將妮可丟進墮落深淵的人又是誰？

小提琴與弓

日出時分，小提琴與弓農場的博棲老媽媽坐在直背木椅上，兒子斯基普自己的頭髮也灰白蒼老，輕輕為母親梳理稀疏的白髮，長度幾可觸及油地氈。他將梳子插在黑色廣口罐裡，梳柄向下，開始紮第一條辮子。

「赫斯今早跑去哪裡了？」她訂下規矩，全家人必須共進早餐，所以先空著肚子。

「媽媽，他們很早就出門了。」

「拯救世界真辛苦嘛。」現在他們不得不等他。她看得見獸欄外有人來回走動，身型卻過為粗壯，不可能是赫斯。「博棲家族從來沒有這樣經營過農場。你父親要是看見圍牆做得歪七扭八，跟政府的人浪費時間，一定會感嘆羞愧。」

「成果慢慢會出現嘛。我們先前把乾草耙成小堆，蓋住博棲家族搬來後就一直是不毛之地的硬鹼地，現在土質變軟了變鬆了。開始長青草了。媽媽，如果你想看看以前人怎麼搞爛土地，怎麼亂搞水源，看看二十世紀初郡政府的農業報告就知道了。以前這裡長了各式各樣的青草，有各式各樣的水源。現在土地一踏就碎。乾硬易碎。泥土都僵硬成塊。我和赫斯是替未來著想，希望青草長得漂亮好餵牲口。」

「斯基普，那些個好事，你儘管去做，不過我可要告訴你，農場人想做什麼，隨他們高興。他們是你鄰居。他們著想的不是未來。未來才是奢侈品。他們沒那分閒工夫。」

「赫斯和我越來越相信，未來才是唯一重要的東西。時代會變。你應該比別人更瞭解，這一行有多辛苦，利潤卻少得可憐。牧草地再惡化下去，我們可沒辦法承擔。我們非想想辦法不可。他們正在刪減我們的配額，聯邦牧地改革方案也快實施了，我們又有灌溉問題。追根究柢，就是銀子的問題。我很不想講爸的壞話，不過他以前跟他父親做的事，逼得我和赫斯不得不現在補救。」

「那邊那人是邦妮嗎？」

「對。」

第一條辮子綁得平順堅硬，末端以紅橡皮圈束緊。他動作加快，一面看見邦妮轉身朝屋子過來。

「她來了。她準備吃早餐了。先去煮點新鮮咖啡再說。」

「我喝咖啡就行了。頂多再吃點黑麵包。要是不必坐著等赫斯就好了。」

「我們先吃吧。他不會的。」

「他不在意我在意。我們等他。這麼一點尊重，起碼也要給赫斯。」

然而他們並沒有等下去。六點三十分，斯基普從平底鍋又來一片火腿，加上未烤過的黑吐司以及炒蛋，以印有亞柏達省的小湯匙舀一點綠瀟灑醬，坐在餐桌前，書本攤開，以慣用的輕柔嗓音讀著：

主啊，我溺水了。身旁的流水，果真為玫瑰水[4]，果真為船隻巡游、滿溢而出的烈酒海？

斯基普結過婚，幾年前曾當過爸爸，育有兩名幼子。那年秋天牛肉價格上揚，他付現金買一輛新轎車慰勞彩歐娜，不料父母將後車廂的雜貨搬進屋裡時，沒蓋好，兩個兒子爬進去伸手闔上。

「兒子呢？」她說。他們東奔西跑，大聲吶喊，開車到農場另一邊呼喚兩個兒子的名字，兒子卻窒息而死。那天創下歷史高溫，事後他希望兩人迅速陷入不省人事的狀態，無法聽見短短幾呎外焦急痛心的呼聲。大草原遠處有東西──一隻小鳥遭襲擊，轉身閃躲，做出類似痙攣踢腿的動作，他因而停下腳步，打開後車廂。他們躺在空氣稀薄的烤箱裡，癱軟發青。別人所謂的哀慟其實說錯了。哀慟其實在內心如螺旋鑽子永遠轉個不停，甚至在整個人碎裂成細沙後，仍能鑽出新洞。彩歐娜現居聖地牙哥，已改嫁，生了自己的小孩，而他卻仍在原地，日復一日看著兩人走過的路。他自小學畢業未曾讀詩，牧師卻送他這本看似送錯對象的書，是十七世紀居住在麻州郊野的形而上喀爾文教派人士的冥想沉思。閱讀該書開場的問句時，正如他打開後車廂蓋時心中疑問的燈芯點燃。

在您的權杖下，上帝，您施與我懲罰之權杖，
横奪我的雅各，我的報春花，為什麼？

作者三百年來的哀慟，以瘦骨嶙峋的膝蓋跪壓哀慟，在膝蓋下如同砂石般的哀慟，爲斯基普自懲的心帶來的，就算不是坦然釋懷，至少也是依傍，將他對上帝與大自然結合體的朦朧想法鞏固爲信念。事發後數年間，他多次重讀，獲得紊亂宇宙中神聖秩序的感覺。否則後果不堪設想。

老太太博棲喝著純咖啡，望向大門。

「回來了。赫斯回來了。邦妮，幫你丈夫倒一杯，他喜歡喝滾燙的咖啡。」

赫斯鬆垮如象皮的下巴刮得精光，摘了一把細香蔥給邦妮，說，「你們幹嘛不等我？」他戴回帽子，蓋住頭髮剪得極短的圓頭。粗實的頸子以緩坡連接碩壯的臂膀，手臂的筋肉發達到無法自然直線下垂。他的五官似乎被厚厚的臉頰包夾，鼻子寬鈍，表情嚴肅，微笑時嘴形緊繃。死對頭認爲他不知變通、嚴肅苛刻，是個可惡的臭小子。

兩名牛仔跟著他走進房子：瑞克‧菲斯勒與諾伊斯‧海爾。前者是剛從盒子裡取出的零件，尚需組裝，後者右臉有多處傷疤，皺成一團。兩人在廚房洗手台清洗。改變農場經營方式後，斯基普僱用兩人來幫忙。新的經營方式是讓家畜不斷移動，以免青草地不勝負荷，也不讓家畜聚集在飲水點與涼蔭數周之久，因此必須分批分區放牧，而非整群趕進森林處分配地。他們需要牛仔來幫忙照料，卻發現牛仔已成稀有商品，大感驚訝。

「管他的，」斯基普說。「找不到就自己訓練一個。」當地高中舉辦校園徵才會時，他擺出一張牌桌，招牌寫著：

學習當牛仔

來小提琴與弓農場套繩、騎馬

真實體驗如假包換

可上下班也可寄住正統的牛仔宿舍

三個牛欄，馬兒一長串

鞍具自備

具農場背景者優先考慮。

結果成了眾人笑柄，只引來瑞克‧菲斯勒這個體態衰弱的少年。他住在郊外礦坑附近的貨櫃屋貧民窟。

「會騎嗎？」

「不會。本來是想試試看海軍的，可是我寧願當——做這個。」他指著招牌。「不生長在農場，就沒機會碰馬。」

斯基普記下對方姓名，請他周六上午前來農場，心裡卻懷疑他不會來。菲斯勒騎著兒童單車出現，膝蓋外展猶如蚱蜢，把手還拖著顏色斑爛的彩帶。斯基普請他進門吃早餐。

「可憐的瑞克，肚子餓壞了，」晚餐後邦妮說。新來的瑞克已回牛仔宿舍休息。「今早所有東西幾乎被他吃光。七八片吐司、三顆雞蛋，還有培根和自製薯條。牛奶喝掉一整瓶。看看他今晚吃掉多少──

──六大盤馬鈴薯。」

「而且還選擇了六次，」赫斯說。「要訓練他成幫手，看來得花不少時間。」

赫斯的狀況一如成千上萬西部人，挺直脊骨迎戰外力，不肯輕易被壓進屠宰場的窄道。他加快動作。他艱苦奮戰半枯的氣候、劇烈的天氣轉變、政府法規、死頭腦的銀行人、外來雜草、隨風飄搖的牛肉市價、水源問題、動輒發火的農場同業。他的彈性不多。如果這些雜事能自動消失，他就辦法成功。

「赫斯，今早有沒有看到什麼？」母親問。「有沒有爬上地垛看老鷹做巢了沒？」

「沒去看。我猜是沒有，因為綿羊爬到上面去了。俄勒岡森林大火，上面煙茫茫的。沒看到多少東西，因為我花太多時間聽射特·馬茲基講話。他有個姊夫住在泰塞丁，剛把農場賣給大公司，賣到兩百五十萬。數目是很大沒錯，但是價值不只這樣。那些該死的海盜在土地重劃，在『公有土地』養馴服的麋鹿。買農場的人多半靠電腦上班。這裡是他們的新西部。老天啊，他們甚至算不上是提手提箱的爛場人。他們不需要趕牛，一屁股坐著享受，賺的錢多到我們一輩子算不完。一面看著麋鹿一面喝卡布其諾。射特說他姊夫去年發生好幾次塑膠尿布問題。丟進籬笆裡讓母牛吃，真可惡。死了十七頭。如果

是大公司花錢找流氓幹的，希望逼他賣地，我也不會驚訝。哇，我真想再喝一杯咖啡。瑞克、諾伊斯，你們還要咖啡嗎？」但諾伊斯想喝葡萄柚汁，瑞克想喝可樂加冰塊。兩人同坐餐桌南端。

「射特・馬茲基那傢伙，喜歡露出大門牙奸笑。你知道嗎，」博棲老太太說，「我開始相信有人在搞陰謀。肯定有一群權力很大的國際人士想控制農場人和種田人——控制全世界的糧食供應量。誰生誰死，最終大權握在他們手上。」

邦妮遞過來一盤熱騰騰的軟圓餅，說，「別相信。」

「小孩還沒起床？」赫斯看著三碗粥。

「還在上面打鬧哩，」邦妮將一盤炒蛋推到他面前。

赫斯朝天花板吼叫，「抬起你們的狗腿給我下來。今天有得忙了。」

斯基普將兩個軟圓餅撥進自己盤子。「天賜天使之麵包、小麥……」他喃喃說。「那頭可憐的老母鹿。應該一槍射死才對。耳朵挺不起來，一定得了螺旋蛆，在那棵山楊樹後面晃來晃去。」

「我知道，」諾伊斯說。「今早有看到。只是死得慢一點而已。」

「農場人要照顧的，不只有母牛而已，」還要照顧野生動物，」赫斯說。「經營農場最主要的是，」他繼續說，「儘可能永續經營，儘量在進棺材前看到自己的農場還是好好的。這是我個人看法。」只不過他鮮少看過農場人老死原地；農場人總是賣地搬進市區，移殖到海邊的聖塔莫尼卡或沙漠裡的突桑。最好是爬過圍籬時意外被獵槍射中。

「阿門，」博棲老太太說。

樓梯頂傳來咯咯笑聲。

「有什麼好笑的？」邦妮說。

「是雪若啦，看她穿的東西。」兩隻赤腳步下幾階。映入眼簾的是么女，穿著白色內褲，胸前是邦妮晾在淋浴簾桿上的粉紅胸罩，掛在小女兒身上宛若天外飛來的馬具。瑞克·菲斯勒的眼光朝邦妮投射過去，臉紅起來。

「想填滿那東西，你還早得很哪，」赫斯說。「快給我下來。」

「其實啊，」斯基普說。他在赫斯的杯子再倒一些咖啡，也為自己倒。「我們這邊也不是沒發生過怪事。塑膠尿布倒是沒有，不過有人會來開欄門。記得去年夏天吧，十幾個欄門半夜被打開來？才不是意外。而且在凱斯白那邊，圍籬也被剪開。噢，這裡也發生過。」

「是啊。反正現在夜色很好，晚上帶棉被和步槍睡在外面看星星大概也不錯。輪班睡。少不了一塊肉。那些狗雜種冬天不會來。」他盯著咖啡杯升起的濕氣。

博棲老太太離開餐桌，四處尋找她的《現代基督教農場女性》雜誌。邦妮攪一攪兒女的粥，看著窗台上脫水變皺的木瓜。當初為何要買？她又不喜歡子宮形狀的木瓜，肚子長滿種子。

懷俄明歷屆州長

衛德‧沃茲坐在舊沙發上，手指敲著膝蓋，不時抬頭瞄著牆上已逝政治人物的臉孔。大群臉孔散播出沉重的氣氛。其中數幀以帶有感情的文筆寫著：「獻給老搭檔蒙弟‧罕普，唯有混帳能明瞭混帳之心。」客廳保留鞣革與死灰的苦味。

蘿妮放下一碟餅乾與起士。蓮蒂以餅乾沾自己杯裡的葡萄酒。

「這邊的食物淡得令人想吐。」

「去斯洛坡可以找到墨西哥菜，」蘿妮說。「你最懷念的口味。」

「那裡的菜是玻璃罐裡倒出來的東西。才不要。我想吃的是紅玉米湯和攪了新鮮仙人掌的沙拉。我想吃火雞腿配烤椒。饞斃了。」

九點過了幾分鐘，夏朗走進門。

沃茲從未見過如此不堪入目的襯衫，以西部風格剪裁，刻意配上不協調的方格布，繡有綠色與橙色的斜角條紋。

蓮蒂再度被姊夫典型西部男子的俊美外表震住。長腿，尖鼻，臉龐帥氣，一臉略呈紅色的短鬚。他幾乎一眼也不瞧蓮蒂。他不喜歡蓮蒂那一型的女人。

「你哪裡去了，夏朗，」蘿妮說。「衛德下午就到了。我們進市區接他。」

「蘿妮，我就知道你會去接。我去了一趟北達科他州。抗議他們射殺土撥鼠。場面好激──三十個人開槍射土撥鼠，大約三十個彪形大漢的警察擋住我們，」他說謊。過去兩夜，他一直在風河區小屋與一非常年輕的女孩共處。她是來自保留區的肖肖族（Shoshone）女孩。兩人在融冰的山腳穿越黃色高山百合才抵達小屋。如鏡雪水流下樓梯狀的坡地，流過石頭之間，流過石頭之上，流過亮麗錦簇的叉葉畫筆花，如雲的蚊蚋群從被驚動的植物中扶搖直上。他全身是被蚊蟲叮咬的痕跡，小女孩不多話，拍著手臂與腿。他夾克裡帶了一根驅蟲劑，為蘿妮而隨身攜帶。他遞給女孩。女孩搖搖頭。再多驅蟲劑也無法趕走他接近女孩的慾望。現在不能再想了。一陣羞恥感沖上心頭，一種希望再做一次的意念。

「路上還好吧？」他對衛德・沃茲說。

「亂流。過山頭時，遇上非常嚴重的亂流。在丹佛機場上空一直繞了半個鐘頭。那才是最痛苦的部分。」陶土臉的肌膚固定不動，出口的字句猶如硬幣掉出公用電話。

「總比失事好。」他走進廚房，蘿妮在冰箱裡找出另一瓶葡萄酒。「有東西吃嗎？」他並未正眼看蘿妮。

「番茄湯。『罐頭』番茄湯。還有，冷藏室有『野牛』牛排。我們談論過野牛牛排。」

「什麼？跟衛德嗎？」

「不然還有誰？」

「慘了。你怎麼說?」他從蘿妮手中拿過酒瓶,扭轉軟木塞開瓶器。合成軟木塞尖聲衝出。十六年來,他為妻子開過的酒瓶必定不下一千瓶。兩千瓶。

「說你認為野牛不一樣。跟牛肉不一樣。」她倚在流理台上,雙手抱胸。這個姿勢強調出她寬臀的闊度。她學法國人將指甲剪平,塗上乳玫瑰色的亮光油。

「他怎麼說?」

「噢,他變得好嚴肅。他說,『做過農場人,一輩子都愛吃肉。』之類的話。他好像老師,老是看著人挑錯。這是最後一次了,我以後再也不招待他了。你們再繼續做這種蠢事,下一次他去住汽車旅館算了。天啊,我好累唷。」

「以後再談吧。我猜他是有點不太好相處。我喝點番茄湯,吃兩三片吐司好了。有什麼就吃什麼。我們今晚要出去。你要不要喝酒?」威士忌也許能幫他過渡這些蕪雜細節。

「不要,我繼續喝葡萄酒就行了。愛做什麼就做什麼。你自己去煮。我要去睡覺了。」她揚起雙手,從頭髮糾結處取下髮夾,搖搖烏黑的瀑布秀髮,散發突如其來的撲鼻玫瑰香,是他深惡痛絕的香味。她斟滿自己的酒杯。她怕黑,開燈睡覺。她說葡萄酒有助她成眠。

與小女孩共枕的夜晚,比較掃興的是深濃的夜色,助長了想像,壓抑了被人發現、接受懲罰的不祥預感。

大廳那端的大房間裡傳來微弱聲響,是蓮蒂以針細的音量拿著無線分機講長途電話。她發出狗吠般

的聲響，大聲笑著。

「他們以什麼罪名逮捕你？」衛德·沃茲在客廳說。他已經上樓換掉大麻纖維西裝，穿上黑色長褲與加帽的長袖運動衣。

「什麼？」他討厭用馬克杯喝湯。

「難道沒有人被逮捕嗎？你跟誰去的，土撥鼠捍衛聯盟嗎？」

「沒有。我其實去別的地方。跟他媽的土撥鼠沒關係。私人事情。我跟別人在一起。」

「你聽我說——」衛德·沃茲說。

「我不想談這件事。是私事。是個人的事情，成年老案。」他重返十二歲，情緒興奮卻倦怠，放任事情發生。情況很複雜。他成了小孩，而小女孩成了大人。多半是嫌惡與興奮交互摩擦的感覺。與衛德·沃茲的交往，他從未深思或衡量輕重，只相信是好事一樁，可在個人惡事紀錄簿上規劃出一欄以平衡心態。他並未喪失經營農場的天分，因為他從未有過那樣的天分。顛覆的做法相當簡單——打開獸欄、讓家畜漫步上公路、丟出糖蜜附著的塑膠布。

衛德·沃茲從背包取出一疊黃色牌子與麥克筆，坐在客廳小桌前開始以大寫印刷體寫下：「吸聯邦奶頭的農場人。」「終結農場人，收回公眾牧地。」「公地不准放牛。」「領福利金的牛仔，早死早超

生。」他每寫完一張牌子就收進背包。

「那些相片，」他邊寫邊說。「每次來這裡我都想問你。我好像沒有看過這麼——那個是誰，」他指向漂游在潦草簽名之上一張失焦的臉。玻璃反射出他的手。

「州長。懷俄明歷屆州長。我們剛結婚，蘿妮想全部拿下來，不過他們一直都掛在牆上。爺爺是州議員，去找他們簽名，要得到的他絕不放過，就像賣肉店裡瞎眼的狗。」

「可說是政治惡霸藝廊。」

「大概吧。這位是奧斯朋大夫，是第一個民主黨的州長。一八七〇年代民眾起鬨吊死大鼻子喬治·帕洛特，大夫弄到屍體，剝下皮來，鞣製成皮革，為自己做了一個診療皮包和一雙皮鞋。還穿那雙鞋參加就職大典。現在已經找不到這種民主黨人了。」

「我的老天，」衛德·沃茲說。「這個呢？」一張神經質的臉孔在橢圓框裡怒視，臉形因出現放射狀裂縫而歪斜。

「據說是為了水資源法案跟議員打架，好久好久以前的鳥事了。其中一個拿這張相片砸在對方頭上，說他才不願意跟這種笨蛋掛在同一面牆上。」

他指著滿面虯髯的男子，相片被子彈打穿了數個洞。「是葛洛瓦·克里夫蘭指派的堪薩斯州民主黨人。你可能會欣賞月光州長——他痛恨大農場，一八八六年冬天損失慘重，他可興高采烈了。他推動農場轉讓，小得像懷錶的農場，在大河小溪的窪地上。那塊沒價值的一百六十英畝地，東部人老是喜歡拿

來鑽牛角尖。」

「看看那個白癡。」沃茲對相片中的倒立人點頭。相片中有六十名男子頭戴牛仔帽，頭向後仰，嘴巴打開，雙手緊抓住一張大毛毯，高高將人拋起，看著他往上飛，深色西裝縐了，擦亮的皮鞋在日光裡閃亮。「毛毯飛人。」

「艾莫森州長。」

「用意是什麼？搞那一套，裝裝傻瓜，就能跟懷俄明好老鄉騙到選票啊？」

「我猜選票是那些人投的——用意我知道，不過我解釋不出來。」

「毫無意義可言。只是笨蛋裝傻來取得政治上的好處。我覺得蘿妮說的有道理。應該全拿下來丟掉才對。」

「你知道嗎，他們不全是笨蛋。並不全是壞人。」

衛德‧沃茲悶哼一聲。「好吧，」他說。「也許你最好跟我解釋一下，冰箱裡怎麼會有肉。」

「不用了，大概不必吧。我家吃什麼，不干你家事，衛德。」好戲要上場了。

「我對你的嬌妻說過，這件事我非管不可。我們努力要讓養牛戶關門。你是活動的一分子。我們這群激進活動分子當中竟然有人吃肉，如果被他們發現公開出來，你知道會對我們造成什麼傷害？」

「噢，少來了。我們應該把腦筋放在應該做的事情上。」

沃茲攤開自製地圖，一絲不苟地劃出圍籬線，以及轉讓私人地產的界線，土地管理局用地與州地也

劃出輪廓。一分鐘後夏朗才發現。

「衛德，」他說。「那可是在我家附近哪。」

「我知道。是測試你的原則。想拒絕的話請便。」

「我不幹。我才不去剪鄰居的圍籬，他們養狼種雜草我都不管。」一陣遲疑，朦朧薄紗罩上內心紀錄簿中的善事欄。

衛德·沃茲不發一語，往後靠在沙發上。

「再怎麼說，你剪的圍籬另一邊是公地，用意何在？該死的牲口會直接走上公地。或走開。要看你開始剪的時候牠們在哪裡而定。」

「行動的邏輯不太重要，行動的動作才重要，懂了沒？」他的口氣充滿耐性。他總是非解釋不可。

「我猜我不夠聰明，搞不懂這種他媽的東西，」夏朗說。「我不喜歡剪圍籬這種事。」

「你夠聰明啊，」衛德·沃茲邊說邊將手臂插進黑夾克的袖子。

草長及腰

第一次見到女孩的哥哥時，他正蹣跚走過草地。夏朗開車路過保留區，目的地杜柏瓦。這天風高沙揚，夏朗看見一個矮胖的身影穿過路邊高度及腰的羊茅草，是長髮披肩的印第安人，歪歪斜斜的跛腳姿

態令人於心不忍，儘量靠路邊行進。夏朗開快車經過，羊茅隨之搖擺，透過側照鏡看到男子奮力向前走。幾小時後，他辦完了正事，從西邊接近保留區。路過瓦薩奇堡十哩左右，他見到同一名男子朝他的方向彎腰前進，暗暗稱奇。這時他距離路面較近，夏朗有機會看清這人寬大的臉，流汗，麻木。印第安人搖晃前行，左，右，左，右。夏朗再度駛過他身邊，卻受到某種原因而心動。他做出一百八十度轉彎，減速接近男子身邊，而男子並未停下。他開得很慢，搖下車窗。

「嘿，老弟，要不要搭便車？」天空顯出一種擦洗過的赤裸感，滄桑，西南地平線上有來自猶他州煉油廠的污漬。

臭沒洗的氣味。

男子不吭一聲，以腳跟爲圓心轉過來，打開車門上車。他嗅到青草與葉片壓碎的味道，以及衣物酸

「你要走多遠？」

「哪裡也不去。散散步。我不知道。隨便什麼地方。你上哪裡？」

「這個嘛，我本來是要往斯洛坡去，想到掉個頭送你一程。早上我開往西邊時看見過你。」

「我也看見了。我沒有要上哪裡。」

車子逆向停車，引擎在路邊空轉。男子哪裡也不想去。情勢彆扭。他願意坐著純聊天嗎？

「看來我最好再掉個頭回家囉。如果你哪裡也不去的話。」

「對。」卻沒有下車的表示。

「看來就此各走各的囉。」

「別急。」男子直盯前方。他肌肉結實，骨架寬厚，體態卻不至於咄咄逼人，兩隻大手攤開輕放在膝蓋上。「你怎麼想停車？」

「拜託，我以為你需要搭便車。你走了好長的路。」

「你想要東西。想要什麼？你想從我這裡要到什麼？」

「去你的，我才不想要你什麼東西。我是準備載你一程而已。」卡車引擎空轉著。

男子的手移動快速，快到夏朗沒注意到，眨眼間將鑰匙拔出，以印第安人粗壯的手指緊緊扣住。

「不對。你想要什麼東西。你從來沒跟別人講過。不過你要得很急，急到開車過來這裡，還為我掉頭。因為你想問我。」

他只得脫口而出。女孩子。十三歲。打炮用。他願意付錢。他願付錢給男子，願付錢給女孩。

天啊，他為何不閉嘴，為何不胎死腹中？

彈射

這晚天氣乾爽，綠月高掛，幾片雲朵有如傾倒中的棟樑。馬路漫長，顛簸如洗衣板，砂石從輪胎下激射而出，製造片刻不停的震動，車廂裡塵土飛揚，兩人嘴巴盡是石頭的味道。轉進農場的變小變窄，

坡度增加，有山溝，鬆動的岩石遍布，顆顆有如荷蘭燉鍋般大小。車頭燈照射在巨石的裂縫上，卡車往前賣力前進；手電筒光柱在地圖上顫抖，衛德‧沃茲說，到了，兩人下車，在柔和的夜色中開始剪圍籬。

沃茲將抗議標語推進岩石底下，以扭曲的鐵絲團夾緊。剪完，兩人開車前進下一個目標。

夜晚的寂靜反而吵得人心神不安，放大了衛德‧沃茲的呼吸聲。他興致高昂，充滿了從事破壞行動的快感，隱藏不為人知的自我因此現形，衛德‧沃勒西維茲，父親曾在屠宰廠擔任屠夫，兒子心懷復仇之意。父親負責頭部，將刀插進口部，從僵硬的舌頭挑出繩索般的血管與瘀傷，切開頭骨取出大腦與垂體，砍下牛角，四十二歲罹患某種惡性感染症去世。

夏朗用力壓剪線鉗，感覺到阻力，隨後鐵絲讓步，獲得自由，發出微弱叮聲。兩人已剪了數小時。

他們在陡坡上一路往上剪去。肯定是件苦差事，圍起這道圍籬時。東邊天空泛白。

「再半小時，」沃茲喘著氣。連續剪個幾天幾星期，他都沒問題。

雖然櫟木松與倒塌的岩石呈黑色，光線足以分辨出地形。嗆寒的冷風證明了白天時數正無情縮短中，冷氣潛行在午後的虛熱之下。

夏朗打直身體，一手叉腰，彎向痠痛點。地平線似乎溢滿明亮的水，水位在他視線中逐漸上升。有鳥類悶悶的啼聲，遠方有隱約可聞的郊狼嗥叫。他的感官受新鮮飄蕩的空氣而敏銳起來。北邊有峭壁仰

頭探出黑暗。他看得出岩穴形成的黑洞。葉片的撞擊聲，僵硬的山艾樹叢摩擦皮靴，令聆聽動靜的他更加不安。他似乎認為，自己或許很久以前曾騎馬經過此地。

子彈射過來時他聽見了，內心有一種滿足感，他剛才察覺到的動靜果然不假。子彈射中峭壁，彈跳而出。兩種聲響似乎同步產生，平穩的鳴聲以及他自己尖嗓喘息聲，有如航行北極海域時落海的慘叫聲。他的臀腿部發出大蓋白熱亮光，麻木的火焰。他坐在地上，安好無事的腳踢著一根鐵樁，被剪斷的鐵絲末端猛搖。

有人在陡坡之下呼喊，「狗娘養的，舉起雙手給我滾到馬路上來。快給我下來。把他媽的剪線鉗帶下來。我們已經注意你們一個鐘頭了。不趕快下來，我就要靠近了。」細微的嗓音帶有盛怒的歇斯底里。

衛德‧沃茲葡蔔在他身邊，說，「你被射中了。你被射中了。」

那人又呼喊，「狗娘養的，等本大爺上去，你就準備拿鐵刺網打領帶走下來。」

另一人說，等一等。

夏朗感覺剪線鉗仍在手中。陡坡下有幾道手電筒光束上下擺動，光度因無情的晨曦而減弱。他的腿簡直跟厚紙板做的沒兩樣。他鬆手放開剪線鉗，摸摸臀腿，鮮血濃稠溫暖，有個尖銳粗糙的東西，深深

嵌入臀腿關節中，一碰便引發重重險峻山嶺般的痛楚。往上來者循山溝前進，躲避視線。衛德·沃茲從他身邊移開。

太陽的橙光降臨，讓歇在他面前枝梗上的蛾搖身一變，成為晶瑩發亮的零件。

「衛德，」他說。「我覺得是一小片石頭。子彈沒射中我。」然而衛德正手忙腳亂，朝國家森林的圍籬開口慌忙逃逸。他走了。

「衛德，」他說。

日光的水位漫溢成災，強光直射而來。他的眼睛出了水。他癱靠著一大團金花矮灌木，感覺好似坐在轎車後座，光線由四面八方過來。他能看穿車頂，看見艾莫森州長在半空中，抵達最高點後側身下墜，姿勢彆扭。道理多清楚，他理解之後心情愉快：被毛毯彈向天空時，你往上升起，停留在半空中，底下的人臉不是對你淺笑就是皺眉，你落下，掉在毛毯上，就這麼一回事。

他準備微笑面對選民了。

1：從價稅指以貨物價格為標準的徵稅法。

2：Bellingshausen Sea，位於南極洲以俄國探險家白令豪森之名命名。

3：Sherman，南北戰爭的北軍將領。

4：這邊的玫瑰水指烈酒。

加油站距此五十五哩

農場人酷魯姆穿著手工製作的皮靴，頭戴髒臭帽子，從事畜牧業，斜眼，散亂的毛髮有如彎曲的小提琴線尾端，是個手熱腳快的舞者，在木刺處處的木板地面可跳，下地窖樓梯時也跳，地窖擺了一架子自製怪啤酒，酵味濃，渾濁，冒出一圈圈泡沫花環，農場人酷魯姆夜晚在黑暗平原上酒醉騎馬飛奔，在他熟悉的地方轉彎，抵達峽谷邊緣，下馬，向下看著崩落的岩石，等待，繼而跨出一步，以最後一聲狂吼切開空氣，衣袖在風車狀雙臂之上急竄，牛仔褲腳捲至皮靴頂端，然而在觸地之前他再度升起，爬升到峭壁頂，渾似一桶鮮奶之中的軟木塞。

酷魯姆夫人手持鋸子，登上屋頂，鋸開十二年來未曾踏進一步的閣樓，因為老酷魯姆扣上大盤鎖，三令五申，卻刺激她一窺究竟的慾望，汗珠紛飛，她放下鋸子換上鑿子與榔頭，敲打至一塊破爛的屋頂板鬆脫，她能看見內部為止：正如她所料：酷魯姆先生歷任情婦的屍體——憑報紙刊登的相片印象認出：「女子行蹤不明」——有些乾燥脫水如肉乾，顏色也與肉乾相去無幾，有些橫躺屋頂漏水處之下而發霉，全部都被狠心使用過，佈滿瀝青手印，靴跟的踏痕，有些塗上多年前粉刷百葉窗所剩的鮮藍色油漆，有一個以報紙包裹，膝蓋觸乳頭。

居住荒郊野外，樂子得自個兒找。

斷背山

恩尼司‧岱瑪五點未到即清醒，強風颳動貨櫃屋，從鋁門窗四周嘶嘶竄入。懸掛鐵釘上的幾件襯衫在縫隙風中微微顫抖。他起身，搔搔肚皮與私處的楔形灰毛帶，拖著腳步走向煤氣爐，將隔夜咖啡倒進琺瑯層斑駁的平底鍋；火苗將平底鍋包裹成藍色。他扭開水龍頭，朝洗手台小便，穿上襯衫、牛仔褲、磨損的皮靴，腳跟踏地使腳丫與皮靴契合。勁風吹過貨櫃屋彎曲的正面，發出低吼聲，狂風疾掃而過，他聽得見細小砂石搔刮貨櫃屋的聲響。這種天候，不適合拖著運馬拖車上公路。這天上午他必須打包搬走。農場再度待價而沽，他們已運走最後一批馬，昨天也已發薪打發所有人，主人說，「全送給沒良心的房地產仲介，我要走人啦，」說著讓鑰匙落在恩尼司手中。他大可暫住已出嫁的女兒家，等找到工作再搬，然而他內心洋溢著快感，因為傑克‧崔斯特昨晚現身他夢中。

隔夜咖啡開始沸騰，但他趁咖啡溢出平底鍋前抬出煤氣爐，倒進沾有污漬的杯子，吹著黑色液體表面，讓夢境的油畫板向前滑動。如果他不強加注意力，夢境可能竊燒整日，重溫兩人在寒冷的山上那段往事。當時他們擁有全世界，毫無不對勁之處。風襲貨櫃屋的聲勢宛若砂石車傾倒大批泥土，風勢減緩，平息，留下一片暫時的靜謐。

他們生長在貧苦的小農場上，在懷俄明州的對角線兩端——傑克‧崔斯特住在蒙大拿州邊界的閃電平原鎮，恩尼司‧岱瑪老家則在猶他州邊界附近的聖吉，兩人皆為高中中輟生，是毫無前途的鄉下男

孩，長大面對的是苦工與窮困。兩人的言談舉止皆不甚文雅，對艱苦生活安之若素。恩尼司由兄姊帶大，因爲小時父母開車途經死馬路上唯一彎道，不愼翻車，雙雙身亡，留下現金二十四元以及雙抵押的農場。十四歲那年他申請設限駕駛執照，得以從農場開車一小時到高中上課。這輛老舊小卡車沒有暖氣，擋風玻璃刷只有一支，輪胎狀況低劣。傳動裝置失靈，他無錢可修。他原本希望當「梭福摩」（二年級學生），覺得這稱呼帶有某種高貴氣質，無奈小卡車尙未撐到第二年即告停擺，使他不得不投入農場工作。

一九六三年他認識傑克·崔斯特，當時恩尼司已與艾爾瑪·比爾斯訂婚。傑克與恩尼司皆自稱正在存錢買一小塊地；以恩尼司而言，他的存款總數是裝了兩張五元紙鈔的菸草罐。那年春天，兩人爲生活所逼，從事任何工作都無所謂，因此分別至農牧就業中心報名，中心將兩人分類爲牧人與營地看管人，安排他們至訊諾以北同一處牧羊農場。夏天的牧草地位於斷背山高海拔無林帶，隸屬森林處。這是傑克·崔斯特上斷背山的第二個夏天，而恩尼司則是首度上山。兩人皆未滿二十。

兩人在空氣污濁的小貨櫃屋辦公室裡見面，在散放文件的桌子前握手。桌上文件字跡潦草，膠木菸灰缸裡的菸蒂滿溢。軟百葉窗歪斜，三角形的白光因此得以進入，工頭的手影伸進白光中。喬·阿吉瑞鬈髮如浪，呈菸灰色，中分，對他們表達個人見解。

「森林處在配地上有指定紮營地。營地可以設在距離放羊吃草兩哩的地方。被野獸拖走的情形很嚴重，晚上沒人就近看守。我要營地看管人待在森林處指定的主營地，不過牧羊人，」——他以手刀指向

傑克——「偷偷在羊群裡打個三角小帳篷，離開視線範圍，睡在裡面。早晚餐在營地吃，不過一定跟羊群睡在一起，百分之百，不准生火，千萬不能留下證據。三角小帳篷每早收好，以免森林處過來東張西望。帶幾條狗去，帶你的.30-30，睡在那裡。去年夏天被拖走的幾乎有百分之二十五。不希望再發生。

你，」他對恩尼司說，看著對方一頭亂髮、疤痕累累的大手、破爛的牛仔褲、缺鈕釦的襯衫，「每禮拜五中午十二點，帶著你下禮拜的單子和驢子到橋頭，有人會開小卡車載用品過去。」他並沒有問恩尼司是否有錶，只是從高架盒子裡取出圓形的廉價錶，綁著一條結辮繩，上緊發條調整時間後扔給恩尼司，彷彿不屑伸手遞過去。「明天早上，我們會開卡車帶你們到出發點。」兩張只有兩點的撲克牌，打不出什麼名堂。

他們找到一間酒吧，灌了整個下午的啤酒。傑克告訴恩尼司，去年山上閃電風雨交加，死了四十二頭羊，惡臭瀰漫，屍體鼓脹，需要帶很多威士忌上山。他說他射死一隻老鷹，還轉頭讓恩尼司看他帽帶上的尾翼羽毛。一眼望去，滿頭鬃髮與爽朗愛笑的傑克似乎讓人看了順眼，但以他矮小的身材而言，臀部卻有點分量，微笑時顯露出暴牙，沒有嚴重到張嘴可以搆到瓶頸裡的爆米花，卻足以令人側目。他繞往牛仔競技生涯，皮帶繫了較小型的牛仔扣環，但他的皮靴磨損見底，破洞已到無可修補的程度。他一心只想外出打拚，只要不留在閃電平原，任何地方都沒問題。

具備鷹鉤鼻與窄臉的恩尼司，儀容不甚整潔，肩膀前凸導致胸部稍微內凹如穴，瘦小的上身搭建在卡尺形的長腿上，身體肌肉發達，行動敏捷，天生適合騎馬與打鬥。他的反射作用快到不尋常的地步，

遠視情況嚴重以致不喜歡閱讀哈姆雷馬鞍型錄以外的讀物。

運羊卡車連著運馬拖車行駛至小路開端，一名弓形腿的西班牙巴斯克人示範恩尼司如何在驢子身上裝貨。驢身兩側繫上以圓圈扣住的雙菱形繩套，以活結綁緊，背上再加一大包。巴斯克人告訴他，「千萬別訂購湯，裝在盒子裡真的很難載。」澳洲牧羊犬之一產下的三頭幼犬裝進竹簍，最小的一頭塞進傑克外套裡，因為傑克喜愛小狗。恩尼司選了一條名喚雪茄蒂的栗色大馬，傑克則選擇棗紅色母馬。後來才知道這匹母馬易受驚嚇。備用馬匹以繩子連成一串，其中有一匹鼠色的蒼灰馬，外形頗受恩尼司欣賞。恩尼司與傑克，幾條狗、幾匹馬、幾頭驢，加上一千頭母綿羊與小羊，在小路上如髒水流過木頭，一路向上走到高海拔無林區，迎接他們的是大片開花的鮮草地以及片刻不歇止的迅風。

他們在森林處設置的平台上搭起大帳篷，也固定了廚房與餐盒。第一夜兩人同睡營地，傑克已開始抱怨喬‧阿吉瑞「跟羊睡不准生火」的命令，只不過翌晨他不多話，乖乖為棗紅母馬置鞍。清晨在琉璃橙色中破曉，底下有一條膠狀淡綠襯托。煤灰色的巨大山影緩緩轉淡，最後轉為與恩尼司煮早餐營火冒出的煙同色。寒風變得和煦，聚集成堆的圓石與散亂的土塊乍然拋出鉛筆長度的陰影，底下大群樑木松形成灰暗的孔雀石板。

白天時，恩尼司往大山谷另一方眺望，有時候會見到傑克，小小一點在高地草原上行走，狀若昆蟲在桌布上移動；晚上傑克待在漆黑的帳篷裡，將恩尼司視為夜火，是巨大黑色山影的一粒紅色火花。

這天接近傍晚時，傑克慢條斯理走過來，喝下兩瓶放在帳篷陰影處濕袋裡冷藏的啤酒，吃了兩碗燉肉，吃了恩尼司四顆硬如石頭的軟圓餅、一罐桃子，捲了一根菸，欣賞日落。

「上下班，我一天要花四個鐘頭哩，」他悶悶不樂地說。「過來吃早餐，回去趕羊，晚上把牠們安頓好，回來吃晚餐，回去看羊，晚上有一半時間睡得不安不穩，經常跳起來注意有沒有郊狼。我有權利在這裡過夜。阿吉瑞利逼我。」

「要不要交換？」恩尼司說。「放羊我可不在意。我也不在意到那邊睡。」

「重點不是這個。重點是，我們倆都應該待在這個帳篷裡。那個可惡的三角小帳篷有貓尿騷味，甚至比貓尿更難聞。」

「想跟我換的話沒關係。」

「先警告你唷，半夜十幾次檢查有沒有郊狼。我很樂意跟你換班，可是我煮的東西很難吃。開罐頭倒開得不錯。」

「你的手藝不會比我更爛吧。說真的，我沒關係的。」

兩人以黃色煤油燈消磨了一小時的夜色。十時左右恩尼司騎上擅長走夜路的雪茄蒂，穿越水亮點點的霜氣走回牧羊地，帶著吃剩的軟圓餅、一罐果醬與一罐咖啡粉，供隔天充飢，省了一趟路，可以待到晚餐再回來。

「天剛亮就射中一頭郊狼，」隔夜他告訴傑克，一面以熱水潑臉，以肥皂揉出泡沫，希望剃刀仍利。傑克在一旁削馬鈴薯。「好大一條雜種。鳥蛋跟蘋果一樣大。我敢說一定吃掉了幾頭小羊。看樣子連駱駝都吃得下去。熱水你要不要？多得是。」

「全給你好了。」

「這樣的話，我擦得著的地方全要洗了，」他邊說邊脫下皮靴與牛仔褲（沒穿襯褲，沒穿襪子，傑克注意到），綠色洗澡毛巾啪啪打在身上，濺得營火滋滋作響。

兩人圍著火堆吃晚餐，氣氛愉快，一人一罐豆子，同享炸馬鈴薯與一夸脫威士忌，背靠圓木坐著，靴底與牛仔褲銅鉚釘發燙，你遞我接著喝著威士忌，而薰衣草天空的色彩褪盡，冷風下沉，兩人繼續喝酒抽菸；不時起身小便，火光使弧形流水反射出光點；繼續添柴延續話題；聊聊馬匹與牛仔競技，馴牛比賽，摔出的外傷內傷；兩個月前長尾鯊潛水艇失聯，最後幾分鐘一定如何如何；彼此養過、熟識的狗；冷風；傑克老家父母苦撐的農場；恩尼司爸媽幾年前過世後結束農場經營；哥哥住在訊諾，姊姊已婚，住在凱斯白。傑克說，他父親幾年前曾是風雲一時的騎牛士，卻守口如瓶，從未給過傑克隻字建議，傑克上場騎牛時，從未前去捧場，不過小時候父親曾讓他騎綿羊。恩尼司說，他有興趣的騎術是多於八秒鐘的騎乘，說得有點道理。傑克說，錢也很重要，而恩尼司不得不贊同。兩人尊重彼此看法，很高興在無人現身之境有人相伴。恩尼司逆風騎馬回羊群途中，四面一片變化莫測、醉意朦朧的月光，心想自己從未如此開心過，感覺可以伸手刨出月球白色的部分。

這年夏天期間，他們不斷拔營，將羊群趕到別處牧草地；羊群與新營地的距離越來越遠，晚上騎馬回營的時間也越來越長。恩尼司安步當車，雙眼睜開睡覺，但離開羊群的時數也不斷延長。傑克以口琴吹出哀嚎粗濁的音樂。口琴從易受驚嚇的棗紅母馬身上掉落，稍微跌歪。恩尼司的歌喉沙啞動人；有幾個晚上，兩人找了幾首歌一搭一唱嬉鬧著。恩尼司會唱〈草莓沙色馬〉粗野的歌詞。傑克扯著喉嚨拚命想唱卡爾．朴金斯的一首歌，「我說的是—是—是，」不過他比較喜歡悲傷的聖歌，〈步行水面的基督〉，是篤信聖靈降臨的母親教他唱的。他以送葬曲般的緩板演唱，引發遠方郊狼尖吠。

「回去看那堆臭羊太晚了，」恩尼司醉醺醺說。他四腳著地，冷風颼颼，月亮指出時間已過凌晨二時。牧地石頭閃現白綠，冷酷無情的風吹在草地上，颳得營火直不起腰，接著又攏一攏火，捧成黃絲緞帶。「你有多一條毛毯給我吧。我就在外面打地鋪，打個盹，天一亮再騎馬過去。」

「火勢一小，會凍得你哎哎叫。最好進帳篷睡。」

「我大概不會有什麼感覺。」然而他跟蹌走在帆布下，脫下皮靴，在鋪地布上打呼一陣子，之後牙齒互撞聲吵醒了傑克。

「拜託老天爺，別再磨牙了，給我滾進來。床墊夠大，夠暖，不一會兒兩人的親密程度顯著加強。無論是修補圍籬或花錢，恩尼司的行事風格總是全速前進，當傑克抓住他左手過來碰勃起的陰莖時，他連碰也不想碰，霍然推開對方的手，彷彿碰到熱火一般，接著跪坐地上，鬆開皮帶，拽下長褲，拖傑克過來，讓他四肢著地，然後借助天然潤滑液與些許唾液進入

他體內，從未做過卻不需檢索使用手冊。兩人默默進行，唯一聲響只有幾下驟然吸氣聲以及傑克憋氣說

「要走火了，」隨後靜止，倒地，熟睡。

恩尼司在紅色晨曦裡清醒，長褲仍落在膝蓋處，頭疼欲裂，而傑克的臀部緊挨著他；兩人絕口不

提，卻知道這年夏天接下來的時光將如何度過。去他奶奶的綿羊。

他們沒料錯。兩人從未討論性愛，只是順其自然，起初只在晚上帳篷內辦事，後來在烈日蒸烤的光

天化日之下，夜晚在營火照射之下，快速，粗魯，大笑，悶哼，製造不少聲響，卻一個字也不願說，只

有一次恩尼司說，「我才不是同性戀，」傑克脫口而出，說，「我也不是。就這麼一次。是我倆的

事，別人管不著。」高山上，唯有他倆翱翔在欣快刺骨的空氣中，俯視老鷹的背部，以及山下平原上爬

動的車輛燈光，飄浮於俗事之上，遠離夜半馴良農場犬的吠叫聲。他們自認隱形，殊不知喬．阿吉瑞某

日以十乘四十二的雙眼望遠鏡觀看十分鐘，等兩人扣上牛仔褲，等恩尼司騎馬回牧羊地，再捎口信給傑

克，告訴他赫洛得伯父罹患肺炎住院，復元機會渺茫。然而伯父竟然康復，阿吉瑞再度騎馬上山相告，

睜大眼睛盯著傑克直瞧，連馬也懶得下。

八月某天，恩尼司整晚與傑克待在主營地，天空颳起冰雹，嚇得羊群往西跑，混進另一配地的羊

群。恩尼司與一名不諳英語的智利籍牧羊人心力交瘁了五天，極力想分辨出彼此的綿羊，卻因夏季已至

尾聲，油漆烙印脫落斑駁，幾乎不可能一一隔開。即使數目算對了，恩尼司也知道羊群混雜不清。在動

盪不安的情況下，凡事顯得混雜不清。

初雪下得早，才八月十三日，累積了一呎深，但不久後積雪迅速融化。隔周喬・阿吉瑞派人上山通知他們下山，另有一場更大的暴風雪從太平洋直撲而來，因此兩人收拾起獵物，趕羊下山，石頭在腳跟邊滾動，紫雲由西推擠而來，降雪前夕的金屬味逼著他們前進。高山上惡魔能量沸騰，覆上薄薄的碎雲光，大風梳整青草，吹得受傷的高山矮曲樹與細長岩片發出野獸般低鳴。下坡時，恩尼司感覺自己以慢動作下墜，垂直下墜，全無回頭的餘地。

喬・阿吉瑞付兩人薪水，話不多說。之前他看著漫步的羊群，表情尖酸刻薄，說，「有些羊跟本不是你們帶上去的。」數目也不符合他的預測。農場酒鬼總是辦事不力。

「明年夏天還來嗎？」傑克在街上問恩尼司，一腳已踏上自己的綠色小卡車。陣陣迅風吹得寒冷無比。

「大概不來了。」塵土如雲揚起，空氣充滿細沙而朦朧，他瞇著眼睛。「我跟你說過，艾爾瑪和我今年十二月結婚。想搞個農場。你呢？」他移開原本看著傑克下頷的視線。最後一天恩尼司對他用力揮拳，打得他瘀青。

「要是沒有更好的機會出現，考慮回老爹的地方，冬天幫他忙，春天大概會去德州吧。如果徵兵令沒到的話。」

「好吧，這樣的話，那就後會有期了。」疾風吹得一只空飼料袋沿街滾動，最後夾在他的卡車底下。

「好，」傑克說。兩人握手，彼此捶肩一下，隨後兩人站離四十呎之遙，不知道怎麼辦，只好朝相反方向駛開。開不到一哩遠，恩尼司感覺有人一手接一手拉出他內臟，一次一碼長。他停車路邊，在迴旋而下的新雪之中想吐卻吐不出東西。他感覺極為難過，花了好長一段時間心情才逐漸平復。

十二月，恩尼司與艾爾瑪‧比爾斯結褵，元月中妻子已懷孕。他做過幾件農場工作，為時很短，然後來到瓦薩奇郡遁屋鎮以北的埃爾伍德高頂老農場擔任牛仔，安定下來。女兒於九月出生時，他仍在當地工作。他將女兒命名為艾爾瑪二世，臥房裡瀰漫乾血、牛奶、嬰兒糞便的氣味，充滿嚎哭、吸吮與艾爾瑪睡夢中的低吟，對終日與牲口為伍的他來說，這一切皆為生殖力旺盛與生命力延續的鐵證。

高頂農場關閉後，他們轉徙大河鎮一間小公寓，樓下是洗衣店。恩尼司進公路修護隊，心存不滿，周末則在 B 椽農場幹活，作為寄養他幾頭馬的代價。次女出生後，艾爾瑪希望待在市區接近診所的地方，因為小女兒呼吸時出現氣喘般的噓聲。

「恩尼司，拜託嘛，我們不想再住寂寞得要命的農場了，」她邊說邊坐上丈夫的大腿，以細瘦多雀斑的手臂抱住他。「我們在市區找個地方住嘛？」

「再說吧，」恩尼司說著一手由下往她衣袖上摸，搔動絲柔的腋毛，然後緩緩將她放平，手指從她的肋骨移動至軟似果凍的胸部，劃過圓肚皮與膝蓋，向上伸進濕縫，一路伸至北極或赤道，端賴自認航行方向而定，一直到她顫抖著抵住恩尼司的手，恩尼司才將她翻身過來，快速辦完她討厭做的事。一家人繼續住在小公寓裡。他比較喜歡這樣，因為想離開隨時可以。

斷背山之後第四年夏天，六月間恩尼司收到傑克·崔斯特寄來的平信，是他四年來首度獲得對方的音訊。

「朋友，老早就想寫信給你。希望你收得到。聽說你住在大河鎮。我二十四日路過，希望能請你喝杯啤酒。可能的話請回信，讓我知道到時候你會在。」

寄件地址是德州巧崔斯。恩尼司回信：「那還用說。」附上他在大河鎮的地址。

當天早上響晴炎熱，中午前西方推擠過來幾朵白雲，捲動些許悶熱的空氣。恩尼司穿上最稱頭的襯衫，白底粗黑條紋，不知道傑克幾時抵達，因此乾脆請整天假，來回踱步，不時向下瞭望塵封蒼白的馬路。艾爾瑪提議帶朋友到刀叉餐廳共進晚餐，天氣好熱，不方便在家開伙，如果能找到人帶小孩的話，但恩尼司說他不如自己跟傑克出去喝個醉。他說，傑克不喜歡上館子，一面回想起圓木上搖搖晃晃的罐頭，骯髒的湯匙伸進伸出舀著冷豆子。

下午五六時，雷聲隆隆，熟悉的綠色老卡車開進來，他看見傑克下車，百經折磨的牛仔帽往後傾仄。一股灼熱的悸動燙著了恩尼司，他站在樓梯歇腳處，走出家門後關上門。傑克一次兩階闊步上樓兩人抓住彼此肩膀，使勁擁抱，壓得幾乎斷氣，不住說著，狗娘養的，狗娘養的，隨後，宛如插對鑰匙轉動鎖制栓一般油然，兩人四唇交接，力道之強，傑克的門牙咬出了血，帽子掉落地板，短鬚摩擦出沙沙聲，唾液泉湧，此時家門打開，艾爾瑪朝外觀望數秒，看到恩尼司緊繃的肩膀，關上門，兩人仍緊緊相扣，胸部、鼠蹊、大腿、小腿皆密不透風，彼此踩住對方腳趾，最後為了呼吸而分開時，不輕易表現感情的恩尼司說出他對愛馬與愛女的曬稱，小親親。

家門再度開啓，艾爾瑪站在狹窄的光線中。

他又能說什麼？「艾爾瑪，這位是傑克‧崔斯特，傑克，這位是我太太艾爾瑪。」他的胸口上下起伏。他嗅得到傑克──強烈熟悉的體味混雜有菸味、麝香汗味與青草似的微微甜味，同時也聞到高山奔流的寒意。「艾爾瑪，」他說，「傑克跟我，已經有四年沒見面了。」彷彿可以解釋一切。他很慶幸樓梯歇腳處光線闇淡，不必轉身背對她，以防她瞧見胯下春秋。

「是啊，」艾爾瑪壓低嗓門說。她看見了她剛才看見的情景。她身後的客廳裡，閃電將窗戶照亮成揮舞的白床單，嬰兒哭了起來。

「你有小孩啦？」傑克說。他抖動的手擦過恩尼司的手，電流在兩人之間竄過。

「兩個女兒，」恩尼司說。「艾爾瑪二世和法蘭芯。愛到不行。」艾爾瑪的嘴唇抽動。

「我生了個兒子，」傑克說。「八個月大。跟你說，我在巧崔斯娶了個可愛的德州小妞，露琳。」

從兩人站立的地板震動情形來判斷，恩尼司可以感覺到傑克發抖得多厲害。

「艾爾瑪，」他說。「傑克和我要出去喝一杯。晚上可能不回家了，會一直聊一直喝。」

「是啊，」艾爾瑪邊說邊從口袋取出一元紙鈔。恩尼司猜太太準備叫他買包香菸，希望提醒他早點回家。

「幸會，」傑克說。他顫抖得像跑得筋疲力竭的馬。

「恩尼司——」艾爾瑪以苦情的嗓音說，但丈夫並未因此減緩下樓的腳步。他回頭呼喊，「艾爾瑪，想抽菸，臥室那件藍襯衫口袋有幾根。」

他們開著傑克的卡車離去，買了一瓶威士忌，不到二十分鐘雙雙住進午睡汽車旅館開始震動床鋪。幾把冰電搖得窗戶嘩嘩響，隨後下起雨來，濕滑的風不停撞擊隔壁房間未關安的門，整夜不停歇。

房間充滿精液、香菸、汗水、威士忌的氣息，也充滿了舊地毯與酸乾草、馬鞍皮革、糞便與廉價肥皂的臭味。恩尼司呈大字形躺著，力氣用盡，全身濕透，大口呼吸，仍呈半勃起狀態。傑克學鯨魚噴水用力吐出白煙，說，「老天爺，一定是那段時間騎馬，功夫才練得這麼厲害。這件事不談不行。我對天發誓，不知道我倆會再來——好吧，我的確知道。我他媽的本來就知道。所以才來這裡。一路開到時速

表最高限度，就希望早點到。」

「我不知道你死到哪裡去了，」恩尼司說。「四年了。差不多準備忘掉你了。我猜那次揍了你一下，讓你不高興了。」

「朋友，」傑克說，「我跑去德州參加牛仔競技。所以才遇見露琳。看看那張椅子。」

污髒的橙色椅子背後，他看見皮帶扣環晶瑩閃閃。「騎牛？」

「對。那年賺了他媽的三千塊。窮到沒力。除了牙刷之外，全部不得不跟別的牛仔借。德州走透透。一半時間躺在那輛賤車下面修理。我從來沒想過會輸。露琳？她家錢可多著咧。她老爸有錢。做農機買賣的生意。當然不肯讓女兒動他財產的腦筋，而且他恨我恨到骨子裡，所以現在不太順利，不過等到有一天──」

「往好的地方看，日子自然會過得越來越好。沒加入陸軍嗎？」東方遠處傳來雷聲，紅色花環電光漸漸離他們遠去。

「他們用不上我。壓壞了幾節脊椎。還有壓迫性骨折，臂骨這邊，騎牛時不是老是用大腿來支撐嗎？──每次騎牛，手臂就多彎一點。跟你說，騎完後痛得要死。斷了一條腿。斷了三個地方。有一次被牛摔下來，是條大牛，摔得很重，只跳大概三下就甩掉我，還朝我衝過來，我當然沒牠跑得快。萬幸的是，我有個朋友拿了一支牛角當測油量尺般來刺死大牛，刺得大牛斷氣。另外還撞到其他地方，斷了幾根他媽的肋骨，扭傷痠痛，韌帶拉傷。哎，時機歹歹，跟我爹那時代不一樣。以前是有錢人上大

學，受訓當運動員。現在想參加牛仔競技，沒錢去不成了。除非露琳老爸翹辮子，否則再怎麼說也不肯給我一分錢。現在我騎牛騎出心得了，永遠不會被放在候補名單上。還有其他的原因。我想趁自己還能走路的時候退出。」

恩尼司將傑克的手拉來自己嘴邊，吸了一口香菸，吐氣。「你呀，我看還壯得像頭牛似的。你知道嗎，我坐在這裡拚命想，我到底是不是——？我知道自己不是。我是說，我們兩個都有老婆孩子，對不對？我喜歡跟女人搞，沒錯，可是耶穌老天啊，跟這個沒得比。我從沒想到要找另一個男的，只不過肯定是想著你打了有一百次手槍。你有跟別的男人做過嗎？傑克？」

「當然沒有，」傑克說。傑克最近不打手槍，而且騎的不只是牛。「你也知道。斷背山那段，你我都有很深的感觸，絕對還沒結束。我們非想想辦法不行，看看接下來怎麼辦。」

「那年夏天，」恩尼司說。「我們領到錢、分手之後，我肚子痛得很厲害，不得不靠邊停車，想吐卻吐不出來，還以為在杜柏瓦那餐廳吃壞肚子了。花了大概一年我才想通，當初不應該讓你從眼前走掉。想通了，太晚也太遲了。」

「朋友，」傑克說。「我們給自己捅出婁子了。非想辦法不行了。」

「想得出辦法才怪，」恩尼司說。「我是說啊，傑克，我花了幾年的工夫建立起一個家。你和我一見面成那副德性。我愛兩個女兒。艾爾瑪呢？這不是她的錯。你也有兒子和老婆，在德州有個家。你和我一見面成那副德性」——

他擺頭朝自己公寓的方向指去——「抓狂似地黏成一團，兩人在一起的時候還像話嗎？那種事情找錯地

方亂來，肯定死路一條。這事用韁繩也綁不住。我害怕得不得了。」

「跟你說算了，朋友，那年夏天可能有人看見我們。隔年六月我回到那邊，本想再回去——後來往德州去了——」結果喬‧阿吉瑞在辦公室對我說，他說，『你們兩個小子在山上找到消磨時間的方式了，是不是啊，』我瞪了他一眼，不過走出辦公室時，我看見他後照鏡上掛了一副特大號雙眼望遠鏡。」他故意省略的是，工頭在吱嘎作響的傾背木椅上往後坐，說，崔斯特啊，你們兩個領人家薪水，不是隨便放狗去看羊、自己跑去摘玫瑰就行了。然後拒絕再請他牧羊。他接著說，「是啊，被你打那麼一拳，把我嚇到了。從沒想過你會狠心出拳。」

「我哥哥 K.E. 比我大三歲，個子也比我高，每天揍得我稀裡糊塗的。我在家裡常哭著告狀，老爸聽煩了，我六歲大那年有一天，他找我過去坐下，說，恩尼司，你有個問題非解決不行，不然會一直跟你跟到九十歲，跟到哥哥九十三歲爲止。我說，可是他比我高大。老爸說，你要趁他不注意的時候，別對他說什麼，讓他嘗嘗痛苦的滋味，動作要快，一直打到他喊饒爲止。想讓對方聽懂，給對方一點顏色瞧瞧最有效。我照他的話去做。我趁他上廁所時，趁他走樓梯時偷襲他，趁他晚上睡覺來到枕頭邊，揍得他腫歪歪。打了大概兩天。從此哥哥再也沒找過我麻煩。我學到的教訓是，一句話也別講，兩三下解決。」隔壁房間電話鈴響，響了又響，最後在響到一半時戛然停止。

「想再偷襲我，沒那麼簡單了，」傑克說。「你聽好。我在想啊，跟你講算了，如果你和我一起弄個小農場來經營，養幾頭母牛和小牛做做小本生意，加上你的馬，生活一定會很美滿。就如我剛才說

的，我準備退出牛仔競技。我可不是沒種，只是沒錢脫離現在這種爛生活，也沒剩幾根骨頭好摔了。我想通了，想出了這個計畫，恩尼司，我們兩人行得通，你和我合作。露琳的老爸，我保證如果我答應滾蛋，他會給我一筆錢。他已經差不多說過——」

「慢著、慢著。那樣可行不通。我們沒辦法開農場。我自己有自己的家要顧，被自己的圈子套住，跑不掉了。傑克，我不想變成你有時候看到的那些人。何況我不想死。以前老家附近有兩個老頭，一起開農場，俄爾和瑞奇，每次老爸看見他們都不忘批評一兩句。儘管他們是直來直往的老漢，還是被人當作笑柄。我那時才多大，九歲吧，有人發現俄爾死在灌溉圳裡。有人拿了輪胎撬棒打他，勾住他，抓著他老二拖著走，拖到老二斷掉，只剩一塊血淋淋的爛肉。輪胎撬棒打得他全身像是燒焦的番茄一樣，鼻子因為被拖在砂石上，拖到被磨平了。」

「你看到了？」

「老爸硬要我看。帶我過去。我和哥哥。爸看了大笑。拜託，就我所知，那是他幹的好事。要是他還活著，現在探頭進房門看，絕對會回去拿他的輪胎撬棒。兩個男的同居？算了吧。我認為比較行得通的辦法，是偶爾聚在一起，躲在鳥不拉屎的地方——」

「多久才算偶爾一次？」傑克說。「他媽的四年一次嗎？」

「不對，」恩尼司說。他忍著不問到底錯在哪一方。「一到早上，你要開車回去，我回去上班，我也很不情願。可是，如果解決不了，就得忍受下去，」他說。「可惡。我常注意街上走路的人。這種

事，其他人也會遇上嗎？碰上的話，他們怎麼辦？」

「這事不會發生在懷俄明州，如果發生了，我不知道他們怎麼辦，大概是搬去丹佛吧，」傑克坐起身來，臉孔偏移恩尼司，「他們怎麼辦，我才鳥不了那麼多。狗娘養的，恩尼司，請兩天假嘛。現在就走。兩人走得遠遠的。把你的東西丟進我卡車後面，我們開上山去。兩三天就好。打電話給艾爾瑪，就說你要上山。快決定嘛，恩尼司，你才剛把我的飛機從空中射下來——給我一點繼續走下去的理由嘛。這裡發生的東西可不是小事啊。」

隔壁房間再次響起空盪的鈴聲，恩尼司彷彿拿起床邊話筒想接聽，撥了自家號碼。

恩尼司與艾爾瑪之間出現緩蝕現象，大問題倒是沒有，只是雙方漸行漸遠。艾爾瑪要求恩尼司使用套子，因為她害怕再懷一胎。恩尼司不依，說如果她不想再懷他的孩子，他很樂意不再碰她一下。艾爾瑪以自己才聽得見的音量說，「你養得起，我就肯再生。」邊說邊想著，反正你愛做的事也生不了太多小孩。

她的憎恨每年稍微提高一度：她瞥見的那次擁抱；恩尼司每年一兩次與傑克‧崔斯特出遠門釣魚，員，心知光靠恩尼司的薪水永遠應付不了開支。艾爾瑪在雜貨店當店她了無放開自己、盡情享樂的傾向；他對薪資低、工時長的農場差事的渴望；他往往一上床便轉向牆壁，立刻沉睡；他在郡政府或電力公司找不到像樣的固定工作；基於上述種卻從未帶她與女兒度過假；

龍頭沖洗餐盤。

附在上面，那條釣線一輩子從沒碰過水一次。」這時彷彿「水」一字呼喚著家居生活的親戚，她扭開水

你的艾爾瑪敬上。結果你回來說釣到一大堆河鱒，全吃完了。記得嗎？等我找到機會打開，我的紙條還

五年，定價標籤還掛在上面。我寫了一張紙條附在釣魚線末端，說，哈囉恩尼司，釣幾條魚帶回家，愛

魚帶回家。每次都說釣到很多條。所以有一次，我趁你出遠門釣魚之前的晚上，打開你的魚簍——買了

「你知道嗎，」她說。「從她的口氣，恩尼司曉得大事不妙。「我以前常在想，爲何你從來沒釣到鱒

「偶爾。」以艾爾瑪刮餐盤的狠勁，恩尼司認爲盤上的花紋會被她刮掉。

「還跟那個傑克·崔斯特去釣魚嗎？」

「一朝被蛇咬啊，」他邊說邊倚著流理台，感覺廚房容不下他。

一面表示她爲他擔心，希望他找人再婚。恩尼司看出她懷有身孕，猜想大約四五月大。

講笑話，儘量不要顯出悲情老爸的形象。吃完最後一道派後，艾爾瑪找他進廚房，一面刮除盤中剩菜，

邀與艾爾瑪、女兒、雜貨店老闆共進晚餐，他表現得落落大方，坐在兩個女兒中間，對她們大談馬經，

行，非辭職才能走人也行，可以隨時請假上山。他無怨無懟，只是略感上天有欠公平。感恩節時，他應

恩尼司重返農場工作，經常換老闆，錢賺得不多，卻很高興能再度與六畜爲伍，想丟下工作隨時都

因此下堂求去，改嫁大河鎮雜貨店老闆。

種因素，艾爾瑪的期望長時間緩緩下墜，大女兒九歲、二女兒七歲時，她說，我幹嘛繼續待在他身邊，

「那又不代表什麼。」

「別騙人了，別想唬我，恩尼司。代表什麼，我很清楚。傑克‧崔斯特？傑克‧歪哥。你跟他啊——

」

她逾越了恩尼司的限度。恩尼司抓住她手腕：淚水湧出滾落，盤子發出撞擊聲。

「給我住嘴，」他說。「管你自己的閒事。你懂個屁。」

「我可要叫比爾過來囉。」

「要叫儘管叫。叫啊，叫到你爽為止。他進廚房，我就逼他吃地板，你也一樣。」他再扭一下，留給艾爾瑪一環灼熱的印記，然後反戴帽子，用力開門離去。當晚他光顧黑青鷹酒吧，喝醉與人短暫動粗後回家。之後他久久沒去探望女兒，心想長大懂事後，她們會離開艾爾瑪前來找他。

他們不再是年輕男子，前途不再無量。傑克從肩膀到臀腿鼓脹起來，恩尼司仍保持瘦如曬衣桿的身材，踩著破皮靴到處走，無論冬夏都穿牛仔褲與襯衫，天冷時添件帆布外套。他上眼皮長出一顆良性瘤，眼皮顯得無力下垂，鼻梁摔斷過，治好卻仍歪斜。

年復一年，兩人的足跡遍及高海拔草地與山地排水區，騎馬遠赴大角山脈、藥弓山脈，走訪加勒亭山脈、阿薩若卡山脈、花崗山脈、貓頭鷹溪等南端，也到過布立傑—鐵頓山脈、弗黎早、雪立、費立

斯、響尾蛇等山脈，到過鹽河山脈，多次深入風河區，也去過母山、葛洛凡翠、瓦薩奇、樂壞彌山脈，卻從未重返斷背山。

傑克的岳父在德州去世，露琳繼承農機事業，展現出管理的長才與強悍的生意手腕。傑克得到一個定位不明的管理職銜，經常出差參加牲畜與農業機器展。如今他有了小錢，在出差採購時想辦法花用。輕微德州口音點綴了他的言語，如「母牛」（cow）斜嘴念成「克依奧」，「妻子」（wife）變成了「瓦婦」。他找牙醫修整了門牙，戴上齒冠，自稱一點也不疼。為了勝任這份工作，他上唇蓄了濃密髭鬚。

一九八三年五月，他們在一串冰封的無名高地小湖間度過寒冷的幾天，然後走到對岸冰雹河流域。

上山過程，白天還算好走，但步道上吹積物深厚，邊緣濕滑，他們因此放棄小徑，自行開道蜿蜒前行，牽著兩匹馬穿越鬆脆的樹枝。傑克的舊帽仍綁著同樣一根老鷹羽毛，在燠熱的正午仰頭吸收帶有樅木松樹脂香的空氣，嗅著乾燥的針葉落葉層與燔熱的岩石，嗅著馬蹄壓垮的苦圓柏。恩尼司顯露歷經滄桑的眼神，眺望西方尋找大熱天可能生成的積雲，無奈無骨的藍天如此深邃，傑克說，抬頭看一眼都怕會被淹死。

三時左右，兩人踏過一處狹隘的埡口，來到東南向坡地，強烈的春陽此時總算歇手，再度落至腳下無雪的山徑。兩人聽得見河川喃喃低語，令遠方火車的聲音更顯幽遙。走了二十分鐘，他們與黑熊不期

而遇。黑熊在上方的土丘推動圓木尋找食物，傑克的坐騎避而不前並開始向後退。傑克說，「喔！喔！」而恩尼司的棗紅母馬既蹦跳又噴鼻息卻不退不進。傑克伸手取出.30-06卻派不上用場：受驚的黑熊狂奔至樹林裡，波動起伏的步姿有如身體即將瓦解。

茶色河水帶動融雪急流而下，爲每顆露出水面的岩石圍上泡沫圍巾，也有小池塘與逆流。樹枝呈赭色的柳樹僵硬地搖擺，沾滿花粉的柔黃花序如黃色拇指紋。兩人的馬兒喝水，傑克下馬，以手舀起冰水，晶瑩剔透的水珠從指間落下，嘴唇與下巴反射出亮閃閃的水光。

「當心會得梨形蟲病，」恩尼司說，隨後又說，「這地方不錯，」一面望著河流上方的水平長椅，前人狩獵紮營時遺留了兩三圈營火。長椅後方是牧草坡，四周有樑木松保護。附近乾柴豐富。兩人話不多，開始紮營，將坐騎拴在牧草地上。傑克拆開一瓶威士忌的封口，長長喝了豪邁的一大口，用力吐氣，說，「我現在需要兩種東西，這是其中一個，」說著蓋上瓶蓋扔給恩尼司。

第三日早晨，恩尼司期盼的積雲出現，先是吹起一陣推送黑暗的長風，隨後一團灰雲自西方疾行而來，飄下細雪。一小時後，灰雲散去，留下柔軟的春雪，潮濕而沉重。晚霞散盡後，氣溫降得更低。傑克與恩尼司交換抽著一根大麻，營火燒至深夜，傑克心思不定，抱怨著天氣冷，以樹枝撥弄火苗，轉動收音機直到電池用罄。

恩尼司說他目前在訊諾的司道麥農場照顧母牛與小牛，當地有個女人在狼耳酒吧兼差，恩尼司對她有好感，但是兩人苦無進展，而且她有些問題恩尼司不願沾上邊。傑克說他在巧崔斯搞上了附近農場主

人的老婆，過去幾個月來他外出時提心吊膽，唯恐不是被露琳槍斃，就是死在農場主人槍下。恩尼司笑了笑，說他活該。傑克說他過得還可以，但還是很想念恩尼司，有時候鬱悶之餘打小孩出氣。

馬兒在營火光線範圍外的黑暗中嘶笑。恩尼司一手摟住傑克，拉他過來身邊，說他一個月見自己女兒一次，小艾爾瑪十七歲，生性害羞，高瘦如竹竿，法蘭芯是個精力充沛的小不點。傑克悄悄將冰手伸入恩尼司雙腿間，說他擔心自己兒子得了閱讀困難症之類的毛病，毫無疑問，看書時怎麼看就是不對勁，已經十五歲了還幾乎不識字。做爸爸的他認為顯而易見，而可惡的露琳卻不願承認，假裝兒子沒問題，拒絕帶他去看醫生。他媽的答案是什麼，他也不知道。錢是露琳的，發號施令的人也是她。

「我以前想生個兒子，」恩尼司邊說邊解開鈕釦，「卻一直生女兒。」

「兒子女兒我都不要，」傑克說。「可惜他媽的全部心想事不成。到我手裡的，全都不是我想要的東西。」他沒有起身，直接將枯木投進火坑，火星隨著他們的實話與謊言飛起，灼燙的幾粒火點降落手上臉上，並非第一次。兩人滾進泥土中。有件事恆久不變：他倆偶一為之的交合，電火灼爍，卻因感受時光流逝而蒙上陰影，時間永遠不夠，永遠不夠。

一兩天後回到山徑起點的停車場，恩尼司將兩匹馬裝上拖車，準備回訊諾，而傑克也準備回閃電平原探望老父。恩尼司探頭進傑克車窗，說出整星期憋著不說的話，表示他必須等到十一月運走家畜、開始餵冬季飼料前才有休假的機會。

「十一月。搞什麼？不是說好八月見？我們不是說八月，說好九天十天。天啊，恩尼司！幹嘛不早

說？你有他媽的一整個禮拜，卻一個字也沒講。而且，幹嘛老找這種冷不拉嘰的天氣？我們應該想想辦法。我們應該往南走。應該找機會去墨西哥才對。」

「墨西哥？傑克，我這個人你也知道。我所謂的旅行，頂多是繞著咖啡壺找壺柄而已。而且我整個八月都得開捆乾草機，所以八月不行。傑克，開心一點嘛。十一月可以打獵啊，打一頭漂亮的糜鹿。我看能不能再向老羅借到小屋。那年我們玩得多開心。」

「你知道嗎，朋友，這種情況我不滿意也不能接受。你以前說走就走。現在要見你一面，簡直像晉見教宗一樣難。」

「傑克，我不幹活不行。以前我說辭就辭。你娶了個有錢的老婆，有份好工作。口袋空空的日子，不記得了嗎？聽說過子女撫養金嗎？我已經付了好幾年，還得付個好幾年。告訴你，這份工作我沒辦法辭。也沒辦法請假。連這次假也很難請──有些晚熟的小母牛現在還在生小牛。沒辦法丟下不管。丟不下。司道麥喜歡小題大作，這次請假把他氣炸了。我不怪他。我請假走人，他大概一晚也沒得睡。交換條件是八月。不然你有更好的點子嗎？」

「以前有過。」口氣刻薄，充滿指責意味。

恩尼司不發一語，緩緩直起上身，揉揉額頭；拖車裡有匹馬在跺腳。他走向自己的卡車，一手搭在拖車上，說著只有馬兒聽得見的話，轉身以審慎從容的步調走回來。

「傑克，你去過墨西哥嗎？」[1]。他聽說過風言風語。現在他動手割開傑克內心的

圍籬，進入格殺勿論區2。

「去過啊，怎麼沒有？你到底想他媽的怎樣？」多年來不斷準備迎接此刻，來得遲而不期然。

「傑克，這件事我非跟你說一遍不行，而且我不是說著玩的，」恩尼司說，「我不懂的東西很多，萬一懂了，可能小命也沒了。」

「我看你聽懂不懂，」傑克說，「而且我只說這麼一次。告訴你，我們本來可以一起過不錯的生活，好得不得了的生活。你卻不願意，恩尼司，結果我們現在只有斷背山。所有東西都以斷背為基礎。斷背是我們擁有的一切，他媽的一切，如果你不知道別的部分，我希望這一點你至少能懂。二十年來，我們在一起的次數，你給我算算看。量一量你套在我身上的狗繩有多長，再來問我有沒有去過墨西哥，然後再告訴我，想得到卻幾乎永遠摸不著會害我送掉小命。有多難受，你根本一點概念也沒有。我不是你。我沒辦法靠高海拔一年幹炮一兩次過活。你對我太重要了，恩尼司，你這個賤貨婊子養大的雜種。我不是要是我知道怎麼戒掉你就好了。」

宛若冬日溫泉蒸騰而起的大團霧氣，多年未曾出口的言語以及此刻難以出口的話——承認、宣佈、羞慚、愧疚、恐懼——團團包圍住兩人。恩尼司彷彿遭子彈射中心臟，臉色灰白，皺紋深刻，露出苦笑，雙眼緊閉，拳頭緊握，雙腿朝下凹陷，以膝蓋著地。

「天啊，」傑克說。「恩尼司？」在他下卡車前，一面猜測是心臟病發或怒火難遏濫燒，恩尼司再度站起，如同衣架打直，打開上鎖的車子，然後再度彎曲成原形。兩人幾乎將一切扭轉至原位，因為兩

人所言並無新意。沒有結束，沒有開始，也沒有解決任何事。

斷背山上那年遙遠的夏天，其中一段令傑克回憶、渴望起來既難以壓抑也無法理解。當時恩尼司朝他身後靠近，抱住他，以沉默的擁抱滿足了某種共享而無關性愛的飢渴。

兩人如此在營火前站立良久，火焰拋出微紅光塊，兩具肉體的陰影結合為一根緊靠岩石矗立的樑柱。時間一分分流逝，由恩尼司口袋裡的圓錶滴答告知，由逐漸燃燒成炭的樹枝點明。星光在營火上方層層熱流中破浪前進。恩尼司的呼吸緩和寂靜，悄聲囈語，在點點火星中前後微微擺動，傑克則毗倚平穩的心跳上，低哼震動恰似微弱電流，令傑克以站姿入睡，而此睡非彼睡，而是昏沉失神之感，最後恩尼司挖掘出童年母親在世時對他說的一段話，儘管生鏽了，仍派得上用場。他說，「該上床了，牛仔。」傑克聽見他上馬我該走了。好了，別學馬兒站著睡啦，推他一下，自己步入黑暗中。傑克聽見他上馬時馬刺顫動聲，聽到「明天見」，以及馬兒顫抖的鼻息，馬蹄磨石的聲響。

那次睡意沉重的擁抱，後來在傑克記憶中凝結固化，成為兩人分隔兩地、刻苦難捱生活中唯一毫無造作、迷醉入魔、至福充盈的時刻。這段往事百毒不侵，甚至知道了以下這件事也難以動搖：恩尼司當時不願面對面擁抱他，是不想看到或感覺到擁抱的對象是傑克。也許吧，他心想，他們從未發展出更進一步的關係。順其自然，順其自然吧。

事發後數月恩尼司才得知，因爲他捎給傑克一張明信片，告訴他看來十一月才走得開，結果明信片被退回，蓋上「身故」兩字。他撥了傑克在巧崔斯的電話。先前他只致電傑克一次，是在艾爾瑪與他離婚之後，當時傑克誤解了打電話給他的原因，開車一千兩百哩北上卻空歡喜一場。不會有事的，傑克會接聽，他非接聽不可。然而接聽的人不是他，而是露琳。露琳說，誰呀？你是誰？恩尼司再度說明身分後，她以平穩的嗓音說，對，傑克在小路上開車，胎圈不知因何受損而漏氣，換胎時發生爆炸，胎框炸到他的臉，打傷了鼻子與下顎，朝天躺下，等到有人發現時，他早已溺死在自己的鮮血裡。

不對，他心想，一定是有人拿輪胎撬棒打死他的。

「傑克以前常提到你，」她說。「你常跟他去釣魚或是打獵，我知道。本來想通知你的，」她說，「可是我不確定你的姓名和地址。傑克把多數朋友的地址記在腦子裡。太慘了。他才三十九歲。」

北地平原的悲悽氣氛團籠罩在他身上。他不知道何者爲眞，是輪胎撬棒或是眞正意外，鮮血窒息了傑克，沒人爲他翻身。在低鳴的強風下，他聽見鋼鐵撞擊人骨的聲響，聽見胎框漸行漸靜的空盪鏗鏘。

「下葬在你那邊嗎？」他想咒罵露琳讓傑克死在土路上。

「我們幫他立個碑。他以前說希望能火化，骨灰撒在斷背山細小的德州口音循著電話線匍匐前行。

上。我不知道在哪裡。所以照他的意思火化了，一半埋葬在這裡，另一半寄給他爸媽。我本來以為斷背山在他老家附近。不過我瞭解傑克，所謂的斷背可能只是他想像出來的地方，有藍鵬歌唱，威士忌像泉水湧出。」

「有一年夏天，我們上斷背山放過羊，」恩尼司說。他幾乎無法言語。

「是嘛，他說那才是他最喜歡的地方。我以為他指的是喝酒的地方。上山去喝威士忌。他酒喝得好兇。」

「他爸媽還住在閃電平原嗎？」

「當然囉。一直住到老死為止。我從沒跟他們見過面。葬禮時他們也不過來。你自己跟他們聯絡。」

毫無疑問的是，她雖客套，細小的嗓音卻冰冷如雪。

要是能實現他的願望，我猜他們會很感激你的。」

前往閃電平原途經荒涼鄉野，路過十數個廢棄農場，在平原上間隔八至十哩，眼睛無神的房屋呆坐雜草中，獸欄衰頹。郵箱寫著約翰・C・崔斯特。他家農場寒酸窄小，枝葉繁茂的大戟有占領成功之勢。牲口距離太遠，他無法看清狀況如何，只知道是白頭黑牛。棕色粉飾灰泥屋矮小，正面有道門廊，兩上兩下共四間房廳。

恩尼司與傑克的父親坐在餐桌前。傑克的母親身材粗大，動作小心，彷彿剛動過手術。她說，「想喝杯咖啡嗎？要不要來一塊櫻桃蛋糕？」

「謝謝你，夫人，請給我一杯咖啡，蛋糕暫時不必了。」

老父靜靜坐著，雙手交握在塑膠桌布上，以慍怒、知情的神態直盯恩尼司。恩尼司從他身上看出，他這種人並非不常見，是硬要當整個池塘老大公鴨的類型。他從父母身上看不出傑克有太多相似之處，深吸一口氣。

「我對傑克感到非常難過。難以形容。我好久以前就認識他了。我過來是想讓你們知道，他妻子說他希望骨灰能撒在斷背，如果想讓我帶上山去，我會感到很光榮的。」

一片沉寂。恩尼司清清喉嚨，卻不再多說。

老人說，「斷背山在哪裡我知道。他以為自己太特別，老家賤墳地配不上他啊。」

傑克的母親置若罔聞，說，「他生前每年回家，在德州結婚以後也照常回來，幫老爹在農場幹活一個禮拜，修修門，割割草的。我把他的房間維持像他小時候的模樣，我認為他很感激。你想上樓參觀的話請別客氣。」

老人開口生氣地說，「這裡找不到幫手。傑克以前常說，『恩尼司・岱瑪，』他常講，『總有一天我要帶他過來，好好整頓一下這個該死的農場。』他有個半生不熟的點子，說你們兩個準備搬過來，蓋間小木屋，幫我管管這個農場，弄得像樣一點。後來今年春天，他說有人願意跟他過來，蓋個房子，幫

我管理農場，是他在德州經營農場的鄰居。他準備跟老婆離婚，搬回這裡住。他那時這樣說的。不過傑克說歸說，成真的點子不多。」

現在總算證實是輪胎撬棒了。他起身說，沒錯，我想參觀傑克的房間，一面回想起傑克談過父親的往事。傑克割過包皮，老爸卻沒有；傑克察覺父子生理上的差異，是在一個激動的場合。他說，他當時三四歲，上廁所總是晚一步，手忙腳亂想解開鈕釦，拉起馬桶座，而且馬桶太高，往往導致尿液四濺。老爸對此很不高興，這一次更是大發雷霆。「天啊，他揍得我慘兮兮，把我打得跌到浴室地板上，拿皮帶抽我。我還以為會被他打死。後來他說，『想知道尿得到處都是的感覺嗎？我來教你，』說著掏出來，尿得我全身都是，濕透透，然後丟給我毛巾，叫我擦地板，脫掉我的衣服，在浴缸裡洗，也洗毛巾。我又哀嚎又哭得眼睛紅腫。不過在他對著我澆水的時候，我看到他身上多了一小塊我沒有的肉。我發現自己像是割過耳尖或是烙印過，和老爸不一樣。從此就沒辦法認同他。」

傑克的臥房在陡峭的樓梯頂端，往上爬時有獨特的韻律。他的房間狹小悶熱，午後烈日從西方窗戶攻進，打在靠牆的兒童窄床，沾有墨水的書桌以及木椅，床鋪上方有座手工削製的木架，上面擺了一把BB槍。窗外面對的是往南延伸的砂石路，而恩尼司這時候然想到，這是傑克童年唯一認得的一條路。

床邊牆上貼了一張古老的雜誌相片，是某個黑髮電影明星，膚色轉為紫紅。他聽得見傑克的母親在樓下打開水龍頭裝開水壺，放在爐子上，低聲問了老人一個問題。

傑克的衣櫃空間狹窄，架了一根橫向木桿，以串了繩子的褪色大花簾布開合，以隔開房間其他部

分。衣櫃裡掛了兩件牛仔褲，熨出摺線，整齊摺疊好，放在鐵絲衣架上方，衣櫃底有一雙磨損的包裝工

皮靴，他隱約有印象。衣櫃北端牆壁有個小小的凹陷處，可稍微隱藏東西。這裡掛著一件襯衫，因長久

掛在鐵釘上而僵硬。他從鐵釘上取下衣服。傑克在斷背山穿的舊襯衫。衣袖上的乾血是恩尼司的鼻血。

在斷背山最後一天下午，兩人展現軟骨功胡抓亂扭，傑克不慎以膝蓋撞擊恩尼司鼻子，血流不止，沾得

兩人身上血跡斑斑。傑克以袖子止住鼻血，然而恩尼司卻忽然一躍而起，揮拳擊昏好意療傷的傑克，讓

傑克如天使般平躺在野生樓斗花叢上，雙翼合胸。

襯衫拿在手中感覺沉重，後來恩尼司才發現裡面另有一件襯衫，衣袖小心穿過傑克襯衫袖子內部。

這件是恩尼司的格子襯衫，很久以前誤以為洗衣服時弄丟了，如今沾了泥土的襯衫，口袋裂了，鈕釦掉

了，被傑克偷來藏在自己的襯衫裡，一對襯衫宛若兩層皮膚，一層裹住另一層，合為一體。他以臉重壓

布料，慢慢以口鼻吸氣，盼能嗅到微乎其微的菸味與高山鼠尾草，以及傑克鹹中帶甜的體臭，然而襯衫

並無眞正氣味，唯有記憶中的氣息，是憑空想像的斷背山的力量。斷背山已成空影，碩果僅存的，握在

他雙手中。

最後公鴨老大拒絕放行傑克的骨灰。「告訴你好了，我們家族有塊地，他非葬在那裡不可。」傑克

母親站在餐桌前以尖銳鋸齒狀工具去除蘋果核。「有空再來坐坐，」她說。

車子蹦跳行駛在洗衣板狀的路面，經過鄉間墓園，四周以坍垮的防羊鐵絲圍住，坎坷的大草原上小小一個方塊，幾座墳墓上塑膠花閃亮，恩尼司不願知道傑克即將下葬此處，埋葬在這片令人悲慟的平原上。

數星期後某周六，他將司道麥所有髒馬毯扔上小卡車後面，載至速來洗車店，扭開高壓噴水喉沖個盡興。乾淨的濕毛毯收回卡車後，他走進喜金斯禮品店，自個兒忙著在明信片架上翻找。

「恩尼司，找什麼樣的明信片？」琳達·喜金斯說，一面將濕透的棕色咖啡濾紙丟進垃圾桶。

「斷背山的風景。」

「在夫利蒙郡的那個嗎？」

「不對，就在這裡北邊。」

「我一張也沒訂過。我找找看訂購單。如果有，可以幫你訂一百張。反正我也得多進一些其他明信片了。」

「一張就夠了，」恩尼司說。

明信片來了——三毛錢——他釘在自己貨櫃屋牆上，四角以黃銅圖釘固定。明信片之下，他敲進一根鐵釘，掛上鐵線衣架與兩件舊襯衫。他往後站，看著這份組合，眼窪流出幾粒刺痛的淚珠。

「傑克，我發誓——」他說。只不過傑克從未要求他發誓，而他本人也不習慣發誓。

忍。

他所知與他試著相信的事物之間有些許豁亮的空間，而他卻無能為力，何況，修不了就得咬牙隱

餘清醒，有時則心懷舊有的喜樂與釋然；枕頭有時會濕，有時候濕的是床單。有時候，他會在傷心之

通造型，色彩炫麗，為夢境增添一抹詼諧淫逸風味。這種湯匙柄可用來撬輪胎。有時候，他會在傷心之

身好好規劃人生，然而豆罐頭與露出罐頭外的湯匙柄，搖搖晃晃擺在圓木之上，也同樣出現夢境中，卡

大約在此時，傑克開始現身他的夢境，是他初見傑克的模樣，鬈髮，面帶微笑，暴牙，談著準備起

1997

1997

1998

1998

1999

1999

1999

1999

2000

2000

2000

2000

2001

2001

2003

2004

1987
1989

1989
1989

時報出版創社30年，
嚴選社內三十本最具影響力的好書，
以時代為經、作品為緯，
帶讀者綜觀台灣閱讀的近代史。

悅讀風華・傳承無限
時報出版30周年鉅獻

1989

1990
1992
1993
1993

1994
1994
1994
1996
1997

大師名作坊 94
斷背山

作　者—安妮‧普露
譯　者—宋瑛堂
副總編輯—葉美瑤
主　編—黃嬿羽
編　輯—黃嬿羽
責任企劃—陳靜宜
校　對—許常風、黃嬿羽
董事長
發行人—孫思照
總經理—莫昭平
總編輯—林馨琴
出版者—時報文化出版企業股份有限公司
108台北市和平西路三段二四○號三樓
發行專線—(○二)二三○六—六八四二
讀者服務專線—○八○○—二三一—七○五‧(○二)二三○四—七一○三
讀者服務傳真—(○二)二三○四—六八五八
郵撥—一九三四四七二四時報文化出版公司
信箱—台北郵政七九～九九信箱
時報悅讀網—http://www.readingtimes.com.tw
電子郵件信箱—liter@readingtimes.com.tw
印刷—元宏印刷有限公司
初版一刷—二○○五年十月十一日
初版十八刷—二○○六年三月十三日
定價—新台幣三○○元

國家圖書館出版品預行編目資料

斷背山／安妮‧普露（Annie Proulx）著；宋瑛堂譯. -- 臺北市：時報文化，2005〔民94〕
　面；　公分. -- (大師名作坊；94)
　譯自：Close range：Wyoming stories
　ISBN 957-13-4381-1 (平裝)

874.57　　　　　　　　94018664

CLOSE RANGE：Wyoming Stories by Annie Proulx
Copyright © 1999 by Dead Line, Ltd.
Published by arrangement with Dead Line, Ltd.
c/o Darhansoff, Verrill, Feldman Literary Agents
through Bardon-Chinese Media Agency
Complex Chinese translation copyright © 2005
by China Times Publishing Company

ISBN 957-13-4381-1
Printed in Taiwan

W9-ASK-345